鲁迅散文诗歌集

鲁迅 著

煤炭工业出版社

·北 京·

图书在版编目（CIP）数据

鲁迅散文诗歌集／鲁迅著．－－北京：煤炭工业出
版社，2018

ISBN 978 - 7 - 5020 - 6635 - 2

Ⅰ．①鲁…　Ⅱ．①鲁…　Ⅲ．①鲁迅散文—散文集　②鲁
迅诗歌—诗集　Ⅳ．①I210.2

中国版本图书馆 CIP 数据核字(2018)第 093550 号

鲁迅散文诗歌集

著　　者　鲁　迅
责任编辑　马明仁
封面设计　盛世博悦

出版发行　煤炭工业出版社（北京市朝阳区芍药居 35 号　100029）
电　　话　010 - 84657898（总编室）　010 - 84657880（读者服务部）
网　　址　www.cciph.com.cn
印　　刷　北京一鑫印务有限责任公司
经　　销　全国新华书店

开　　本　710mm×1000mm$^1/_{16}$　印张　25　字数　300 千字
版　　次　2018 年 7 月第 1 版　2018 年 7 月第 1 次印刷
社内编号　9515　　　　　　　　定价　49.80 元

目 录

伪自由书

准风月谈

朝花夕拾

野 草

伪自由书

前　记

　　这一本小书里的，是从本年一月底起至五月中旬为止的寄给《申报》上的《自由谈》的杂感。

　　我到上海以后，日报是看的，却从来没有投过稿，也没有想到过，并且也没有注意过日报的文艺栏，所以也不知道《申报》在什么时候开始有了《自由谈》，《自由谈》里是怎样的文字。大约是去年的年底吧，偶然遇见郁达夫先生，他告诉我说，《自由谈》的编辑新换了黎烈文先生了，但他才从法国回来，人地生疏，怕一时集不起稿子，要我去投几回稿。我就漫应之曰：那是可以的。

　　对于达夫先生的嘱咐，我是常常"漫应之曰：那是可以的"的。直白的说吧，我一向很回避创造社里的人物。这也不只因为历来特别的攻击我，甚而至于施行人身攻击的缘故，大半倒在他们的一副"创造"脸。虽然他们之中，后来有的化为隐士，有的化为富翁，有的化为实践的革命者，有的也化为奸细，而在"创造"这一面大纛之下的时候，却总是神气十足，好像连出汗打嚏，也全是"创造"似的。我和达夫先生见面得最早，脸上也看不出那么一种创造气，所以相遇之际，就随便谈谈；对于文学的意见，我们恐怕是不能一致的吧，然而所谈的大抵是空话。但这样的就熟识了，我有时要求他写一篇文章，他一定如约寄来，则他希望我做一点东西，我当然应该漫应曰可以。但应而至于"漫"，我已经懒散得多了。

　　但从此我就看看《自由谈》，不过仍然没有投稿。不久，听到了一个传闻，说《自由谈》的编辑者为了忙于事务，连他夫人的临蓐也不暇照管，送在医院里，她独自死掉了。几天之后，我偶然在《自由谈》里看见一篇文章，其中说的是每日使婴儿看看遗照，给他知道曾有这样一个孕育了他的母亲。我立刻省悟了这就是黎烈文先生的作品，拿起笔，想做一篇反对的文章，因为我向来的意见，是以为倘有慈母，或是幸福，然若生而失母，却也并非完全的不幸，他也许倒成为更加勇猛，更无挂碍的男儿的。但是也没有竟做，改为给《自由谈》的投稿了，这就是这本书里的第一篇《崇实》；又因为我旧日的笔名有时不能通用，便改题了"何家干"，有时也用"干"或"丁萌"。

这些短评，有的由于个人的感触，有的则出于时事的刺戟，但意思都极平常，说话也往往很晦涩，我知道《自由谈》并非同人杂志，"自由"更当然不过是一句反话，我决不想在这上面去驰骋的。我之所以投稿，一是为了朋友的交情，一则在给寂寞者以呐喊，也还是由于自己的老脾气。然而我的坏处，是在论时事不留面子，砭锢弊常取类型，而后者尤与时宜不合。盖写类型者，于坏处，恰如病理学上的图，假如是疮疽，则这图便是一切某疮某疽的标本，或和某甲的疮有些相像，或和某乙的疽有点相同。而见者不察，以为所画的只是他某甲的疮，无端侮辱，于是就必欲制你画者的死命了。例如我先前的论叭儿狗，原也泛无实指，都是自觉其有叭儿性的人们自来承认的。这要制死命的方法，是不论文章的是非，而先问作者是那一个；也就是别的不管，只要向作者施行人身攻击了。自然，其中也并不全是含愤的病人，有的倒是代打不平的侠客。总之，这种战术，是陈源教授的"鲁迅即教育部佥事周树人"开其端，事隔十年，大家早经忘却了，这回是王平陵先生告发于前，周木斋先生揭露于后，都是做着关于作者本身的文章，或则牵连而至于左翼文学者。此外为我所看见的还有好几篇，也都附在我的本文之后，以见上海有些所谓文学家的笔战，是怎样的东西，和我的短评本身，有什么关系。但另有几篇，是因为我的感想由此而起，特地并存以便读者的参考的。

我的投稿，平均每月八九篇，但到五月初，竟接连的不能发表了，我想，这是因为其时讳言时事而我的文字却常不免涉及时事的缘故。这禁止的是官方检查员，还是报馆总编辑呢，我不知道，也无须知道。现在便将那些都归在这一本里，其实是我所指摘，现在都已由事实来证明的了，我那时不过说得略早几天而已。是为序。

一九三三年七月十九夜，于上海寓庐，鲁迅记

观 斗

我们中国人总喜欢说自己爱和平，但其实，是爱斗争的，爱看别的东西斗争，也爱看自己们斗争。

最普通的是斗鸡，斗蟋蟀，南方有斗黄头鸟，斗画眉鸟，北方有斗鹌鹑，一群闲人们围着呆看，还因此赌输赢。古时候有斗鱼，现在变把戏的会使跳蚤打架。看今年的《东方杂志》，才知道金华又有斗牛，不过和西班牙却两样的，西班牙是人和牛斗，我们是使牛和牛斗。

任他们斗争着，自己不与斗，只是看。

军阀们只管自己斗争着，人民不与闻，只是看。

然而军阀们也不是自己亲身在斗争，是使兵士们相斗争，所以频年恶战，而头儿个个终于是好好的，忽而误会消释了，忽而杯酒言欢了，忽而共同御侮了，忽而立誓报国了，忽而……不消说，忽而自然不免又打起来了。

然而人民一任他们玩把戏，只是看。

但我们的斗士，只有对于外敌却是两样的：近的，是"不抵抗"，远的，是"负弩前驱"云。

"不抵抗"在字面上已经说得明明白白。"负弩前驱"呢，弩机的制造法早已失传了，必须待考古学家研究出来，制造起来，然后能够负，然后能够前驱。

还是留着国产的兵士和现买的军火，自己斗争下去吧。中国的人口多得很，暂时总有一些孑遗在看着的。但自然，倘要这样，则对于外敌，就一定非"爱和平"不可。

一九三三年一月二十四日

逃的辩护

古时候，做女人大晦气，一举一动，都是错的，这个也骂，那个也骂。现在这晦气落在学生头上了，进也挨骂，退也挨骂。

我们还记得，自前年冬天以来，学生是怎么闹的，有的要南来，有的要北上，南来北上，都不给开车。待到到得首都，顿首请愿，却不料"为反动派所利用"，许多头都恰巧"碰"在刺刀和枪柄上，有的竟"自行失足落水"而死了。

验尸之后，报告书上说道，"身上五色"。我实在不懂。

谁发一句质问，谁提一句抗议呢？有些人还笑骂他们。

还要开除，还要告诉家长，还要劝进研究室。一年以来，好了，总算安静了。但不料榆关失了守，上海还远，北平却不行了，因为连研究室也有了危险。住在上海的人们想必记得的，去年二月的暨南大学，劳动大学，同济大学……研究室里还坐得住么？北平的大学生是知道的，并且有记性，这回不再用头来"碰"刺刀和枪柄了，也不再想"自行失足落水"，弄得"身上五色"了，却发明了一种新方法，是：大家走散，各自回家。

这正是这几年来的教育显了成效。

然而又有人来骂了。童子军还在烈士们的挽联上，说他们"遗臭万年"。

但我们想一想吧：不是连语言历史研究所里的没有性命的古董都在搬家了么？不是学生都不能每人有一架自备的飞机么？能用本国的刺刀和枪柄"碰"得瘟头瘟脑，躲进研究室里去的，倒能并不瘟头瘟脑，不被外国的飞机大炮，炸出研究室外去么？

阿弥陀佛！

一九三三年一月二十四日

崇 实

事实常没有字面这么好看。

例如这《自由谈》，其实是不自由的，现在叫作《自由谈》，总算我们是这么自由地在这里谈着。

又例如这回北平的迁移古物和不准大学生逃难，发令的有道理，批评的也有道理，不过这都是些字面，并不是精髓。

倘说，因为古物古得很，有一无二，所以是宝贝，应该赶快搬走的吧。这诚然也说得通的。但我们也没有两个北平，而且那地方也比一切现存的古物还要古。禹是一条虫，那时的话我们且不谈吧，至于商周时代，这地方却确是已经有了的。为什么倒撇下不管，单搬古物呢？说一句老实话，那就是并非因为古物的"古"，倒是为了它在失掉北平之后，还可以随身带着，随时卖出铜钱来。

大学生虽然是"中坚分子"，然而没有市价，假使欧美的市场上值到五百美金一名口，也一定会装了箱子，用专车和古物一同运出北平，在租界上外国银行的保险柜子里藏起来的。

但大学生却多而新，惜哉！

费话不如少说，只剥崔颢《黄鹤楼》诗以吊之，曰——

阔人已骑文化去，此地空余文化城。

文化一去不复返，古城千载冷清清。

专车队队前门站，晦气重重大学生。

日薄榆关何处抗，烟花场上没人惊。

一九三三年一月三十一日

电的利弊

日本幕府时代，曾大杀基督教徒，刑罚很凶，但不准发表，世无知者。到近几年，乃出版当时的文献不少。曾见《切利支丹殉教记》，其中记有拷问教徒的情形，或牵到温泉旁边，用热汤浇身；或周围生火，慢慢的烤炙，这本是"火刑"，但主管者却将火移远，改死刑为虐杀了。

中国还有更残酷的。唐人说部中曾有记载，一县官拷问犯人，四周用火遥焙，口渴，就给他喝酱醋，这是比日本更进一步的办法。现在官厅拷问嫌疑犯，有用辣椒煎汁灌人鼻孔去的，似乎就是唐朝遗下的方法，或则是古今英雄，所见略同。曾见一个因在反省院里的青年的信，说先前身受此刑，苦痛不堪，辣汁流入肺脏及心，已成不治之症，即释放亦不免于死云云。此人是陆军学生，不明内脏构造，其实倒挂灌鼻，可以由气管流入肺中，引起致死之病，却不能进入心中，大约当时因在苦楚中，知觉瞀乱，遂疑为已到心脏了。

但现在之所谓文明人所造的刑具，残酷又超出于此种方法万万。上海有电刑，一上，即遍身痛楚欲裂，遂昏去，少顷又醒，则又受刑。闻曾有连受七八次者，即幸而免死，亦从此牙齿皆摇动，神经亦变钝，不能复原。前年纪念爱迪生，许多人赞颂电报电话之有利于人，却没有想到同是一电，而有人得到这样的大害，福人用电气疗病，美容，而被压迫者却以此受苦，丧命也。

外国用火药制造子弹御敌，中国却用它做爆竹敬神；外国用罗盘针航海，中国却用它看风水；外国用鸦片医病，中国却拿来当饭吃。同一种东西，而中外用法之不同有如此，盖不但电气而已。

一九三三年一月三十一日

航空救国三愿

现在各色的人们大喊着各种的救国，好像大家突然爱国了似的。其实不然，本来就是这样，在这样地救国的，不过现在喊了出来罢了。

所以银行家说贮蓄救国，卖稿子的说文学救国，画画儿的说艺术救国，爱跳舞的说寓救国于娱乐之中，还有，据烟草公司说，则就是吸吸马占山将军牌香烟，也未始非救国之一道云。

这各种救国，是像先前原已实行过来一样，此后也要实行下去的，决不至于五分钟。

只有航空救国较为别致，是应该刮目相看的，那将来也很难豫测，原因是在主张的人们自己大概不是飞行家。

那么，我们不妨预先说出一点愿望来。

看过去年此时的上海报的人们恐怕还记得，苏州不是有一队飞机来打仗的么？后来别的都在中途"迷失"了，只剩下领队的洋烈士的那一架，双拳不敌四手，终于给日本飞机打落，累得他母亲从美洲路远迢迢的跑来，痛哭一场，带几个花圈而去。听说广州也有一队出发的，闺秀们还将诗词绣在小衫上，赠战士以壮行色。然而，可惜得很，好像至今还没有到。

所以我们应该在防空队成立之前，陈明两种愿望——

一，路要认清；

二，飞得快些。

还有更要紧的一层，是我们正由"不抵抗"以至"长期抵抗"而入于"心理抵抗"的时候，实际上恐怕一时未必和外国打仗，那时战士技痒了，而又苦于英雄无用武之地，不知道会不会炸弹倒落到手无寸铁的人民头上来的?

　　所以还得战战兢兢的陈明一种愿望,是——

　　三,莫杀人民!

一九三三年二月三日

不通两种

人们每当批评文章的时候，凡是国文教员式的人，大概是着眼于"通"或"不通，"《中学生》杂志上还为此设立了病院。然而做中国文其实是很不容易"通"的，高手如太史公司马迁，倘将他的文章推敲起来，无论从文字，文法，修辞的任何一种立场去看，都可以发见"不通"的处所。

不过现在不说这些；要说的只是在笼统的一句"不通"之中，还可由原因而分为几种。大概的说，就是：有作者本来还没有通的，也有本可以通，而因了种种关系，不敢通，或不愿通的。

例如去年十月三十一日《大晚报》的记载"江都清赋风潮"，在《乡民二度兴波作浪》这一个巧妙的题目之下，述陈友亮之死云：

"陈友亮见官方军警中，有携手枪之刘金发，竟欲夺刘之手枪，当被子弹出膛，饮弹而毙，警察队亦开空枪一排，乡民始后退。……"

"军警"上面不必加上"官方"二字之类的费话，这里也且不说。最古怪的是子弹竟被写得好像活物，会自己飞出膛来似的。但因此而累得下文的"亦"字不通了。必须将上文改作"当被击毙"，才妥。倘要保存上文，则将末两句改为"警察队空枪亦一齐发声，乡民始后退"，这才铢两悉称，和军警都毫无关系——虽然文理总未免有点希奇。

现在，这样的稀奇文章，常常在刊物上出现。不过其实也并非作者的不通，大抵倒是恐怕"不准通"，因而先就"不敢通"了的缘故。头等聪明人不谈这些，就成了"为艺术的艺术"家；次等聪明人竭力用种种法来粉饰这不通，就成了"民族主义文学"者，但两者是都属于自己"不愿通"，即"不肯通"这一类里的。

二月三日

【因此引起的通论】

"最通的"文艺

王平陵

鲁迅先生最近常常用何家干的笔名，在黎烈文主编的《申报》的《自由谈》，发表不到五百字长的短文。好久不看见他老先生的文了，那种富于幽默性的讽刺的味儿，在中国的作家之林，当然还没有人能超过鲁迅先生。

不过，听说现在的鲁迅先生已跑到十字街头，站在革命的队伍里去了。那么，像他这种有闲阶级的幽默的作风，严格言之，实在不革命。我以为也应该转变一下才是！譬如，鲁迅先生不喜欢第三种人，讨厌民族主义的文艺，他尽可痛快地直说，何必装腔作势，吞吞吐吐，打这么许多弯儿。在他最近所处的环境，自然是除了那些恭颂苏联德政的献词以外，便没有更通的文艺的。他认为第三种人不谈这些，是比较最聪明的人；民族主义文艺者故意找出理由来文饰自己的不通，是比较次聪明的人。其言可谓尽深刻恶毒之能事。不过，现在最通的文艺，是不是仅有那些对苏联当局摇尾求媚的献词，不免还是疑问。如果先生们真是为着解放劳苦大众而呐喊，犹可说也；假使仅仅是为着个人的出路，故意制造一块容易招摇的金字商标，以资号召而已。那么，我就看不出先生们的苦心孤行，比到被你们所不齿的第三种人，以及民族主义文艺者，究竟是高多少。

其实，先生们个人的生活，由我看来，并不比到被你们痛骂的小资作家更穷苦些。当然，鲁迅先生是例外，大多数的所谓革命的作家，听说，常常在上海的大跳舞场，拉斐花园里，可以遇见他们伴着娇美的爱侣，一面喝香槟，一面吃朱古力，兴高采烈地跳着狐步舞，倦舞意懒，乘着雪亮的汽车，奔赴预定的香巢，度他们真个销魂的生活。明天起来，写工人呵！斗争呵！

之类的东西，拿去向书贾们所办的刊物换取稿费，到晚下，照样是生活在红绿的灯光下，沉醉着，欢唱着，热爱着。像这种优裕的生活，我不懂先生们还要叫什么苦，喊什么冤，你们的猫哭耗子的仁慈，是不是能博得劳苦大众的同情，也许，在先生们自己都不免是绝大的疑问吧！

如果中国人不能从文化的本身上做一点基础的工夫，就这样大家空喊一阵口号，胡闹一阵，我想，把世界上无论那种最新颖最时髦的东西拿到中国来，都是毫无用处。我们承认现在的苏俄，确实是有了他相当的成功，但，这不是偶然。他们从前所遗留下来的一部分文化的遗产，是多么丰富，我们回溯到十月革命以前的俄国文学，音乐，美术，哲学，科学，哪一件不是已经到达国际文化的水准。他们有了这些充实的根基，才能产生现在这些学有根蒂的领袖。我们仅仅渴慕人家的成功而不知道努力文化的根本的建树，再等十年百年，乃至千年万年，中国还是这样，也许比现在更坏。

不错，中国的文化运动，也已有二十年的历史了。但是，在这二十年中，在文化上究竟收获到什么。欧美的名著，在中国是否能有一册比较可靠的译本，文艺上的各种派别，各种主义，我们是否都拿得出一种代表作，其他如科学上的发明，思想上的创造，是否能有一种值得我们记忆。唉！中国的文化低落到这步田地，还谈得到什么呢！

要是中国的文艺工作者，如不能从今天起，大家立誓做一番基本的工夫，多多地转运一些文艺的粮食，多多地树艺一些文艺的种子，我敢断言：在现代的中国，决不会产生"最通的"文艺的。

二月二十日《武汉日报》的《文艺周刊》

【通论的拆通】

官话而已

家　干

这位王平陵先生我不知道是真名还是笔名？但看他投稿的地方，立论的腔调，就明白是属于"官方"的。一提起笔，就向上司下属，控告了两个人，真是十足的官家派势。

说话弯曲不得，也是十足的官话。植物被压在石头底下，只好弯曲的生长，这时俨然自傲的是石头。什么"听说"，什么"如果"，说得好不自在。听了谁说？如果不"如果"呢？"对苏联当局摇尾求媚的献词"是哪些篇？"倦舞意懒，乘着雪亮的汽车，奔赴预定的香巢"的"所谓革命作家"是哪些人呀？是的，曾经有人当开学之际，命大学生全体起立，向着鲍罗廷一鞠躬，拜得他莫名其妙；也曾经有人做过《孙中山与列宁》，说得他们俩真好像没有什么两样；至于聚敛享乐的人们之多，更是社会上大家周知的事实，但可惜那都并不是我们。平陵先生的"听说"和"如果"，都成了无的放矢，含血喷人了。

于是乎还要说到"文化的本身"上。试想就是几个弄弄笔墨的青年，就要遇到监禁，枪毙，失踪的灾殃，我做了六篇"不到五百字"的短评，便立刻招来了"听说"和"如果"的官话，叫作"先生们"，大有一网打尽之概。则做"基本的工夫"者，现在舍官许的"第三种人"和"民族主义文艺者"之外还能靠谁呢？"唉！"

然而他们是做不出来的。现在只有我的"装腔作势，吞吞吐吐"的文章，倒正是这社会的产物。而平陵先生又责为"不革命"，好像他乃是真正老牌革命党，这可真是奇怪了。——但真正老牌的官话也正是这样的。

七月十九日

赌 咒

　　"天诛地灭，男盗女娼"——是中国人赌咒的经典，几乎像诗云子曰一样。现在的宣誓，"誓杀敌，誓死抵抗，誓……"似乎不用这种成语了。

　　但是，赌咒的实质还是一样，总之是信不得。他明知道天不见得来诛他，地也不见得来灭他，现在连人参都"科学化地"含起电气来了，难道"天地"还不科学化么！至于男盗和女娼，那是非但无害，而且有益：男盗——可以多刮几层地皮，女娼——可以多弄几个"裙带官儿"的位置。

　　我的老朋友说：你这个"盗"和"娼"的解释都不是古义。我回答说——你知道现在是什么时代！现在是盗也摩登，娼也摩登，所以赌咒也摩登，变成宣誓了。

一九三三年二月九日

战略关系

首都《救国日报》上有句名言：

"浸使为战略关系，须暂时放弃北平，以便引敌深入……应严厉责成张学良，以武力制止反对运动，虽流血亦所不辞。"（《上海日报》二月九日转载。）

虽流血亦所不辞！勇敢哉战略大家也！

血的确流过不少，正在流的更不少，将要流的还不知道有多多少少。这都是反对运动者的血。为着什么？为着战略关系。

战略家在去年上海打仗的时候，曾经说："为战略关系，退守第二道防线，"这样就退兵；过了两天又说，为战略关系，"如日军不向我军射击，则我军不得开枪，着士兵一体遵照"，这样就停战。此后，"第二道防线"消失，上海和议开始，谈判，签字，完结。那时候，大概为着战略关系也曾经见过血；这是军机大事，小民不得而知——至于亲自流过血的虽然知道，他们又已经没有了舌头。究竟那时候的敌人为什么没有"被诱深入"？

现在我们知道了：那次敌人所以没有"被诱深入"者，决不是当时战略家的手段太不高明，也不是完全由于反对运动者的血流得"太少"，而另外还有个原因：原来英国从中调停——暗地里和日本有了谅解，说是日本呀，你们的军队暂时退出上海，我们英国更进一步来帮你的忙，使满洲国不至于被国联否认——这就是现在国联的什么什么草案，什么什么委员的态度。这其实是说，你不要在这里深入——这里是有赃大家分——你先到北方去深入再说。深入还是要深入，不过地点暂时不同。

因此，"诱敌深入北平"的战略目前就需要了。流血自然又要多流几次。

其实，现在一切准备停当，行都、陪都色色俱全，文化古物，和大学生，也已经各自乔迁。无论是黄面孔、白面孔、新大陆、旧大陆的敌人，无论这些敌人要深入到什么地方，都请深入吧。至于怕有什么反对运动，那我们的战略家："虽流血亦所不辞！"放心，放心。

二月九日

【备考】

奇文共赏

周敬侪

大人先生们把"故宫古物"看得和命（当然不是小百姓的命）一般坚决南迁，无非因为"古物"价值不止"连城"，并且容易搬动，容易变钱的原故，这也值得你们大惊小怪，冷嘲热讽！我正这样想着的时候，居然从首都一家报纸上见到赞成"古物南迁"的社论；并且建议"武力制止反对"，"流血在所不辞"，请求政府"保持威信"，"贯彻政策！"这样的宏词高论，我实在不忍使它湮没无闻，因特不辞辛苦，抄录出来，献给大众：

"……北平各团体之反对古物南迁，为有害北平将来之繁荣，此种自私自利完全蔑视国家利益之理由，北平各团体竟敢说出，吾人殊服其厚颜无耻，彼等只为北平之繁荣，必须以数千年古物冒全被敌人劫夺而去之大危险，所见未免太小，使政府为战略关系，须暂时放弃北平，以便引敌深入，聚而歼之，则古物必被敌人劫夺而去，试问将来北平之繁荣何由维持，故不如先行迁移，俟打倒日本，北平安如泰山后，再行迁回，北平各团体自私自利，固可恶可耻，其无远虑，亦可怜也，其反对迁移之又一理由，则谓政府应先顾全土地，此言似是而实非，盖放弃一部分土地供敌人一时之占领，以歼灭敌人，然后再行恢复，古今中外，其例甚多，如一八一二年之役，俄人不但放弃莫斯科，且将莫斯科烧毁，以困拿破仑；欧战时，比利时，塞尔维亚，皆放弃全部领土，供敌人蹂躏，卒将强德击破，盖领土被占，只须不与敌人媾和，签字于割让条约，则敌人固无如该土何，至于故宫古物，若不迁移，设不幸北平被敌人占领，将古物劫夺而去，试问中国将何法以恢复之，行见中国文明结晶，供敌人战利品，可耻孰甚，……最后吾人奉告政府，政府迁移古物之政策，既已决定，则不论遇如何阻碍，应求其贯彻，若一经无见识无远虑之群愚反对，即行中止，政府威信何在，故吾主张严责张学良，使以武力制止反对运动，若不得已，虽流血亦所不辞……"

《申报》《自由谈》

颂　萧

萧伯纳未到中国之前，《大晚报》希望日本在华北的军事行动会因此而暂行停止，呼之曰"和平老翁"。

萧伯纳既到香港之后，各报由"路透电"译出他对青年们的谈话，题之曰"宣传共产"。

萧伯纳"语路透访员曰，君甚不像华人，萧并以中国报界中人全无一人访之为异，问曰，彼等其幼稚至于未识余乎?"（十一日路透电）

我们其实是老练的，我们很知道香港总督的德政，上海工部局的章程，要人的谁和谁是亲友，谁和谁是仇雠，谁的太太的生日是那一天，爱吃的是什么。但对于萧——惜哉，就是作品的译本也只有三四种。

所以我们不能识他在欧洲大战以前和以后的思想，也不能深识他游历苏联以后的思想。但只就十四日香港"路透电"所传，在香港大学对学生说的"如汝在二十岁时不为赤色革命家，则在五十岁时将成不可能之僵石，汝欲在二十岁时成一赤色革命家，则汝可得在四十岁时不致落伍之机会"的话，就知道他的伟大。

但我所谓伟大的，并不在他要令人成为赤色革命家，因为我们有"特别国情"，不必赤色，只要汝今天成为革命家，明天汝就失掉了性命，无从到四十岁。我所谓伟大的，是他竟替我们二十岁的青年，想到了四五十岁的时候，而且并不离开了现在。

阔人们会搬财产进外国银行，坐飞机离开中国地面，或者是想到明天的罢；"政如飘风，民如野鹿"，穷人们可简直连明天也不能想了，况且也不准想，不敢想。

又何况二十年，三十年之后呢？这问题极平常，然而是伟大的。

此之所以为萧伯纳！

二月十五日

【又招恼了大主笔】

萧伯纳究竟不凡

《大晚报》社论

"你们批评英国人做事，觉得没有一件事怎样的好，也没有一件事怎样的坏；可是你们总找不出那一件事给英国人做坏了。他做事多有主义的。他要打你，他提倡爱国主义来；他要抢你，他提出公事公办的主义；他要奴役你，他提出帝国主义大道理；他要欺侮你，他又有英雄主义的大道理；他拥护国王，有忠君爱国的主义，可是他要斫掉国王的头，又有共和主义的道理。他的格言是责任；可是他总不忘记一个国家的责任与利益发生了冲突就要不得了。"

这是萧伯纳老先生在《命运之人》中批评英国人的尖刻语。我们举这一个例来介绍萧先生，要读者认识大伟人之所以伟大，也自有其秘诀在。这样子的冷箭，充满在萧氏的作品中，令受者难堪，听者痛快，于是萧先生的名言警句，家传户诵，而一代文豪也确定了他的伟大。

借主义，成大名，这是现代学者一时的风尚，萧先生有嘴说英国人，可惜没有眼估量自己。我们知道萧先生是泛平主义的先进，终身拥护这渐进社会主义，他的戏剧，小说，批评，散文中充塞着这种主义的宣传品，萧先生之于社会主义，可说是个彻头彻尾的忠实信徒。然而，我们又知道，萧先生是铢锱必较的积产专家，是反对慈善事业最力的理论家，结果，他坐拥着百万巨资面团团早成了个富家翁。萧先生唱着平均资产的高调，为被压迫的劳工鸣不平，向寄生物性质的资产家冷嘲热讽，因此而赢得全民众的同情，一书出版，大家抢着买，一剧登场，一百多场做下去，不愁没有人看，于是萧先生坐在提倡共产主义的安乐椅里，笑嘻嘻地自鸣得意，借主义以成名，挂羊头买狗肉的戏法，究竟巧妙无穷。

现在，萧先生功成名就，到我们穷苦的中国来玩玩了。多谢他提携后进的热诚，在香港告诉我们学生道："二十岁不为赤色革命家，五十岁要成僵石；二十岁做了赤色革命家，四十岁可不致落伍。"原来做赤色革命家的原因，只为自己怕做僵石，怕落伍而已；主义本身的价值如何，本来与个人的前途没有多大关系；我们要在社会里混出头，只求不僵，只求不落伍，这是现代人立身处世的名言，萧先生坦白言之，安得不叫我们五体投地，真不愧"圣之时者也"的现代孔子了。

然而，萧先生可别小看了这老大的中国，像你老先生这样时髦的学者，我们何尝没有。坐在安乐椅里发着尖刺的冷箭来宣传什么主义的，不须先生指教，戏法已耍得十分纯熟了。我想先生知道了，一定要莞尔而笑曰："我道不孤！"

然而，据我们愚蠢的见解，伟大人格的素质，重要的是个诚字。你信仰什么主义，就该诚挚地力行，不该张大了嘴唱着好听。若说，萧先生和他的同志，真信仰共产主义的，就请他散尽了家产再说话。可是，话也得说回来，萧先生散尽了家产，真穿着无产同志的褴褛装束，坐着三等舱来到中国，又有谁去睬他呢？这样一想：萧先生究竟不凡。

二月十七日

【也不佩服大主笔】

前文的案语

乐 雯

这种"不凡"的议论的要点是：（一）尖刻的冷箭，"令受者难堪，听者痛快"，不过是取得"伟大"的秘诀；（二）这秘诀还在于"借主义，成大名，挂羊头，卖狗肉的戏法"；（三）照《大晚报》的意见，似乎应当为着自己的"主义"——高唱"神武的大文"，"张开血盆似的大口"去吃人，虽在二十岁就落伍，就变为僵石，亦所不惜；（四）如果萧伯纳不赞成这种

"主义"，就不应当坐安乐椅，不应当有家财，赞成了那种主义，当然又当别论。

可惜，这世界的崩溃，偏偏已经到了这步田地——小资产的知识阶层分化出一些爱光明不肯落伍的人，他们向着革命的道路上开步走。他们利用自己的种种可能，诚恳的赞助革命的前进。他们在以前，也许客观上是资本主义社会关系的拥护者。但是，他们偏要变成资产阶级的"叛徒"。而叛徒常常比敌人更可恶。

卑劣的资产阶级心理，以为给了你"百万家财"，给了你世界的大名，你还要背叛，你还有什么不满意，"实属可恶之至"。这自然是"借主义，成大名"了。对于这种卑劣的市侩，每一件事情一定有一种物质上的荣华富贵的目的。这是道地的"唯物主义"——名利主义。萧伯纳不在这种卑劣心理的意料之中，所以可恶之至。

而《大晚报》还推论到一般的时代风尚，推论到中国也有"坐在安乐椅里发着尖刺的冷箭来宣传什么什么主义的，不须先生指教"。这当然中外相同的道理，不必重新解释了。可惜的是：独有那吃人的"主义"，虽然借用了好久，然而还是不能够"成大名"，呜呼！

至于可恶可怪的萧——他的伟大，却没有因为这些人"受着难堪"，就缩小了些。所以像中国历代的离经叛道的文人似的，活该被皇帝判决"抄没家财"。

《萧伯纳在上海》

对于战争的祈祷

——读书心得

热河的战争开始了。

三月一日——上海战争的结束的"纪念日",也快到了。"民族英雄"的肖像一次又一次的印刷着,出卖着;而小兵们的血,伤痕,热烈的心,还要被人糟蹋多少时候?回忆里的炮声和几千里外的炮声,都使得我们带着无可如何的苦笑,去翻开一本无聊的,但是,倒也很有几句"警句"的闲书。这警句是:

"喂,排长,我们到底上哪里去哟?"——其中的一个问。

"走吧,我也不晓得。"

"丢那妈,死光就算了,走什么!"

"不要吵,服从命令!"

"丢那妈的命令!"

然而丢那妈归丢那妈,命令还是命令,走也当然还是走,四点钟的时候,中山路复归于沉寂,风和叶儿沙沙的响,月亮躲在青灰色的云海里,睡着,依旧不管人类的事。

这样,十九路军就向西退去。

黄震遐:《大上海的毁灭》

什么时候"丢那妈"和"命令"不是这样各归各,那就得救了。不然呢?还有"警句"可以回答这个问题:

十九路军打，是告诉我们说，除掉空说以外，还有些事好做！

十九路军胜利，只能增加我们苟且，偷安与骄傲的迷梦！

十九路军死，是警告我们活得可怜，无趣！

十九路军失败，才告诉我们非努力，还是做奴隶的好！

（见同书）

这是警告我们，非革命，则一切战争，命里注定的必然要失败。现在，主战是人人都会的了——这是一二八的十九路军的经验：打是一定要打的，然而切不可打胜，而打死也不好，不多不少刚刚适宜的办法是失败。"民族英雄"对于战争的祈祷是这样的。而战争又的确是他们在指挥着，这指挥权是不肯让给别人的。战争，禁得起主持的人豫定着打败仗的计划么？好像戏台上的花脸和白脸打仗，谁输谁赢是早就在后台约定了的。呜呼，我们的"民族英雄"！

一九三三年二月二十五日

从讽刺到幽默

讽刺家，是危险的。

假使他所讽刺的是不识字者，被杀戮者，被囚禁者，被压迫者吧，那很好，正可给读他文章的所谓有教育的智识者嘻嘻一笑，更觉得自己的勇敢和高明。然而现今的讽刺家之所以为讽刺家，却正在讽刺这一流所谓有教育的智识者社会。

因为所讽刺的是这一流社会，其中的各分子便各各觉得好像刺着了自己，就一个个的暗暗的迎出来，又用了他们的讽刺，想来刺死这讽刺者。

最先是说他冷嘲，渐渐的又七嘴八舌的说他谩骂，俏皮话，刻毒，可恶，学匪，绍兴师爷，等等，等等。然而讽刺社会的讽刺，却往往仍然会"悠久得惊人"的，即使捧出了做过和尚的洋人或专办了小报来打击，也还是没有效，这怎不气死人也么哥呢！

枢纽是在这里：他所讽刺的是社会，社会不变，这讽刺就跟着存在，而你所刺的是他个人，他的讽刺倘存在，你的讽刺就落空了。

所以，要打倒这样的可恶的讽刺家，只好来改变社会。

然而社会讽刺家究竟是危险的，尤其是在有些"文学家"明明暗暗的成了"王之爪牙"的时代。人们谁高兴做"文字狱"中的主角呢，但倘不死绝，肚子里总还有半口闷气，要借着笑的幌子，哈哈的吐他出来。笑笑既不至于得罪别人，现在的法律上也尚无国民必须哭丧着脸的规定，并非"非法"，盖可断言的。

我想：这便是去年以来，文字上流行了"幽默"的原因，但其中单是"为笑笑而笑笑"的自然也不少。

　　然而这情形恐怕是过不长久的，"幽默"既非国产，中国人也不是长于"幽默"的人民，而现在又实在是难以幽默的时候。于是虽幽默也就免不了改变样子了，非倾于对社会的讽刺，即堕入传统的"说笑话"和"讨便宜"。

三月二日

从幽默到正经

"幽默"一倾于讽刺，失了它的本领且不说，最可怕的是有些人又要来"讽刺"，来陷害了，倘若堕于"说笑话"，则寿命是可以较为长远，流年也大致顺利的，但愈堕愈近于国货，终将成为洋式徐文长。当提倡国货声中，广告上已有中国的"自造舶来品"，便是一个证据。

而况我实在恐怕法律上不久也就要有规定国民必须哭丧着脸的明文了。笑笑，原也不能算"非法"的。但不幸东省沦陷，举国骚然，爱国之士竭力搜索失地的原因，结果发见了其一是在青年的爱玩乐，学跳舞。当北海上正在嘻嘻哈哈的溜冰的时候，一个大炸弹抛下来，虽然没有伤人，冰却已经炸了一个大窟窿，不能溜之大吉了。

又不幸而榆关失守，热河吃紧了，有名的文人学士，也就更加吃紧起来，做挽歌的也有，做战歌的也有，讲文德的也有，骂人固然可恶，俏皮也不文明，要大家做正经文章，装正经脸孔，以补"不抵抗主义"之不足。

但人类究竟不能这么沉静，当大敌压境之际，手无寸铁，杀不得敌人，而心里却总是愤怒的，于是他就不免寻求敌人的替代。这时候，笑嘻嘻的可就遭殃了，因为他这时便被叫作："陈叔宝全无心肝。"所以知机的人，必须也和大家一样哭丧着脸，以免于难。"聪明人不吃眼前亏"，亦古贤之遗教也，然而这时也就"幽默"归天，"正经"统一了剩下的全中国。

明白这一节，我们就知道先前为什么无论贞女与淫女，见人时都得不笑不言；现在为什么送葬的女人，无论悲哀与否，在路上定要放声大叫。

这就是"正经"。说出来么，那就是"刻毒"。

一九三三年三月二日

王道诗话

"人权论"是从鹦鹉开头的。据说古时候有一只高飞远走的鹦哥儿，偶然又经过自己的山林，看见那里大火，它就用翅膀蘸着些水洒在这山上；人家说它那一点水怎么救得熄这样的大火，它说："我总算在这里住过的，现在不得不尽点儿心。"（事出《栎园书影》，见胡适《人权论集》序所引。）鹦鹉会救火，人权可以粉饰一下反动的统治。这是不会没有报酬的。胡博士到长沙去演讲一次，何将军就送了五千元程仪。价钱不算小，这"叫做"实验主义。

但是，这火怎么救，在"人权论"时期（一九二九——三〇年），还不十分明白，五千元一次的零卖价格做出来之后，就不同了。最近（今年二月二十一日）《字林西报》登载胡博士的谈话说：

"任何一个政府都应当有保护自己而镇压那些危害自己的运动的权利，固然，政治犯也和其他罪犯一样，应当得着法律的保障和合法的审判……"

这就清楚得多了！这不是在说"政府权"了么？自然，博士的头脑并不简单，他不至于只说"只手拿宝剑，只手拿着经典！"如什么主义之类。他是说还应当拿着法律。

中国的帮忙文人，总有这一套秘诀，说什么王道，仁政。

你看孟夫子多么幽默，他教你离得杀猪的地方远远的，嘴里吃得着肉，心里还保持着不忍人之心，又有了仁义道德的名目。不但骗人，还骗了自己，真所谓心安理得，实惠无穷。

诗曰:

> 文化班头博士衔,人权抛却说王权。
> 朝廷自古多屠戮,此理今凭实验传。
> 人权王道两翻新,为感君恩奏圣明。
> 虐政何妨援律例,杀人如草不闻声。
> 先生熟读圣贤书,君子由来道不孤。
> 千古同心有孟子,也教肉食远庖厨。
> 能言鹦鹉毒于蛇,滴水微功漫自夸。
> 好向侯门卖廉耻,五千一掷未为奢。

三月五日

伸　冤

李顿报告书采用了中国人自己发明的"国际合作以开发中国的计划"，这是值得感谢的——最近南京市各界的电报已经"谨代表京市七十万民众敬致慰念之忱"，称他"不仅为中国好友，且为世界和平及人道正义之保障者"（三月一日南京中央社电）了。

然而李顿也应当感谢中国才好：第一，假使中国没有"国际合作学说"，李顿爵士就很难找着适当的措辞来表示他的意思。岂非共管没有了学理上的根据？第二，李顿爵士自己说的："南京本可欢迎日本之扶助以拒共产潮流，"他就更应当对于中国当局的这种苦心孤诣表示诚恳的敬意。

但是，李顿爵士最近在巴黎的演说（路透社二月二十日巴黎电），却提出了两个问题，一个是："中国前途，似系于如何，何时及何人对于如此伟大人力予以国家意识的统一力量，日内瓦乎，莫斯科乎？"还有一个是："中国现在倾向日内瓦，但若日本坚持其现行政策，而日内瓦失败，则中国纵非所愿，亦将变更其倾向矣。"这两个问题都有点儿侮辱中国的国家人格。国家者政府也。李顿说中国还没有"国家意识的统一力量"，甚至于还会变更其对于日内瓦之倾向！这岂不是不相信中国国家对于国联的忠心，对于日本的苦心？

为着中国国家的尊严和民族的光荣起见，我们要想答复李顿爵士已经好多天了，只是没有相当的文件。这使人苦闷得很。今天突然在报纸上发见了一件宝贝，可以拿来答复李大人：这就是"汉口警部三月一日的布告"。这里可以找着"铁一样的事实"，来反驳李大人的怀疑。

例如这布告（原文见《申报》三月一日汉口专电）说："在外资下劳力

之劳工，如劳资间有未解决之正当问题，应禀请我主管机关代表为交涉或救济，绝对不得直接交涉，违者拿办，或受人利用，故意以此种手段，构成严重事态者，处死刑。"这是说外国资本家遇见"劳资间有未解决之正当问题"，可以直接任意办理，而劳工方面如此这般者……就要处死刑。这样一来，我们中国就只剩得"用国家意识统一了的"劳工了。因为凡是违背这"意识"的，都要请他离开中国的"国家"——到阴间去。李大人难道还能够说中国当局不是"国家意识的统一力量"么？

再则统一这个"统一力量"的，当然是日内瓦，而不是莫斯科。"中国现在倾向日内瓦"——这是李顿大人自己说的。我们这种倾向十二万分的坚定，例如那布告上也说："如有奸民流痞受人诱买勾串，或直受驱使，或假托名义，以图破坏秩序安宁，与构成其他不利于我国家社会之重大犯行者，杀无赦。"这是保障"日内瓦倾向"的坚决手段，所谓"虽流血亦所不辞"。而且"日内瓦"是讲世界和平的，因此，中国两年以来都没有抵抗，因为抵抗就要破坏和平；直到"一·二八"，中国也不过装出挡挡炸弹枪炮的姿势；最近的热河事变，中国方面也同样的尽在"缩短阵线"。不但如此，中国方面埋头剿匪，已经宣誓在一两个月内肃清匪共，"暂时"不管热河。这一切都是要证明"日本……见中国南方共产潮流渐起，为之焦虑"是不必的，日本很可以无须亲自出马。中国方面这样辛苦的忍耐的工作着，无非是为着要感动日本，使它悔悟，达到远东永久和平的目的，国际资本可以在这里分工合作。而李顿爵士要还怀疑中国会"变更其倾向"，这就未免太冤枉了。

总之，"处死刑，杀无赦"，是回答李顿爵士的怀疑的历史文件。请放心吧，请扶助吧。

三月七日

曲的解放

"词的解放"已经有过专号，词里可以骂娘，还可以"打打麻将"。

曲为什么不能解放，也来混账混账？不过，"曲"一解放，自然要"直"——后台戏搬到前台——未免有失诗人温柔敦厚之旨，至于平仄不调，声律乖谬，还在其次。

《平津会》杂剧

（生上）：连台好戏不寻常：攘外期间安内忙。只恨热汤滚得快，未敲锣鼓已收场。

（唱）：

〔短柱天净纱〕　　　　　　　　热汤混账——逃亡！

装腔抵抗——何妨？

（旦上唱）：　　　　　　　　　　模仿中央榜样：

——整装西望，

商量奔向咸阳。

（生）：你你你……低声！你看咱们那汤儿呀，他那里无心串演，我这里有口难分，一出好戏，就此糟糕，好不麻烦人也！

（旦）：那有什么：再来一出"查办"好了。咱们一夫一妇，一正一副，也还够唱的。

（生）：好吧！　　　　　　　　　（唱；）

〔颠倒阳春曲〕　　　　　　　　　人前指定可憎张，

骂一声，不抵抗！

（且背人唱）：　　　　　　　　百忙里算甚糊涂账？

　　　　　　　　　　　　　　　只不过假装腔，

　　　　　　　　　　　　　　　便骂骂又何妨？

（丑携包裹急上）：阿呀呀，唅唅不得了了！

（且抱丑介）：我儿呀，你这么心慌！你应当在前面多挡这么几挡，让我们好收拾收拾。（唱）：

〔颠倒阳春曲〕　　　　　　　　背人搂定可怜汤，

　　　　　　　　　　　　　　　骂一声，枉抵抗。

　　　　　　　　　　　　　　　戏台上露甚慌张相？

　　　　　　　　　　　　　　　只不过理行装，

　　　　　　　　　　　　　　　但等等又何妨？

（丑哭介）：你们倒要理行装！我的行装先就不全了，你瞧。（指包裹介。）

（且）：我儿快快走扶桑。

（生）：雷厉风行查办忙。

（丑：）如此牺牲还值得，堂堂大汉有风光。（同下。）

　　　　　　　　　　　　　　　　　　　　　　　　　　　三月九日

文学上的折扣

有一种无聊小报，以登载诬蔑一部分人的小说自鸣得意，连姓名也都给以影射的，忽然对于投稿，说是"如含攻讦个人或团体性质者恕不揭载"了，便不禁想到了一些事——

凡我所遇见的研究中国文学的外国人中，往往不满于中国文章之夸大。这真是虽然研究中国文学，恐怕到死也还不会懂得中国文学的外国人。倘是我们中国人，则只要看过几百篇文章，见过十来个所谓"文学家"的行径，又不是刚刚"从民间来"的老实青年，就决不会上当。因为我们惯熟了，恰如钱店伙计的看见钞票一般，知道什么是通行的，什么是该打折扣的，什么是废票，简直要不得。

譬如说吧，称赞贵相是"两耳垂肩"，这时我们便至少将他打一个对折，觉得比通常也许大一点，可是决不相信他的耳朵像猪猡一样。说愁是"白发三千丈"，这时我们便至少将他打一个二万扣，以为也许有七八尺，但决不相信它会盘在顶上像一个大草囤。这种尺寸，虽然有些模糊，不过总不至于相差太远。反之，我们也能将少的增多，无的化有，例如戏台上走出四个拿刀的瘦伶仃的小戏子，我们就知道这是十万精兵；刊物上登载一篇俨乎其然的像煞有介事的文章，我们就知道字里行间还有看不见的鬼把戏。

又反之，我们并且能将有的化无，例如什么"枕戈待旦"呀，"卧薪尝胆"呀，"尽忠报国"呀，我们也就即刻会看成白纸，恰如还未定影的照片，遇到了日光一般。

但这些文章，我们有时也还看。苏东坡贬黄州时，无聊之至，有客来，便要他谈鬼。客说没有。东坡道："你姑且胡说一通吧。"我们的看，也不过这意思。但又可知道社会上有这样的东西，是费去了多少无聊的眼力。人们往往以为打牌，跳舞有害，实则这种文章的害还要大，因为一不小心，就会给它教成后天的低能儿的。

《颂》诗早已拍马，《春秋》已经隐瞒，战国时谈士蜂起，不是以危言耸听，就是以美词动听，于是夸大，装腔，撒谎，层出不穷。现在的文人虽然改着了洋服，而骨髓里却还埋着老祖宗，所以必须取消或折扣，这才显出几分真实。

"文学家"倘不用事实来证明他已经改变了他的夸大，装腔，撒谎……的老脾气，则即使对天立誓，说是从此要十分正经，否则天诛地灭，也还是徒劳的。因为我们也早已看惯了许多家都盯着"假冒王麻子灭门三代"的金漆牌子的了，又何况他连小尾巴也还在摇摇摇呢。

三月十二日

迎头经

中国现代圣经——迎头经曰："我们……要迎头赶上去，不要向后跟着。"

传曰：追赶总只有向后跟着，普通是无所谓迎头追赶的。然而圣经决不会错，更不会不通，何况这个年头一切都是反常的呢。所以赶上偏偏说迎头，向后跟着，那就说不行！

现在通行的说法是："日军所至，抵抗随之"，至于收复失地与否，那么，当然"既非军事专家，详细计划，不得而知"。不错呀，"日军所至，抵抗随之"，这不是迎头赶上是什么！日军一到，迎头而"赶"：日军到沈阳，迎头赶上北平；日军到闸北，迎头赶上真茹；日军到山海关，迎头赶上塘沽；日军到承德，迎头赶上古北口……以前有过行都洛阳，现在有了陪都西安，将来还有"汉族发源地"昆仑山——西方极乐世界。至于收复失地云云，则虽非军事专家亦得而知焉，于经有之，曰"不要向后跟着"也。证之已往的上海战事，每到日军退守租界的时候，就要"严饬所部切勿越界一步"。这样，所谓迎头赶上和勿向后跟，都是不但见于经典而且证诸实验的真理了。右传之一章。

传又曰：迎头赶和勿后跟，还有第二种的微言大义——报载热河实况曰："义军皆极勇敢，认扰乱及杀戮日军为兴奋之事……唯张作相接收义军之消息发表后，张作相既不亲往抚慰，热汤又停止供给义军汽油，运输中断，义军大都失望，甚至有认替张作相立功为无谓者。""日军既至凌源，其时张作相已不在，吾人闻讯出走，热汤扣车运物已成目击之事实，证以日军从未派飞机至承德轰炸……可知承德实为妥协之放弃。"（张慧冲君在上海东北难民救济会席上所谈。）虽然据张慧冲君所说，"享名最盛之义军领袖，其忠勇之精神，未能悉如吾人之意想"，然而义军的兵士的确是极勇敢的小百姓。正因为这些小百姓不懂得圣经，所以也不知道迎头式的策略。于是小百姓自己，就自然要碰见迎头的抵抗了：热汤放弃承德之后，北平军委分会下令"固守古北口，如义军有欲入口者，即开枪迎击之"。这是说，我的"抵抗"只是随日军之所至，你要换个样子去抵抗，我就抵抗你；何况我的退后是预先约好了的，你既不肯妥协，那就只有"不要你向后跟着"而要把你"迎头赶上"梁山了。右传之二章。

诗云："惶惶"大军，迎头而奔，"嗤嗤"小民，勿向后跟！赋也。

三月十四日

这篇文章被检查员所指摘，经过改正，这才能在十九日的报上登出来了。

原文是这样的——

第三段"现在通行的说法"至"当然既"，原文为"民国廿二年春×三月某日，当局谈话曰：'日军所至，抵抗随之……至收复失地及反攻承德，须视军事进展如何而定，余。'"又"不得而知"下有注云：(《申报》三月十二日第三张)。

第五段"报载热河……"上有"民国廿二年春×三月"九字。

三月十九夜记

"光明所到……"

中国监狱里的拷打，是公然的秘密。上月里，民权保障同盟曾经提起了这问题。

但外国人办的《字林西报》就揭载了二月十五日的《北京通信》，详述胡适博士曾经亲自看过几个监狱，"很亲爱的"告诉这位记者，说"据他的慎重调查，实在不能得最轻微的证据……他们很容易和犯人谈话，有一次胡适博士还能够用英国话和他们会谈。监狱的情形，他（胡适博士——干注）说，是不能满意的，但是，虽然他们很自由的（哦，很自由的——干注）诉说待遇的恶劣侮辱，然而关于严刑拷打，他们却连一点儿暗示也没有。……"

我虽然没有随从这回的"慎重调查"的光荣，但在十年以前，是参观过北京的模范监狱的。虽是模范监狱，而访问犯人，谈话却很不"自由"，中隔一窗，彼此相距约三尺，旁边站一狱卒，时间既有限制，谈话也不准用暗号，更何况外国话。

而这回胡适博士却"能够用英国话和他们会谈"，真是特别之极了。莫非中国的监狱竟已经改良到这地步，"自由"到这地步；还是狱卒给"英国话"吓倒了，以为胡适博士是李顿爵士的同乡，很有来历的缘故呢？

幸而我这回看见了《招商局三大案》上的胡适博士的题辞：

"公开检举，是打倒黑暗政治的惟一武器，光明所到，黑暗自消。"（原无新式标点，这是我僭加的——干注。）

我于是大彻大悟。监狱里是不准用外国话和犯人会谈的，但胡适博士一到，就开了特例，因为他能够"公开检举"，他能够和外国人"很亲爱的"

谈话，他就是"光明"，所以"光明"所到，"黑暗"就"自消"了。他于是向外国人"公开检举"了民权保障同盟，"黑暗"倒在这一面。

但不知这位"光明"回府以后，监狱里可从此也永远允许别人用"英国话"和犯人会谈否？

如果不准，那就是"光明一去，黑暗又来"了也。

而这位"光明"又因为大学和庚款委员会的事务忙，不能常跑到"黑暗"里面去，在第二次"慎重调查"监狱之前，犯人们恐怕未必有"很自由的"再说"英国话"的幸福了吧。呜呼，光明只跟着"光明"走，监狱里的光明世界真是暂时得很！

但是，这是怨不了谁的，他们千不该万不该是自己犯了"法"。"好人"就决不至于犯"法"。倘有不信，看这"光明"！

三月十五日

止哭文学

前三年，"民族主义文学"家敲着大锣大鼓的时候，曾经有一篇《黄人之血》说明了最高的愿望是在追随成吉思皇帝的孙子拔都元帅之后，去剿灭"斡罗斯"。斡罗斯者，今之苏俄也。那时就有人指出，说是现在的拔都的大军，就是日本的军马，而在"西征"之前，尚须先将中国征服，给变成从军的奴才。

当自己们被征服时，除了极少数人以外，是很苦痛的。这实例，就如东三省的沦亡，上海的爆击，凡是活着的人们，毫无悲愤的怕是很少很少吧。但这悲愤，于将来的"西征"是大有妨碍的。于是来了一部《大上海的毁灭》，用数目字告诉读者以中国的武力，决定不如日本，给大家平平心；而且以为活着不如死亡（"十九路军死，是警告我们活得可怜，无趣！"），但胜利又不如败退（"十九路军胜利，只能增加我们苟且，偷安与骄傲的迷梦！"）。总之，战死是好的，但战败尤其好，上海之役，正是中国的完全的成功。

现在第二步开始了。据中央社消息，则日本已有与满洲国签订一种"中华联邦帝国密约"之阴谋。那方案的第一条是："现在世界只有两种国家，一种系资本主义，英、美、日、意、法，一种系共产主义，苏俄。现在要抵制苏俄，非中日联合起来……不能成功"云（详见三月十九日《申报》）。

要"联合起来"了。这回是中日两国的完全的成功，是从"大上海的毁灭"走到"黄人之血"路上去的第二步。

固然，有些地方正在爆击，上海却自从遭到爆击之后，已经有了一年多，但有些人民不悟"西征"的必然的步法，竟似乎还没有完全忘掉前年的悲愤。这悲愤，和目前的"联合"就大有妨碍的。在这景况中，应运而生的是给人们一点爽利和慰安，好像"辣椒和橄榄"的文学。这也许正是一服苦闷的对症药吧。为什么呢？就因为是"辣椒虽辣，辣不死人，橄榄虽苦，苦中有味"的。明乎此，也就知道苦力为什么吸鸦片。

而且不独无声的苦闷而已，还据说辣椒是连"讨厌的哭声"也可以停止的。王慈先生在《提倡辣椒救国》这一篇名文里告诉我们说：

……还有北方人自小在母亲怀里，大哭的时候，倘使母亲拿一只辣茄子给小儿咬，很灵验的可以立止大哭……

现在的中国，仿佛是一个在大哭时的北方婴孩，倘使要制止他讨厌的哭声，只要多多的给辣茄子他咬。（《大晚报》副刊第十二号）

辣椒可以止小儿的大哭，真是空前绝后的奇闻，倘是真的，中国人可实在是一种与众不同的特别"民族"了。然而也很分明的看见了这种"文学"的企图，是在给人一辣而不死，"制止他讨厌的哭声"，静候着拔都元帅。

不过，这是无效的，远不如哭则"格杀勿论"的灵验。此后要防的是"道路以目"了，我们等待着遮眼文学吧。

三月二十日

【备考】

提倡辣椒救国

王　慈

记得有一次跟着一位北方朋友上天津点心馆子里去，坐定了以后，堂馆跑过来问道：

"老乡！吃些什么东西？"

"两盘锅贴儿！"那位北方朋友用纯粹的北方口音说。

随着锅贴儿端来的，是一盆辣椒。

我看见那位北方朋友把锅贴和着多量的辣椒津津有味的送进嘴里去，触起了我的好奇心，探险般的把一个锅贴悄悄的蘸上一点儿辣椒，送下肚去，只觉得舌尖顿时麻木得失了知觉，喉间痒辣得怪难受，眼眶里不自主涌着泪水，这时，我大大的感觉到痛苦。

那位北方朋友看见了我这个样子，大笑了起来，接着他告诉我，北方人的善吃辣椒是出于天性，他们是抱着"饭菜可以不要，辣椒不能不吃"的主义的；他们对于辣椒已经是仿佛吸鸦片似的上了瘾！还有北方人自小在母亲怀里，大哭的时候，倘使母亲拿一只辣茄子给小儿咬，很灵验的可以立止大哭……

现在的中国，仿佛是一个大哭时的北方婴孩，倘使要制止他讨厌的哭声，只要多多的给辣茄子他咬。

中国的人们，等于我的那位北方朋友，不吃辣椒是不会兴奋的！

三月二十日，《大晚报》副刊《辣椒与橄榄》

【硬要用辣椒止哭】

不要乱咬人

王慈

当心咬着辣椒

上海近来多了赵大爷赵秀才一批的人，握了尺棒，拼命想找到"阿Q相"的人来出气。还好，这一批文人从有色的近视眼镜里望出来认为"阿Q相"的，偏偏不是真正的阿Q。

不知道是什么来历的何家干，看了我的《提倡辣椒救国》（见本刊十二号），认北方小孩的爱嗜辣椒，为"空前绝后"的"奇闻"。倘使我那位北方朋友告诉我，是吹的牛皮，那末，的确可以说空前。而何家干既不是数千年前的刘伯温，在某报上做文章，却是像在选《推背图》。北方小孩子爱嗜辣椒，若使可以算是"奇闻"，那么吸鸦片的父母，生育出来的婴孩，为什么也有烟瘾呢？

何家干既抓不到可以出气的对象，他在扑了一个空之后，却还要振振有词，说什么："倘使是真的，中国人可实在是一种与众不同的特别民族了。"

敢问何家干，戴了有色近视眼镜捧读《提倡辣椒救国》的时候，有没有看见"北方"两个字？（何家干既把有这两个字的句子，录在他的谈话里，显然的是看到了。）既已看到了，那末，请问斯德丁是不是可以代表整个的日耳曼？亚伯丁是不是可以代表整个的不列颠群岛？

在这里我真怀疑，何家干的脑筋，怎的是这么简单？会前后矛盾到这个地步！

赵大爷和赵秀才一类的人，想结党来乱咬人。我可以先告诉他们：我和《辣椒与橄榄》的编者是素不相识的，我也从没有写过《黄人之血》，请何家干若使一定要咬我一口，我劝他再架一副可以透视的眼镜，认清了目标再咬。否则咬着了辣椒，哭笑不得的时候，我不能负责。

三月二十八日，《大晚报》副刊《辣椒与橄榄》

【但到底是不行的】

这叫作愈出愈奇

家　干

斯德丁实在不可以代表整个的日耳曼的，北方也实在不可以代表全中国。然而北方的孩子不能用辣椒止哭，却是事实，也实在没有法子想。

吸鸦片的父母生育出来的婴孩，也有烟瘾，是的确的。然而嗜辣椒的父母生育出来的婴孩，却没有辣椒瘾，和嗜醋者的孩子，没有醋瘾相同。这也是事实，无论谁都没有法子想。

凡事实，靠发少爷脾气是还是改不过来的。格里莱阿说地球在回旋，教徒要烧死他，他怕死，将主张取消了。但地球仍然在回旋。为什么呢？就因为地球是实在在回旋的缘故。

所以，即使我不反对，倘将辣椒塞在哭着的北方孩子的嘴里，他不但不止，还要哭得更加厉害的。

七月十九日

"人　话"

记得荷兰的作家望蔼覃（F. Van Eeden）——可惜他去年死掉了——所做的童话《小约翰》里，记着小约翰听两种菌类相争论，从旁批评了一句"你们俩都是有毒的"，菌们便惊喊道："你是人么？这是人话呵！"

从菌类的立场看起来，的确应该惊喊的。人类因为要吃它们，才首先注意于有毒或无毒，但在菌们自己，这却完全没有关系，完全不成问题。

虽是意在给人科学知识的书籍或文章，为要讲得有趣，也往往太说些"人话"。这毛病，是连法布耳（J. H. Fabre）做的大名鼎鼎的《昆虫记》（*Souvenirs Entom Ologiques*），也是在所不免的。随手抄撮的东西不必说了。近来在杂志上偶然看见一篇教青年以生物学上的知识的文章，内有这样的叙述——

鸟粪蜘蛛……形体既似鸟粪，又能伏着不动，自己假做鸟粪的样子。

动物界中，要残食自己亲丈夫的很多，但最有名的，要算前面所说的蜘蛛和现今要说的螳螂了。……

这也未免太说了"人话"。鸟粪蜘蛛只是形体原像鸟粪，性又不大走动罢了，并非它故意装作鸟粪模样，意在欺骗小虫豸。螳螂界中也尚无五伦之说，它在交尾中吃掉雄的，只是肚子饿了，在吃东西，何尝知道这东西就是自己的家主公。但经用"人话"一写，一个就成了阴谋害命的凶犯，一个是谋死亲夫的毒妇了。实则都是冤枉的。

"人话"之中，又有各种的"人话"：有英人话，有华人话。华人话中又有各种：有"高等华人话"，有"下等华人话"。浙西有一个讥笑乡下女人之无知的笑话——

"是大热天的正午，一个农妇做事做得正苦，忽而叹道：'皇后娘娘真不知道多么快活。这时还不是在床上睡午觉，醒过来的时候，就叫道：太监，拿个柿饼来！'"

然而这并不是"下等华人话"，倒是高等华人意中的"下等华人话"，所以其实是"高等华人话"。在下等华人自己，那时也许未必这么说，即使这么说，也并不以为笑话的。

再说下去，就要引起阶级文学的麻烦来了，"带住"。

现在很有些人做书，格式是写给青年或少年的信。自然，说的一定是"人话"了。但不知道是那一种"人话"？为什么不写给年龄更大的人们？年龄大了就不屑教诲么？还是青年和少年比较的纯厚，容易诓骗呢？

一九三三年三月二十一日

出卖灵魂的秘诀

几年前，胡适博士曾经玩过一套"五鬼闹中华"的把戏，那是说：这世界上并无所谓帝国主义之类在侵略中国，倒是中国自己该着"贫穷"，"愚昧"……等五个鬼，闹得大家不安宁。现在，胡适博士又发见了第六个鬼，叫做仇恨。这个鬼不但闹中华，而且祸延友邦，闹到东京去了。因此，胡适博士对症发药，预备向"日本朋友"上条陈。

据博士说："日本军阀在中国暴行所造成之仇恨，到今日已颇难消除"，"而日本决不能用暴力征服中国"（见报载胡适之的最近谈话，下同）。这是值得忧虑的：难道真的没有方法征服中国么？不，法子是有的。"九世之仇，百年之友，均在觉悟不觉悟之关系头上"——"日本只有一个方法可以征服中国，即悬崖勒马，彻底停止侵略中国，反过来征服中国民族的心"。

这据说是"征服中国的惟一方法"。不错，古代的儒教军师，总说"以德服人者王，其心诚服也"。胡适博士不愧为日本帝国主义的军师。但是，从中国小百姓方面说来，这却是出卖灵魂的惟一秘诀。中国小百姓实在"愚昧"，原不懂得自己的"民族性"，所以他们一向会仇恨，如果日本陛下大发慈悲，居然采用胡博士的条陈，那么，所谓"忠孝仁爱信义和平"的中国固有文化，就可以恢复——因为日本不用暴力而用软功的王道，中国民族就不至于再生仇恨，因为没有仇恨，自然更不抵抗，因为更不抵抗，自然就更和平，更忠孝……中国的肉体固然买到了，中国的灵魂也被征服了。

可惜的是这"惟一方法"的实行，完全要靠日本陛下的觉悟。如果不觉悟，那又怎么办？胡博士回答道："到无可奈何之时，真的接受一种耻辱的城下之盟"好了。那真是无可奈何的呵——因为那时候"仇恨鬼"是不肯走的，这始终是中国民族性的污点，即为日本计，也非万全之道。

因此，胡博士准备出席太平洋会议，再去"忠告"一次他的日本朋友：征服中国并不是没有法子的，请接受我们出卖的灵魂吧，何况这并不难，所谓"彻底停止侵略"，原只要执行"公平的"李顿报告——仇恨自然就消除了！

三月二十二日

文人无文

在一种姓"大"的报的副刊上，有一位"姓张的"在"要求中国有为的青年，切勿借了'文人无行'的幌子，犯着可诟病的恶癖。"这实在是对透了的。但那"无行"的界说，可又严谨透顶了。据说："所谓无行，并不一定是指不规则或不道德的行为，凡一切不近人情的恶劣行为，也都包括在内。"

接着就举了一些日本文人的"恶癖"的例子，来作中国的有为的青年的殷鉴，一条是"宫地嘉六爱用指爪搔头发"，还有一条是"金子洋文喜舐嘴唇"。

自然，嘴唇干和头皮痒，古今的圣贤都不称它为美德，但好像也没有斥为恶德的。不料一到中国上海的现在，爱搔喜舐，即使是自己的嘴唇和头发罢，也成了"不近人情的恶劣行为"了。如果不舒服，也只好熬着。要做有为的青年或文人，真是一天一天的艰难起来了。

但中国文人的"恶癖"，其实并不在这些，只要他写得出文章来，或搔或舐，都不关紧要，"不近人情"的并不是"文人无行"，而是"文人无文"。

我们在两三年前，就看见刊物上说某诗人到西湖吟诗去了，某文豪在做五十万字的小说了，但直到现在，除了并未预告的一部《子夜》而外，别的大作都没有出现。

拾些琐事，做本随笔的是有的；改首古文，算是自作的是有的。讲一通昏话，称为评论；编几张期刊，暗捧自己的是有的。收罗猥谈，写成下作；聚集旧文，印作评传的是有的。甚至于翻些外国文坛消息，就成为世界文学史家；凑一本文学家辞典，连自己也塞在里面，就成为世界的文人的也有。然而，现在到底也都是中国的金字招牌的"文人"。

文人不免无文，武人也一样不武。说是"枕戈待旦"的，到夜还没有动身，说是"誓死抵抗"的，看见一百多个敌兵就逃走了。只是通电宣言之类，却大做其骈体，"文"得异乎寻常。"偃武修文"，古有明训，文星全照到营子里去了。于是我们的"文人"，就只好不舐嘴唇，不搔头发，揣摩人情，单落得一个"有行"完事。

三月二十八日

【备考】

恶　癖

若　谷

"文人无行"久为一般人所诟病。

所谓"无行"，并不一定是不规则或不道德的行为，凡一切不近人情的恶劣行为，也都包括在内。

只要是人，谁都容易沾染不良的习惯，特别是文人，因为专心文字著作的缘故，在日常生活方面，自然免不了有怪异的举动，而且，或者也因为工作劳苦的缘故，十人中九人是染着不良嗜好，最普通的，是喜欢服用刺激神经的兴奋剂，卷烟与咖啡，是成为现代文人流行的嗜好品了。

现代的日本文人，除了抽烟喝咖啡之外，各人都犯着各样的怪奇恶癖。前田河广一郎爱酒若命，醉后咬鸣不休；谷崎润一郎爱闻女人的体臭和尝女人的痰涕；今东光喜欢自炫学问宣传自己；金子洋文喜舐嘴唇；细田源吉喜作猥谈，朝食后熟睡二小时；宫地嘉六爱用指爪搔头发；宇野浩二醺醉后侮慢侍妓；林房雄有奸通癖；山本有三乘电车时喜横膝斜坐，胜本清一郎谈话时喜用拇指挖鼻孔。形形色色，不胜枚举。

日本现代文人所犯的恶癖，正和中国旧时文人辜鸿鸣喜闻女人金莲同样的可厌，我要求现代中国有为的青年，不但是文人，都要保持着健全的精神，切勿借了"文人无行"的幌子，再犯着和日本文人同样可诟病的恶癖。

三月九日，《大晚报》副刊《辣椒与橄榄》

【风凉话?】

第四种人

周木斋

四月四日《申报》《自由谈》，载有何家干先生《文人无文》一文，论中国的文人，有云：

"不近人情"的并不是"文人无行"，而是"文人无文"。拾些琐事，做本随笔的是有的；改首古文，算是自作是有的。讲一通昏话，称为评论；编几张期刊，暗捧自己的是有的。收罗猥谈，写成下作；聚集旧文，印作评传的是有的。甚至于翻些外国文坛消息，就成为世界文学史专家；凑一本文学家辞典，连自己也塞在里面，就成为世界的文人的也有。然而，现在到底也都是中国的金字招牌的文人。

诚如这文所说，"这实在是对透了的"。

然而例外的是：

直到现在，除了并未预告的一部《子夜》而外，别的大作却没有出现。

"文"的"界说"，也可借用同文的话，"可又严谨透顶了"。

这文的动机，从开首的几句，可以知道直接是因"一种姓'大'的副刊上一位'姓×的'"关于"文人无行"的话而起的。此外，听说"何家干"就是鲁迅先生的笔名。

可是议论虽"对透"，"文"的"界说"虽"严谨透顶"，但正惟因为这样，却不提防也把自己套在里面了；纵然鲁迅先生是以"第四种人"自居的。

中国文坛的充实而又空虚，无可讳言也不必讳言。不过在矮子中间找长人，比较还是有的。我们企望先进比企图谁某总要深切些，正因熟田比荒地总要容易收获些。以鲁迅先生的素养及过去的造就，总还不失为中国的金钢钻招牌的文人吧。但近年来又是怎样？单就他个人的发展而言，却中画了，现在不下一道罪己诏，顶倒置身事外，说些风凉话，这是"第四种人"了。名的成人！

"不近人情"的固是"文人无文"，最要紧的还是"文人不行"（"行"为动词）。"进，吾往也！"

四月十五日，《涛声》二卷十四期

【乘凉】

两误一不同

家　干

这位木斋先生对我有两种误解，和我的意见有一点不同。

第一是关于"文"的界说。我的这篇杂感，是由《大晚报》副刊上的《恶癖》而来的，而那篇中所举的文人，都是小说作者。这事木斋先生明明知道，现在混而言之者，大约因为作文要紧，顾不及这些了吧，《第四种人》这题目，也实在时新得很。

第二是要我一"罪己诏"。我现在作一个无聊的声明：何家干诚然就是鲁迅，但并没有做皇帝。不过好在这样误解的人们也并不多。

意见不同之点，是：凡有所指责时，木斋先生以自己包括在内为"风凉话"；我以自己不包括在内为"风凉话"，如身居上海，而责北平的学生应该赴难，至少是不逃难之类。

但由这一篇文章，我可实在得了很大的益处。就是：凡有指摘社会全体的症结的文字，论者往往谓之"骂人"。先前我是很以为奇的。至今才知道一部分人们的意见，是认为这类文章，决不含自己在内，因为如果兼包自己，是应该自下罪己诏的，现在没有诏书而有攻击，足见所指责的全是别人了，于是乎谓之"骂"。且从而群起而骂之，使其人背着一切所指摘的症结，沉入深渊，而天下于是乎太平。

七月十九日

最艺术的国家

我们中国的最伟大最永久，而且最普遍的"艺术"是男人扮女人。这艺术的可贵，是在于两面光，或谓之"中庸"——男人看见"扮女人"，女人看见"男人扮"。表面上是中性，骨子里当然还是男的。然而如果不扮，还成艺术么？譬如说，中国的固有文化是科举制度，外加捐班之类。当初说这太不像民权，不合时代潮流，于是扮成了中华民国。然而这民国年久失修，连招牌都已经剥落殆尽，仿佛花旦脸上的脂粉。同时，老实的民众真个要起政权来了，竟想革掉科甲出身和捐班出身的参政权。这对于民族是不忠，对于祖宗是不孝，实属反动之至。现在早已回到恢复固有文化的"时代潮流"，那能放任这种不忠不孝。因此，更不能不重新扮过一次，草案如下：第一，谁有代表国民的资格，须由考试决定。第二，考出了举人之后，再来挑选一次，此之谓选（动词）举人；而被挑选的举人，自然是被选举人了。照文法而论，这样的国民大会的选举人，应称为"选举人者"，而被选举人，应称为"被选之举人"。但是，如果不扮，还成艺术么？因此，他们得扮成宪政国家的选举的人和被选举人，虽则实质上还是秀才和举人。这草案的深意就在这里：叫民众看见是民权，而民族祖宗看见是忠孝——忠于固有科举的民族，孝于制定科举的祖宗。此外，像上海已经实现的民权，是纳税的方有权选举和被选，使偌大上海只剩四千四百六十五个大市民。这虽是捐班——有钱的为主，然而他们一定会考中举人，甚至不补考也会赐同进士出身的，因为洋大人膝下的榜样，理应遵照，何况这也并不是一面违背固有文化，一面又扮得很像宪政民权呢？此其一。

其二，一面交涉，一面抵抗：从这一方面看过去是抵抗，从那一面看过来其实是交涉。其三，一面做实业家、银行家，一面自称"小贫而已"。其四，一面日货销路复旺，一面对人说是"国货年"……诸如此类，不胜枚举，而大都是扮演得十分巧妙，两面光滑的。

呵，中国真是个最艺术的国家，最中庸的民族。

然而小百姓还要不满意，呜呼，君子之中庸，小人之反中庸也！

三月三十日

现代史

从我有记忆的时候起，直到现在，凡我所曾经到过的地方，在空地上，常常看见有"变把戏"的，也叫作"变戏法"的。

这变戏法的，大概只有两种——

一种，是教一个猴子戴起假面，穿上衣服，耍一通刀枪；骑了羊跑几圈。还有一匹用稀粥养活，已经瘦得皮包骨头的狗熊玩一些把戏。末后是向大家要钱。

一种，是将一块石头放在空盒子里，用手巾左盖右盖，变出一只白鸽来；还有将纸塞在嘴巴里，点上火，从嘴角鼻孔里冒出烟焰。其次是向大家要钱。要了钱之后，一个人嫌少，装腔作势的不肯变了，一个人来劝他，对大家说再五个。果然有人抛钱了，于是再四个，三个……

抛足之后，戏法就又开了场。这回是将一个孩子装进小口的坛子里面去，只见一条小辫子，要他再出来，又要钱。收足之后，不知怎么一来，大人用尖刀将孩子刺死了，盖上被单，直挺挺躺着，要他活过来，又要钱。

"在家靠父母，出家靠朋友……Huazaa！Huazaa！"变戏法的装出撒钱的手势，严肃而悲哀的说。

别的孩子，如果走近去想仔细的看，他是要骂的；再不听，他就会打。

果然有许多人 Huazaa 了。待到数目和预料的差不多，他们就捡起钱来，收拾家伙，死孩子也自己爬起来，一同走掉了。

看客们也就呆头呆脑的走散。

这空地上，暂时是沉寂了。过了些时，就又来这一套。俗语说，"戏法人人会变，各有巧妙不同"。其实是许多年间，总是这一套，也总有人看，总有人 Huazaa，不过其间必须经过沉寂的几日。

　　我的话说完了，意思也浅得很，不过说大家 Huazaa Huazaa 一通之后，又要静几天了，然后再来这一套。

　　到这里我才记得写错了题目，这真是成了"不死不活"的东西。

四月一日

推背图

　　我这里所用的"推背"的意思，是说：从反面来推测未来的情形。

　　上月的《自由谈》里，就有一篇《正面文章反看法》，这是令人毛骨悚然的文字。因为得到这一个结论的时候，先前一定经过许多苦楚的经验，见过许多可怜的牺牲。本草家提起笔来，写道：砒霜，大毒。字不过四个，但他却确切知道了这东西曾经毒死过若干性命的了。

　　里巷间有一个笑话：某甲将银子三十两埋在地里面，怕人知道，就在上面竖一块木板，写道："此地无银三十两。"隔壁的阿二因此却将这掘去了，也怕人发觉，就在木板的那一面添上一句道，"隔壁阿二勿曾偷。"这就是在教人"正面文章反看法"。

　　但我们日日所见的文章，却不能这么简单。有明说要做，其实不做的；有明说不做，其实要做的；有明说做这样，其实做那样的；有其实自己要这么做，倒说别人要这么做的；有一声不响，而其实倒做了的。然而也有说这样，竟这样的。难就在这地方。

　　例如近几天报章上记载着的要闻吧：

　　一，××军在××血战，杀敌××××人。

　　二，××谈话：决不与日本直接交涉，仍然不改初衷，抵抗到底。

　　三，芳泽来华，据云系私人事件。

　　四，共党联日，该伪中央已派干部ＸＸ赴日接洽。

　　五，××××……

　　倘使都当反面文章看，可就太骇人了。但报上也有"莫干山路草棚船百余只大火"，"××××廉价只有四天了"等大概无须"推背"的记载，于是乎我们就又糊涂起来。

听说,《推背图》本是灵验的,某朝某帝怕他淆惑人心,就添了些假造的在里面,因此弄得不能预知了,必待事实证明之后,人们这才恍然大悟。

我们也只好等着看事实,幸而大概是不很久的,总出不了今年。

四月二日

《杀错了人》异议

看了曹聚仁先生的一篇《杀错了人》，觉得很痛快，但往回一想，又觉得有些还不免是愤激之谈了，所以想提出几句异议——

袁世凯在辛亥革命之后，大杀党人，从袁世凯那方面看来，是一点没有杀错的，因为他正是一个假革命的反革命者。

错的是革命者受了骗，以为他真是一个筋斗，从北洋大臣变了革命家了，于是引为同调，流了大家的血，将他浮上总统的宝位去。到二次革命时，表面上好像他又是一个筋斗，从"国民公仆"变了吸血魔王似的。其实不然，他不过又显了本相。

于是杀，杀，杀。北京城里，连饭店客栈中，都满布了侦探；还有"军政执法处"，只见受了嫌疑而被捕的青年送进去，却从不见他们活着走出来；还有，《政府公报》上，是天天看见党人脱党的广告，说是先前为友人所拉，误入该党，现在自知迷谬，从此脱离，要洗心革面的做好人了。

不久就证明了袁世凯杀人的没有杀错，他要做皇帝了。

这事情，一转眼竟已经是二十年，现在二十来岁的青年，那时还在吸奶，时光是多么飞快呵。

但是，袁世凯自己要做皇帝，为什么留下他真正对头的旧皇帝呢？这无须多议论，只要看现在的军阀混战就知道。他们打得你死我活，好像不共戴天似的，但到后来，只要一个"下野"了，也就会客客气气的，然而对于革命者呢，即使没有打过仗，也决不肯放过一个。他们知道得很清楚。

所以我想，中国革命的闹成这模样。并不是因为他们"杀错了人"，倒是因为我们看错了人。

临末，对于"多杀中年以上的人"的主张，我也有一点异议，但因为自己早在"中年以上"了，为避免嫌疑起见，只将眼睛看着地面吧。

四月十日

记得原稿在"客客气气的"之下，尚有"说不定在出洋的时候，还要大开欢送会"这类意思的句子，后被删去了。

四月十二日记

【备考】

杀错了人

曹聚仁

前日某报载某君述长春归客的谈话，说：日人在伪国已经完成"专卖鸦片"和"统一币制"的两大政策。这两件事，从前在老张小张时代，大家认为无法整理，现在他们一举手之间，办得有头有绪。所以某君叹息道："愚尝与东北人士论币制紊乱之害，咸以积重难返，诿为难办；何以日人一刹那间，即毕乃事？'是不为也，非不能也。'此为国人一大病根！"

岂独"病根"而已哉！中华民族的灭亡和中华民国的颠覆，也就在这肺痨病上。一个社会，一个民族，到了衰老期，什么都"积重难返"，所以非"革命"不可。革命是社会的突变过程；在过程中，好人，坏人，与不好坏的人，总要杀了一些。杀了一些人，并不是没有代价的：于社会起了隔离作用，旧的社会和新的社会截然分成两段，恶的势力不会传染到新的组织中来。所以革命杀人应该有标准，应该多杀中年以上的人。多杀代表旧势力的人。法国大革命的成功，即在大恐慌时期的扫荡旧势力。

可是中国每一回的革命，总是反了常态。许多青年因为参加革命运动，做了牺牲；革命进程中，旧势力一时躲开去，一些也不曾铲除掉；革命成功以后，旧势力重复涌了出来，又把青年来做牺牲品，杀了一大批。孙中山先生辛辛苦苦做了十来年革命工作，辛亥革命成功了，袁世凯拿大权，天天杀党人，甚至连十五六岁的孩子都要杀；这样的革命，不但不起隔离作用，简直替旧势力做保镖；因此民国以来，只有暮气，没有朝气，任何事业，都不必谈改革，一谈改革，必"积重难返，诿为难办"。其恶势力一直注到现在。

这种反常状态，我名之曰"杀错了人"。我常和朋友说："不流血的革命是没有的。但'流血'不可流错了人。早杀溥仪，多杀郑孝胥之流，方是邦国之大幸。若乱杀二十五岁以下的青年，倒行逆施，斫丧社会元气，就可以得'亡国灭种'的'眼前报'。"

《自由谈》四月十日

中国人的生命圈

"蝼蚁尚知贪生"，中国百姓向来自称"蚁民"，我为暂时保全自己的生命计，时常留心着比较安全的处所，除英雄豪杰之外，想必不至于讥笑我的吧。

不过，我对于正面的记载，是不大相信的，往往用一种另外的看法。例如吧，报上说，北平正在设备防空，我见了并不觉得可靠；但一看见载着古物的南运，却立刻感到古城的危机，并且由这古物的行踪，推测中国乐土的所在。

现在，一批一批的古物，都集中到上海来了，可见最安全的地方，到底也还是上海的租界上。

然而，房租是一定要贵起来的了。

这在"蚁民"，也是一个大打击，所以还得想想另外的地方。

想来想去，想到了一个"生命圈"。这就是说，既非"腹地"，也非"边疆"，是介乎两者之间，正如一个环子，一个圈子的所在，在这里倒或者也可以"苟延性命于×世"的。

"边疆"上是飞机抛炸弹。据日本报，说是在剿灭"兵匪"；据中国报，说是屠戮了人民，村落市廛，一片瓦砾。"腹地"里也是飞机抛炸弹。据上海报，说是在剿灭"共匪"，他们被炸得一塌糊涂；"共匪"的报上怎么说呢，我们可不知道。但总而言之，边疆上是炸，炸，炸；腹地里也是炸，炸，炸。虽然一面是别人炸，一面是自己炸，炸手不同，而被炸则一。只有在这两者之间的，只要炸弹不要误行落下来，倒还有可免"血肉横飞"的希望，所以我名之曰"中国人的生命圈"。

再从外面炸进来，这"生命圈"便收缩而为"生命线"；再炸进来，大家便都逃进那炸好了的"腹地"里面去，这"生命圈"便完结而为"生命〇"。

其实，这预感是大家都有的，只要看这一年来，文章上不大见有"我中国地大物博，人口众多"的套话了，便是一个证据。而有一位先生，还在演说上自己说中国人是"弱小民族"哩。

但这一番话，阔人们是不以为然的，因为他们不但有飞机，还有他们的"外国"！

四月十日

内 外

古人说内外有别，道理各各不同。丈夫叫"外子"，妻叫"贱内"。伤兵在医院之内，而慰劳品在医院之外，非经查明，不准接收。对外要安，对内就要攘，或者嚷。

何香凝先生叹气："当年唯恐其不起者，今日唯恐其不死。"然而死的道理也是内外不同的。

庄子曰："哀莫大于心死，而身死次之。"次之者，两害取其轻也。所以，外面的身体要它死，而内心要它活；或者正因为那心活，所以把身体治死。此之谓治心。

治心的道理很玄妙：心固然要活，但不可过于活。

心死了，就明明白白地不抵抗，结果，反而弄得大家不镇静。心过于活了，就胡思乱想，当真要闹抵抗：这种人，"绝对不能言抗日"。

为要镇静大家，心死的应该出洋，留学是到外国去治心的方法。

而心过于活的，是有罪，应该严厉处置，这才是在国内治心的方法。

何香凝先生以为"谁为罪犯是很成问题的"——这就因为她不懂得内外有别的道理。

四月十一日

透　底

　　凡事彻底是好的，而"透底"就不见得高明。因为连续的向左转，结果碰见了向右转的朋友，那时候彼此点头会意，脸上会要辣辣的。要自由的人，忽然要保障复辟的自由，或者屠杀大众的自由——透底是透底的了，却连自由的本身也漏掉了，原来只剩得一个无底洞。

　　譬如反对八股是极应该的。八股原是蠢笨的产物。一来是考官嫌麻烦——他们的头脑大半是阴沉木做的——什么代圣贤立言，什么起承转合，文章气韵，都没有一定的标准，难以捉摸，因此，一股一股地定出来，算是合于功令的格式，用这格式来"衡文"，一眼就看得出多少轻重。二来，连应试的人也觉得又省力，又不费事了。这样的八股，无论新旧，都应当扫荡。但是，这是为着要聪明，不是要更蠢笨些。

　　不过要保存蠢笨的人，却有一种策略。他们说："我不行，而他和我一样。"——大家活不成，拉倒大吉！而等"他"拉倒之后，旧的蠢笨的"我"却总是偷偷地又站起来，实惠是属于蠢笨的。好比要打倒偶像，偶像急了，就指着一切活人说，"他们都像我"，于是你跑去把貌似偶像的活人，统统打倒；回来，偶像会赞赏一番，说打倒偶像而打倒"打倒"者，确是透底之至。其实，这时候更大的蠢笨，笼罩了全世界。

　　开口诗云子曰，这是老八股；而有人把"达尔文说，蒲力汗诺夫曰"也算做新八股。于是要知道地球是圆的，人人都要自己去环游地球一周；要制造汽机的，也要先坐在开水壶前格物……这自然透底之极。其实，从前反对卫道文学，原是说那样吃人的"道"不应该卫，而有人要透底，就说什么道也不卫；这"什么道也不卫"难道不也是一种"道"么？所以，真正最透底的，还是下列的一个故事：

古时候一个国度里革命了，旧的政府倒下去，新的站上来。旁人说，"你这革命党，原先是反对有政府主义的，怎么自己又来做政府？"那革命党立刻拔出剑来，割下了自己的头；但是，他的身体并不倒，而变成了僵尸，直立着，喉管里吞吞吐吐地似乎是说：这主义的实现原本要等三千年之后呢。

四月十一日

【来信】

家干先生：

昨阅及大作《透底》一文，有引及晚前发表《论新八股》之处，至为欣幸。惟所"譬"云云，实出误会。鄙意所谓新八股者，系指有一等文，本无充实内容，只有时髦幌子，或利用新时装包裹旧皮囊而言。因为是换汤不换药，所以"这个空虚的宇宙"，仍与"且夫天地之间"同为八股。因为是挂羊头卖狗肉，所以"达尔文说""蒲力汗诺夫说"，仍与"子曰诗云"毫无二致。故攻击不在"达尔文说"，"蒲力汗诺夫说"，与"这个宇宙"本身（其实"子曰"，"诗云"，如做起一本中国文学史来，仍旧要引用，断无所谓八股之理），而在利用此而成为新八股之形式，先生所举"地球""机器"之例。"透底""卫道"之理，三尺之童，亦知其非，以此作比，殊觉曲解。

今日文坛，虽有蓬勃新气，然一切狐鼠魑魅，仍有改头换面，衣锦逍遥，如礼拜六、礼拜五派等以旧货新装出现者，此种新皮毛旧骨髓之八股，未审先生是否认为应在扫除之列？

又有借时代招牌，歪曲革命学说，口念阿弥，心存冈想者，此种借他人边幅，盖自己臭脚之新八股，未审先生亦是否认为应在扫除之列？

"透底"言之，"譬如"古之皇帝，今之主席，在实质上固知大有区别，但仍有今之主席与古之皇帝一模一样者，则在某一意义上非难主席，其意自明，苟非志在捉虱，未必不能两目了然也。

予生也晚，不学无术，但虽无"彻底"之聪明，亦不致如"透底"之蠢笨，容或言而未"透"，致招误会耳。

尚望赐教到"底"，感"透"感"透"！

祝秀侠上。

【回信】

秀侠先生：

接到你的来信，知道你所谓新八股是礼拜五六派等流。其实礼拜五六派的病根并不全在他们的八性。

八股无论新旧，都在扫荡之列，我是已经说过了；礼拜五六派有新八股性，其余的人也会有新八股性。例如只会"辱骂""恐吓"甚至于"判决"，而不肯具体地切实地运用科学所求得的公式，去解释每天的新的事实，新的现象，而只抄一通公式，往一切事实上乱凑，这也是一种八股。即使明明是你理直，也会弄得读者疑心你空虚，疑心你已经不能答辩，只剩得"国骂"了。

至于"歪曲革命学说"的人，用些"蒲力汗诺夫曰"等来掩盖自己的臭脚，那他们的错误难道就在他写了"蒲……曰"等等么？我们要具体的证明这些人是怎样错，为什么错误。假使简单地把"蒲力汗诺夫曰"等等和"诗云子曰"等量齐观起来，那就一定必然的要引起误会。先生来信似乎也承认这一点。这就是我那《透底》里所以要指出的原因。

最后，我那篇文章是反对一种虚无主义的一般倾向的，你的《论新八股》之中的那一句，不过是许多例子之中的一个，这是必须解除的一个"误会"。而那文章却并不是专为这一个例子写的。

家干。

"以夷制夷"

我还记得，当去年中国有许多人，一味哭诉国联的时候，日本的报纸上往往加以讥笑，说这是中国祖传的"以夷制夷"的老手段。粗粗一看，也仿佛有些像的，但是，其实不然。那时的中国的许多人，的确将国联看作"青天大老爷"，心里何尝还有一点儿"夷"字的影子。

例相反，"青天大老爷"们却常常用着"以华制华"的方法的。

例如吧，他们所深恶的反帝国主义的"犯人"，他们自己倒是不做恶人的，只是松松爽爽的送给华人，叫你自己去杀去。他们所痛恨的腹地的"共匪"，他们自己是并不明白表示意见的，只将飞机炸弹卖给华人，叫你自己去炸去。对付下等华人的有黄帝子孙的巡捕和西崽，对付智识阶级的有高等华人的学者和博士。

我们自夸了许多日子的"大刀队"，好像是无法制伏的了，然而四月十五日的《××报》上，有一个用头号字印《我斩敌二百》的题目。粗粗一看，是要令人觉得胜利的，但我们再来看一看本文吧——

"（本报今日北平电）昨日喜峰口右翼，仍在滦阳城以东各地，演争夺战。敌出现大刀队千名，系新开到者，与我大刀队对抗。其刀特长，敌使用不灵活。我军挥刀砍抹，敌招架不及，连刀带臂，被我砍落者纵横满地，我军伤亡亦达二百余。……"

那么，这其实是"敌斩我军二百"了，中国的文字，真是像"国步"一样，正在一天一天的艰难起来。但我要指出来的却并不在此。

我要指出来的是"大刀队"乃中国人自夸已久的特长，日本人虽有击剑，大刀却非素习。现在可是"出现"了，这不必迟疑，就可决定是满洲的军队。满洲从明末以来，每年即大有直隶山东人迁居，数代之后，成为土著，则虽是满洲军队，而大多数实为华人，也决无疑义。现在已经各用了特长的大刀，在滦东相杀起来，一面是"连刀带臂，纵横满地"，一面是"伤亡亦达二百余"，开演了极显著的"以华制华"的一幕了。

至于中国的所谓手段，由我看来，有是也应该说有的，但决非"以夷制夷"，倒是想"以夷制华"。然而"夷"又那有这么愚笨呢，却先米一套"以华制华"给你看。

这例子常见于中国的历史上，后来的史官为新朝作颂，称此辈的行为曰："为王前驱！"

近来的战报是极可诧异的，如同日同报记冷口失守云："十日以后，冷口方面之战，非常激烈，华军……顽强抵抗，故继续未曾有之大激战"，但由宫崎部队以十余兵士，作成人梯，前仆后继，"卒越过长城，因此宫崎部队牺牲二十三名之多云"。越过一个险要，而日军只死了二十三人，但已云"之多"，又称为"未曾有之大激战"，也未免有些费解。所以大刀队之战，也许并不如我所猜测。但既经写出，就姑且留下以备一说吧。

四月十七日

【跳踉】

"以华制华"

李家作

报纸不可不看。在报上不但可以看到虔修功德，如念念阿弥陀佛，选拔国士，如征求飞檐走壁之类的"善"文，还可以随时长许多见识。譬如说杀人，以前只知道有斫头绞颈子，现在却知道还有吃人肉，而且还有"以夷制夷"，"以华制华"等等的分别。经明眼人一说，是越想越觉得不错的。

尤其是"以华制华"，那样的手段真是越想越觉得多的。原因是人太多了，华对华并不会亲热；而且为了自身的利害要坐大交椅，当然非解决别人不可。所以那"制"是，无论如何要"制"的。假如因为制人而能得到好处，或是因为制人而能讨得上头的欢心，那自然更其起劲。这心理，夷人就很善于利用，从侵略土地到卖卖肥皂，都是用的这"华人"善于"制华"的美点。然而，华人对华人，其实也很会利用这种方法，而且非常巧妙。双方不必明言，彼此心照，各得其所；旁人看来，不露痕迹，据说那被利用的人便是哈巴狗，即走狗。但细细甄别起来，倒并不只是哈巴狗一种，另外还有一种是警犬。

做哈巴狗与做警犬，当然都是"以华制华"，但其中也不无分别。哈巴狗只能听主人吩咐，向仇人摇摇尾，狂吠几声。他知道他是什么样的身份。警犬则不然：老于世故者往往如此。他只认定自己是一个好汉，是一个权威，是一个执大义以绳天下者。在那门庭间的方寸之地上，只有他可以彷徨彷徨，呐喊呐喊。他的威风没有人敢冒犯，和哈巴狗比较起来，哈巴狗真是浅薄得可怜。但何以也是"以华制华"呢？那是因为虽然老于世故，也不免露出破绽。破绽是：他俨若疾恶如仇，平时蹲在地上冷眼旁观，一看到有类乎"可杀"的情形时，就踪身向前，猛咬一口；可是，他决不是乱咬，他早已看得分明，凡在他寄身的地段上的（他当然不能不有一个寄身的地方），他决不伤害，有了也只当不看见，以免引起"不便"。他咬，是咬圈子外头的，尤其是，圈子外头最碍眼的仇人。这便是勇，这便是执大义，同时，既可显出自己的权威，又可博得主人的欢心：因为他所咬的，往往会是他和他东家的共同的敌人。主人对于他所痛恨，自己是并不明白表示意见的，只给你一些供养和地位，叫你自己去咬去。因此有接二连三的奋勇和吹毛求疵的找机会。旁观者不免有点不明白，觉得这仇太深，却不知道这正是老于世故者的做人之道，所谓向恶社会"搏战""周旋"是也。那样的用心，真是很苦！

所可哀者，为了要挣扎在替天行道的大旗之下，竟然不惜受员外府君之类的供奉，把那旗子斜插在庄院的门楼边，暂且做个"江湖一应水碗不得骚扰"的招贴纸儿。也可见得做中国人的不容易，和"以华制华"的效劳，虽贤者亦不免焉。

【摇摆】

过而能改

傅红蓼

孔老夫子，在从前教训着那么许多门生说："过而能改，善莫大焉！"意思是错误人人都有，只要能够回头。我觉得孔老夫子这句话尚有未尽意处，譬如说"过而能改，善莫大焉"之后，再加上一句"知过不改，罪孽深重"，那便觉得天衣无缝了。

譬如说现在前线打得落花流水的时候，而有人觉得这种为国牺牲是残酷，是无聊，便主张不要打，而且更主张不要讲和，只说索性藏起头来，等个五十年。俗谚常有"十年生聚，十年教训"，看起来五十年的教训，大概什么都够了。凡事有了错误，才有教训，可见中国人尚还有些救药，国事弄得乌烟瘴气到如此，居然大家都恍然大觉大悟自己内部组织的三大不健全，更而发现武器的不充足。眼前须要几十个年头，来作准备。言至此，吾人对于热河一直到滦东的失守，似乎应当有些感到失得不大冤枉。因为吾党（借用）建基以至于今日，由军事而至于宪政，尚还没有人肯认过错，则现在失掉几个国土，使一些负有自信天才的国家栋梁学贯中西的名儒，居然都肯认错，所谓"过而有改，善莫大焉"，塞翁失马，又安知非福的聊以自慰，也只得闭着眼睛喊两声了，不过假使今后"知过尚不能改，罪孽的深重"，比写在讣文上，大概也更要来得使人注目了。

譬如再说，四月二十二日本刊上李家作的"以华制华"里说的警犬。警犬咬人，是蹲在地上冷眼傍观，等到有可杀的时候，便一跃上前，猛咬一口，不过，有的时候那警犬被人们提起棍子，向着当头一棒，也会把专门咬人的警犬，打得藏起头来，伸出舌头在暗地里发急。这种发急，大概便又是所谓"过"了。因为警犬虽然野性，但有时被棍子当头一击，也会被打出自己的错误来的，于是"过而能改"的警犬，在暗地里发急时，自又便会想忏悔，假使是不大晓得改过的警犬，在暗地发急之余，还想乘机再试，这种犬，大概是"罪孽深重"的了。

中国人只晓得说过而能改，善莫大焉，可惜都忘记了底下那一句。

四月二十六日，《大晚报》副刊《火炬》。

【只要几句】

案　语

家　干

以上两篇，是一星期之内，登在《大晚报》附刊《火炬》上的文章，为了我的那篇《"以夷制夷"》而发的，揭开了"以华制华"的黑幕，他们竟有如此的深恶痛嫉，莫非真是太伤了此辈的心么？

但是，不尽然的。大半倒因为我引以为例的《××报》其实是《大晚报》，所以使他们有这样的跳踉和摇摆。然而无论怎样的跳踉和摇摆，所引的记事具在，旧的《大晚报》也具在，终究挣不脱这一个本已扣得紧紧的笼头。

此外也无须多话了，只要转载了这两篇，就已经由他们自己十足的说明了《火炬》的光明，露出了他们真实的嘴脸。

七月十九日

言论自由的界限

看《红楼梦》，觉得贾府上是言论颇不自由的地方。焦大以奴才的身份，仗着酒醉，从主子骂起，直到别的一切奴才，说只有两个石狮子干净。结果怎样呢？结果是主子深恶，奴才痛嫉，给他塞了一嘴马粪。

其实是，焦大的骂，并非要打倒贾府，倒是要贾府好，不过说主奴如此，贾府就要弄不下去罢了。然而得到的报酬是马粪。所以这焦大，实在是贾府的屈原，假使他能做文章，我想，恐怕也会有一篇《离骚》之类。

三年前的新月社诸君子，不幸和焦大有了相类的境遇。他们引经据典，对于党国有了一点微词，虽然引的大抵是英国经典，但何尝有丝毫不利于党国的恶意，不过说："老爷，人家的衣服多么干净，您老人家的可有些儿脏，应该洗它一洗"罢了。不料"荃不察余之中情兮"，来了一嘴的马粪：国报同声致讨，连《新月》杂志也遭殃。但新月社究竟是文人学士的团体，这时就也来了一大堆引据三民主义，辨明心迹的"离骚经"。现在好了，吐出马粪，换塞甜头，有的顾问，有的教授，有的秘书，有的大学院长，言论自由，《新月》也满是所谓"为文艺的文艺"了。

这就是文人学士究竟比不识字的奴才聪明，党国究竟比贾府高明，现在究竟比乾隆时候光明：三明主义。

然而竟还有人在嚷着要求言论自由。世界上没有这许多甜头，我想，该是明白的吧，这误解，大约是在没有悟到现在的言论自由，只以能够表示主人的宽宏大度的说些"老爷，你的衣服……"为限，而还想说开去。

这是断乎不行的。前一种，是和《新月》受难时代不同，现在好像已有的了，这《自由谈》也就是一个证据，虽然有时还有几位拿着马粪，前来探头探脑的英雄。至于想说开去，那就足以破坏言论自由的保障。要知道现在虽比先前光明，但也比先前利害，一说开去，是连性命都要送掉的。即使有了言论自由的明令，也千万大意不得。这我是亲眼见过好几回的，非"卖老"也，不自觉其做奴才之君子，幸想一想而垂鉴焉。

四月十七日

大观园的人才

早些年，大观园里的压轴戏是刘姥姥骂山门。那是要老旦出场的，老气横秋地大"放"一通，直到裤子后穿而后止。当时指着手无寸铁或者已被缴械的人大喊"杀，杀，杀！"那呼声是多么雄壮。所以它——男角扮的老婆子，也可以算得一个人才。

而今时世大不同了，手里拿刀，而嘴里却需要"自由，自由，自由"，"开放××"云云。压轴戏要换了。

于是人才辈出，各有巧妙不同。出场的不是老旦，却是花旦了，而且这不是平常的花旦，而是海派戏广告上所说的"玩笑旦"。这是一种特殊的人物，他（她）要会媚笑，又要会撒泼，要会打情骂俏，又要会油腔滑调。总之，这是花旦而兼小丑的角色。不知道是时势造英雄（说"美人"要妥当些），还是美人儿多年阅历的结果？

美人儿而说"多年"，自然是阅人多矣的徐娘了，她早已从窑姐儿升任了老鸨婆；然后她丰韵犹存，虽在卖人，还兼自卖。自卖容易，而卖人就难些。现在不但有手无寸铁的人，而且有了……况且又遇见了太露骨的强奸。要会应付这种非常之变，就非有非常之才不可。你想想：现在的压轴戏是要似战似和，又战又和，不降不守，亦降亦守！这是多么难做的戏。没有半推半就假作娇痴的手段是做不好的。孟夫子说，"以天下与人易。"其实，能够简单地双手捧着"天下"去"与人"，倒也不为难了。问题就在于不能如此。所以要一把眼泪一把鼻涕，哭哭啼啼，而又刁声浪气的诉苦说：我不入火坑，谁入火坑。

然而娼妓说她自己落在火坑里，还是想人家去救她出来；而老鸨婆哭火坑，却未必有人相信她，何况她已经申明：她是敞开了怀抱，准备把一切人都拖进火坑的。虽然，这新鲜压轴戏的玩笑却开得不差，不是非常之才，就是挖空了心思也想不出的。

老旦进场，玩笑旦出场，大观园的人才着实不少！

四月二十四日

文章与题目

一个题目，做来做去，文章是要做完的，如果再要出新花样，那就使人会觉得不是人话。然而只要一步一步的做下去，每天又有帮闲的敲边鼓，给人们听惯了，就不但做得出，而且也行得通。

譬如近来最主要的题目，是"安内与攘外"吧，做的也着实不少了。有说安内必先攘外的，有说安内同时攘外的，有说不攘外无以安内的，有说攘外即所以安内的，有说安内即所以攘外的，有说安内急于攘外的。

做到这里，文章似乎已经无可翻腾了，看起来，大约总可以算是做到了绝顶。

所以再要出新花样，就使人会觉得不是人话，用现在最流行的谥法来说，就是大有"汉奸"的嫌疑。为什么呢？就因为新花样的文章，只剩了"安内而不必攘外"，"不如迎外以安内"，"外就是内，本无可攘"这三种了。

这三种意思，做起文章来，虽然实在稀奇，但事实却有的，而且不必远征晋宋，只要看看明朝就够。满洲人早在窥伺了，国内却是草菅民命，杀戮清流，做了第一种。李自成进北京了，阔人们不甘给奴子做皇帝，索性请"大清兵"来打掉他，做了第二种。至于第三种，我没有看过《清史》，不得而知，但据老例，则应说是爱新觉罗氏之先，原是轩辕黄帝第几子之苗裔，遁于朔方，厚泽深仁，遂有天下，总而言之，咱们原是一家子云。

后来的史论家，自然是力斥其非的，就是现在的名人，也正痛恨流寇。但这是后来和现在的话，当时可不然，鹰犬塞途，干儿当道，魏忠贤不是活着就配享了孔庙么？他们那种办法，那时都有人来说得头头是道的。

前清末年，满人出死力以镇压革命，有"宁赠友邦，不给家奴"的口号，汉人一知道，更恨得切齿。其实汉人何尝不如此？吴三桂之请清兵入关，便是一想到自身的利害，即"人同此心"的实例了。……

四月二十九日

附记：

原题是《安内与攘外》。

五月五日

新　药

说起来就记得，诚然，自从九一八以后，再没有听到吴稚老的妙语了，相传是生了病。现在刚从南昌专电中，飞出一点声音来，却连改头换面的，也是自从九一八以后，就再没有一丝声息的民族主义文学者们，也来加以冷冷的讪笑。

为什么呢？为了九一八。

想起来就记得，吴稚老的笔和舌，是尽过很大的任务的，清末的时候，五四的时候，北伐的时候，清党的时候，清党以后的还是闹不清白的时候。然而他现在一开口，却连躲躲闪闪的人物儿也来冷笑了。九一八以来的飞机，真也炸着了这党国的元老吴先生，或者是，炸大了一些躲躲闪闪的人物儿的小胆子。

九一八以后，情形就有这么不同了。

旧书里有过这么一个寓言，某朝某帝的时候，宫女们多数生了病，总是医不好。最后来了一个名医，开出神方道：壮汉若干名。皇帝没有法，只得照他办。若干天之后，自去察看时，宫女们果然个个神采焕发了，却另有许多瘦得不像人样的男人，拜伏在地上。皇帝吃了一惊，问这是什么呢？宫女们就嗫嚅的答道：是药渣。

照前几天报上的情形看起来，吴先生仿佛就如药渣一样，也许连狗子都要加以践踏了。然而他是聪明的，又很恬淡，决不至于不顾自己，给人家熬尽了汁水。不过因为九一八以后，情形已经不同，要有一种新药出卖是真的，对于他的冷笑，其实也就是新药的作用。

这种新药的性味，是要很激烈，而和平。譬之文章，则须先讲烈士的殉国，再叙美人的殉情；一面赞希特勒的组阁，一面颂苏联的成功；军歌唱后，来了恋歌；道德谈完，就讲妓院；因国耻日而悲杨柳，逢五一节而忆蔷薇；攻击主人的敌手，也似乎不满于它自己的主人……总而言之，先前所用的是单方，此后出卖的却是复药了。

　　复药虽然好像万应，但也常无一效的，医不好病，即毒不死人。不过对于误服这药的病人，却能够使他不再寻求良药，拖重了病症而至于糊里糊涂的死亡。

四月二十九日

"多难之月"

前月底的报章上，多说五月是"多难之月"。这名目，以前是没有见过的。现在这"多难之月"已经临头了。从经过了的日子来想一想，不错，五一是"劳动节"，可以说很有些"多难"；五三是济南惨案纪念日，也当然属于"多难"之一的。但五四是新文化运动的发扬，五五是革命政府成立的佳日，为什么都包括在"难"字堆里的呢？这可真有点儿稀奇古怪！

不过只要将这"难"字，不作国民"受难"的"难"字解，而作令人"为难"的"难"字解，则一切困难，可就焕然冰释了。

时势也真改变得飞快，古之佳节，后来自不免化为难关。先前的开会，是听大众在空地上开的，现在却要防人"乘机捣乱"了，所以只得函请代表，齐集洋楼，还要由军警维持秩序。先前的要人，虽然出来要"清道"（俗名"净街"），但还是走在地上的，现在却更要防人"谋为不轨"了，必得坐着飞机，须到出洋的时候，才能放心送给朋友。名人逛一趟古董店，先前也不算奇事情的，现在却"微服""微服"的嚷得人耳聋，只好或登名山，或入古庙，比较的免掉大惊小怪。总而言之，可靠的国之柱石，已经多在半空中，最低限度也上了高楼峻岭了，地上就只留着些可疑的百姓，实做了"下民"，且又民匪难分，有庆吊，总不免"假名滋扰"。向来虽靠"华洋两方当局，先事严防"，没有闹过什么大乱子，然而总比平时费力的，这就令人为难，而五月也成了"多难之月"，纪念的是好是坏，日子的为戚为喜，都不在话下。

但愿世界上大事件不要增加起来；但愿中国里惨案不要再有；但愿也不再有什么政府成立；但愿也不再有伟人的生日和忌日增添。否则，日积月累，不久就会成个"多难之年"，不但华洋当局，老是为难，连我们走在地面上的小百姓，也只好永远身带"嫌疑"，奉陪戒严，呜呼哀哉，不能喘气了。

五月五日

不负责任的坦克车

新近报上说，江西人第一次看了坦克车。自然，江西人的眼福很好。然而也有人惴惴然，唯恐又要掏腰包，报效坦克捐。我倒记起了另外一件事：

有一个自称姓"张"的说过，"我是拥护言论不自由者……唯其言论不自由，才有好文章做出来，所谓冷嘲，讽刺，幽默和其他形形色色，不敢负言论责任的文体，在压迫钳制之下，都应运产生出来了。"这所谓不负责任的文体，不知道比坦克车怎样？

讽刺等类为什么是不负责任，我可不知道。然而听人议论"风凉话"怎么不行，"冷箭"怎么射死了天才，倒也多年了。既然多年，似乎就很有道理。大致是骂人不敢充好汉，胆小。其实，躲在厚厚的铁板——坦克车里面，砰砰碰碰的轰炸，是着实痛快得多，虽然也似乎并不胆大。

高等人向来就善于躲在厚厚的东西后面来杀人的。古时候有厚厚的城墙，为的要防备盗匪和流寇。现在就有钢马甲，铁甲车，坦克车。就是保障"民国"和私产的法律，也总是厚厚的一大本。甚至于自天子以至卿大夫的棺材，也比庶民的要厚些。至于脸皮的厚，也是合于古礼的。

独有下等人要这么自卫一下，就要受到"不负责任"等类的嘲笑：

"你敢出来！出来！躲在背后说风凉话不算好汉！"

但是，如果你上了他的当，真的赤膊奔上前阵，像许褚似的充好汉，那他那边立刻就会给你一枪，老实不客气，然后，再学着金圣叹批《三国演义》的笔法，骂一声"谁叫你赤膊的"——活该。总之，死活都有罪。足见做人实在很难，而做坦克车要容易得多。

五月六日

从盛宣怀说到有理的压迫

盛氏的祖宗积德很厚，他们的子孙就举行了两次"收复失地"的盛典：一次还是在袁世凯的民国政府治下，一次就在当今国民政府治下了。

民元的时候，说盛宣怀是第一名的卖国贼，将他的家产没收了。不久，似乎是二次革命之后，就发还了。那是没有什么奇怪的，因为袁世凯是"物伤其类"，他自己也是卖国贼。不是年年都在纪念五七和五九么？袁世凯签订过二十一条，卖国是有真凭实据的。

最近又在报上发见这么一段消息，大致是说："盛氏家产早已奉命归还，如苏州之留园，江阴无锡之典当等，正在办理发还手续。"这却叫我吃了一惊。打听起来，说是民国十六年国民革命军初到沪宁的时候，又没收了一次盛氏家产：那次的罪名大概是"土豪劣绅"，绅而至于"劣"，再加上卖国的旧罪，自然又该没收了。可是为什么又发还了呢？

第一，不应当疑心现在有卖国贼，因为并无真凭实据——现在的人早就誓不签订辱国条约，他们不比盛宣怀和袁世凯。第二，现在正在募航空捐，足见政府财政并不宽裕。那么，为什么呢？

学理上研究的结果是——压迫本来有两种：一种是有理的，而且永久有理的，一种是无理的。有理的，就像逼小百姓还高利贷，交田租之类；这种压迫的"理"写在布告上："借债还钱本中外所同之定理，租田纳税乃千古不易之成规。"无理的，就是没收盛宣怀的家产等等了；这种"压迫"巨绅的手法，在当时也许有理，现在早已变成无理的了。

初初看见报上登载的《五一告工友书》上说"反抗本国资本家无理的压迫"，我也是吃了一惊的。这不是提倡阶级斗争么？后来想想也就明白了。

这是说，无理的压迫要反对，有理的不在此例。至于怎样有理，看下去就懂得了，下文是说："必须克苦耐劳，加紧生产……尤应共体时艰，力谋劳资间之真诚合作，消弭劳资间之一切纠纷。"还有说"中国工人没有外国工人那么苦"等等的。

我心上想，幸而没有大惊小怪地叫起来，天下的事情总是有道理的，一切压迫也是如此。何况对付盛宣怀等的理由虽然很少，而对付工人总不会没有的。

五月六日

王 化

中国的王化现在真是"光被四表格于上下"的了。

溥仪的弟媳妇跟着一位厨司务，卷了三万多元逃走了。于是中国的法庭把她缉获归案，判定"交还夫家管束"。满洲国虽然"伪"，夫权是不"伪"的。

新疆的回民闹乱子，于是派出宣尉使。

蒙古的王公流离失所了，于是特别组织"蒙古王公救济委员会"。

对于西藏的怀柔，是请班禅喇嘛诵经念咒。

而最宽仁的王化政策，要算广西对付瑶民的办法。据《大晚报》载，这种"宽仁政策"是在三万瑶民之中杀死三千人，派了三架飞机到瑶洞里去"下蛋"，使他们"惊诧为天神天将而不战自降"。事后，还要挑选瑶民代表到外埠来观光，叫他们看看上国的文化，例如马路上，红头阿三的威武之类。

而红头阿三说的是：勿 要 哗 啦 哗 啦！

这此久已归化的"夷狄"，近来总是"哗 啦 哗 啦"，原因是都有些怨了。王化盛行的时候，"东面而征西夷怨，南面而征北狄怨"。这原是当然的道理。

不过我们还是东奔西走，南征北剿，决不偷懒。虽然劳苦些，但"精神上的胜利"是属于我们的。

等到"伪"满的夫权保障了，蒙古的王公救济了，喇嘛的经咒念完了，回民真的安慰了，瑶民"不战自降"了，还有什么事可以做呢？自然只有修文德以服"远人"的日本了。这时候，我们印度阿三式的责任算是尽到了。

呜呼，草野小民，生逢盛世，唯有遴听欢呼，闻风鼓舞而已！

五月七日

这篇被新闻检查处抽掉了，没有登出。幸而既非瑶民，又居租界，得免于国货的飞机来"下蛋"，然而"勿要哗啦哗啦"却是一律的，所以连"欢呼"也不许——然则惟有一声不响，装死救国而已！

十五夜记

天上地下

中国现在有两种炸，一种是炸进去，一种是炸进来。

炸进去之一例曰："日内除飞机往匪区轰炸外，无战事，三四两队，七日晨迄申，更番成队飞宜黄以西崇仁以南掷百二十磅弹两三百枚，凡匪足资屏蔽处炸毁几平，使匪无从休养。……"（五月十日《申报》南昌专电）

炸进来之一例曰："今晨六时，敌机炸蓟县，死民十余，又密云今遭敌轰四次，每次二架，投弹盈百，损害正详查中。……"（同日《大晚报》北平电）

应了这运会而生的，是上海小学生的买飞机，和北平小学生的挖地洞。

这也是对于"非安内无以攘外"或"安内急于攘外"的题目，做出来的两股好文章。

住在租界里的人们是有福的。但试闭目一想，想得广大一些，就会觉得内是官兵在天上，"共匪"和"匪化"了的百姓在地下，外是敌军在天上，没有"匪化"了的百姓在地下。"损害正详查中"，而太平之区，却造起了宝塔。释迦出世，一手指天，一手指地曰："天上地下，惟我独尊!"此之谓也。

但又试闭目一想，想得久远一些，可就遇着难题目了。假如炸进去慢，炸进来快，两种飞机遇着了，又怎么办呢? 停止了"安内"，回转头来"迎头痛击"呢，还是仍然只管自己炸进去，一任他跟着炸进来，一前一后，同炸"匪区"，待到炸清了，然后再"攘"他们出去呢? ……

不过这只是讲笑话，事实是决不会弄到这地步的。即使弄到这地步，也没有什么难解决：外洋养病，名山拜佛，这就完结了。

五月十六日

记得末尾的三句,原稿是:"外洋养病,背脊生疮,名山上拜佛,小便里有糖,这就完结了。"

一九三三年十九夜补记

保　留

这几天的报章告诉我们：新任政务整理委员会委员长黄郛的专车一到天津，即有十七岁的青年刘庚生掷一炸弹，犯人当场捕获，据供系受日人指使，遂于次日绑赴新站外枭首示众云。

清朝的变成民国，虽然已经二十二年，但宪法草案的民族民权两篇，日前这才草成，尚未颁布。上月杭州曾将西湖抢犯当众斩决，据说奔往赏鉴者有"万人空巷"之概。可见这虽与"民权篇"第一项的"提高民族地位"稍有出入，却很合于"民族篇"第二项的"发扬民族精神"。南北统一，业已八年，天津也来挂一颗小小的头颅，以示全国一致，原也不必大惊小怪的。

其次，是中国虽说"惟女子与小人为难养也"，但一有事故，除三老通电，二老宣言，九四老人题字之外，总有许多"童子爱国"，"佳人从军"的美谈，使壮年男儿索然无色。我们的民族，好像往往是"小时了了，大未必佳"，到得老年，才又脱尽暮气，据讣文，死的就更其了不得。则十七岁的少年而来投掷炸弹，也不是出于情理之外的。

但我要保留的，是"据供系受日人指使"这一节，因为这就是所谓卖国。二十年来，国难不息，而被大众公认为卖国者，一向全是三十以上的人，虽然他们后来依然逍遥自在。至于少年和儿童，则拼命的使尽他们稚弱的心力和体力，携着竹筒或扑满，奔走于风沙泥泞中，想于中国有些微的裨益者，真不知有若干次数了。虽然因为他们无先见之明，这些用汗血求来的金钱，大抵反以供虎狼的一舐，然而爱国之心是真诚的，卖国的事是向来没有的。

不料这一次却破例了，但我希望我们将加给他的罪名暂时保留，再来看一看事实，这事实不必待至三年，也不必待至五十年，在那挂着的头颅还未烂掉之前，就要明白了：谁是卖国者。

从我们的儿童和少年的头颅上，洗去喷来的狗血吧！

五月十七日

这一篇和以后的三篇，都没有能够登出。

一九三三年七月十九日

再谈保留

因为讲过刘庚生的罪名，就想到开口和动笔，在现在的中国，实在也很难的，要稳当，还是不响的好。要不然，就常不免反弄到自己的头上来。

举几个例在这里——

十二年前，鲁迅作的一篇《阿 Q 正传》，大约是想暴露国民的弱点的，虽然没有说明自己是否也包含在里面。然而到得今年，有几个人就用"阿Q"来称他自己了，这就是现世的恶报。

八九年前，正人君子们办了一种报，说反对者是拿了卢布的，所以在学界捣乱。然而过了四五年，正人又是教授，君子化为主任，靠俄款享福，听到停付，就要力争了。这虽然是现世的善报，但也总是弄到自己的头上来。

不过用笔的人，即使小心，也总不免略欠周到的。最近的例，则如各报章上，"敌"呀，"逆"呀，"伪"呀，"傀儡国"呀，用得沸反盈天。不这样写，实在也不足以表示其爱国，且将为读者所不满。谁料得到"某机关通知：御侮要重实际，逆敌一类过度刺激字面，无裨实际，后宜屏用"，而且黄委员长抵平，发表政见，竟说是"中国和战皆处被动，办法难言，国难不止一端，亟谋最后挽救"（并见十八日《大晚报》北平电）的呢？……

幸而还好，报上果然只看见"日机威胁北平"之类的题目，没有"过度刺激字面"了，只是"汉奸"的字样却还有。日既非敌，汉何云奸，这似乎不能不说是一个大漏洞。好在汉人是不怕"过度刺激字面"的，就是砍下头来，挂在街头，给中外士女欣赏，也从来不会有人来说一句话。

这些处所，我们是知道说话之难的。

　　从清朝的文字狱以后，文人不敢做野史了，如果有谁能忘了三百年前的恐怖，只要撮取报章，存其精英，就是一部不朽的大作。但自然，也不必神经过敏，预先改称为"上国"或"天机"的。

　　　　　　　　　　　　　　　　　　　　　　　　五月十七日

"有名无实"的反驳

新近的《战区见闻记》有这么一段记载：

记者适遇一排长，甫由前线调防于此，彼云，我军前在石门寨，海阳镇，秦皇岛，牛头关，柳江等处所做阵地及掩蔽部……化洋三四十万元，木材重价尚不在内……艰难缔造，原期死守，不幸冷口失陷，一令传出，即行后退，血汗金钱所合并成立之阵地，多未重用，弃若敝屣，至堪痛心；不抵抗将军下台，上峰易人，我士兵莫不额手相庆……结果心与愿背。不幸生为中国人！尤不幸生为有名无实之抗日军人！（五月十七日《申报》特约通信。）

这排长的天真，正好证明未经"教训"的愚劣人民，不足与言政治。第一，他以为不抵抗将军下台，"不抵抗"就一定跟着下台了。这是不懂逻辑：将军是一个人，而不抵抗是一种主义，人可以下台，主义却可以仍旧留在台上的。第二，他以为化了三四十万大洋建筑了防御工程，就一定要死守的了（总算还好，他没有想到进攻）。这是不懂策略：防御工程原是建筑给老百姓看看的，并不是教你死守的阵地，真正的策略却是"诱敌深入"。第三，他虽然奉令后退，却敢于"痛心"。这是不懂哲学：他的心非得治一治不可！第四，他"额手称庆"，实在高兴得太快了。这是不懂命理：中国人生成是苦命的。如此痴呆的排长，难怪他连叫两个"不幸"，居然自己承认是"有名无实的抗日军人"。其实究竟是谁"有名无实"，他是始终没有懂得的。

至于比排长更下等的小兵，那不用说，他们只会"打开天窗说亮话，咱们弟兄，处于今日局势，若非对外，鲜有不哗变者"（同上通信）。这还成话么？古人说，"无敌国外患者，国恒亡。"以前我总不大懂得这是什么意思：既然连敌国都没有了，我们的国还会亡给谁呢？现在照这兵士的话就明白了，国是可以亡给"哗变者"的。

结论：要不亡国，必须多找些"敌国外患"来，更必须多多"教训"那些痛心的愚劣人民，使他们变成"有名有实"。

五月十八日

不求甚解

文章一定要有注解，尤其是世界要人的文章。有些文学家自己做的文章还要自己来注释，觉得很麻烦。至于世界要人就不然，他们有的是秘书，或是私淑弟子，替他们来做注释的工作。然而另外有一种文章，却是注释不得的。

譬如说，世界第一要人美国总统发表了"和平"宣言，据说是要禁止各国军队越出国境。但是，注释家立刻就说："至于美国之驻兵于中国，则为条约所许，故不在罗斯福总统所提议之禁止内"（十六日路透社华盛顿电）。再看罗氏的原文："世界各国应参加一庄严而确切之不侵犯公约，及重行庄严声明其限制及减少军备之义务，并在签约各国能忠实履行其义务时，各自承允不派遣任何性质之武装军队越出国境。"要是认真注解起来，这其实是说：凡是不"确切"，不"庄严"，并不"自己承允"的国家，尽可以派遣任何性质的军队越出国境。至少，中国人且慢高兴，照这样解释，日本军队的越出国境，理由还是十足的；何况连美国自己驻在中国的军队，也早已声明是"不在此例"了。可是，这种认真的注释是叫人扫兴的。

再则，像"誓不签订辱国条约"一句经文，也早已有了不少传注。传曰："对日妥协，现在无人敢言，亦无人敢行。"这里，主要的是一个"敢"字。但是：签订条约有敢与不敢的分别，这是拿笔杆的人的事，而拿枪杆的人却用不着研究敢与不敢的为难问题——缩短防线，诱敌深入之类的策略是用不着签订的。就是拿笔杆的人也不至于只会签字，假使这样，未免太低能。所以又有一说，谓之"一面交涉"。于是乎注疏就来了："以不承认为责任者之第三者，用不合理之方法，以口头交涉……清算无益之抗日。"这是日本电通社的消息。这种泄漏天机的注解也是十分讨厌的，因此，这不会不是日本人的"造谣"。

总之，这类文章混沌一体，最妙是不用注解，尤其是那种使人扫兴或讨厌的注解。

小时候读书讲到陶渊明的"好读书不求甚解"，先生就给我讲了，他说："不求甚解"者，就是不去看注解，而只读本文的意思。注解虽有，确有人不愿意我们去看的。

五月十八日

后 记

我向《自由谈》投稿的由来，《前记》里已经说过了。到这里，本文已完，而电灯尚明，蚊子暂静，便用剪刀和笔，再来保存些因为《自由谈》和我而起的琐闻，算是一点余兴。

只要一看就知道，在我的发表短评时中，攻击得最烈的是《大晚报》。这也并非和我前生有仇，是因为我引用了它的文字。但我也并非和它前生有仇，是因为我所看的只有《申报》和《大晚报》两种，而后者的文字往往颇觉新奇，值得引用，以消愁释闷。即如我的眼前，现在就有一张包了香烟来的三月三十日的旧《大晚报》在，其中有着这样的一段——

"浦东人杨江生，年已四十有一，貌既丑陋，人复贫穷，向为泥水匠，曾佣于苏州人盛宝山之泥水作场。盛有女名金弟，今方十五龄，而矮小异常，人亦猥琐。昨晚八时，杨在虹口天潼路与盛相遇，杨奸其女。经捕头向杨询问，杨毫不抵赖，承认自去年一二八以后，连续行奸十余次，当派探员将盛金弟送往医院，由医生验明确非处女，今晨解送第一特区地方法院，经刘毓桂推事提审，捕房律师王耀堂以被告诱未满十六岁之女子，虽其后数次皆系该女自往被告家相就，但按法亦应强奸罪论，应请讯究。旋传女父盛宝山讯问，据称初不知有此事，前晚因事责女后，女忽失踪，直至昨晨才归，严诘之下，女始谓留住被告家，并将被告诱奸经过说明，我方得悉，故将被告扭入捕房云；继由盛金弟陈述，与被告行奸，自去年二月至今，已有十余次，每次均系被告将我唤去，并着我不可对父母说知云。质之杨江生供，盛女向呼我为叔，纵欲奸犹不忍下手，故绝对无此事，所谓十余次者，系将盛女带出游玩之次数等语。刘推事以本案尚须调查，谕被告收押，改期再讯。"

在记事里分明可见，盛对于杨，并未说有"伦常"关系，杨供女称之为"叔"，是中国的习惯，年长十年左右，往往称为叔伯的。然而《大晚报》用了怎样的题目呢？是四号和头号字的

> 拦途扭往捕房控诉
> 干叔奸侄女
> 女自称被奸过十余次
> 男指系游玩并非风流

它在"叔"上添一"干"字，于是"女"就化为"侄女"，杨江生也因此成了"逆伦"或准"逆伦"的重犯了。中国之君子，叹人心之不古，憎匪人之逆伦，而惟恐人间没有逆伦的故事，偏要用笔铺张扬厉起来，以耸动低级趣味读者的眼目。杨江生是泥水匠，无从看见，见了也无从抗辩，只得一任他们的编排，然而社会批评者是有指斥的任务的。但还不到指斥，单单引用了几句奇文，他们便什么"员外"什么"警犬"的狂嗥起来，好像他们的一群倒是吸风饮露，带了自己的家私来给社会服务的志士。是的，社长我们是知道的，然而终于不知道谁是东家，就是究竟谁是"员外"，倘说既非商办，又非官办，则在报界里是很难得的。但这秘密，在这里不再研究它也好。

和《大晚报》不相上下，注意于《自由谈》的还有《社会新闻》。但手段巧妙得远了，它不用不能通或不愿通的文章，而只驱使着真伪杂糅的记事。即如《自由谈》的改革的原因，虽然断不定所说是真是假，我倒还是从它那第二卷第十三期（二月七日出版）上看来的——

从《春秋》与《自由谈》说起

　　中国文坛，本无新旧之分，但到了五四运动那年，陈独秀在《新青年》上一声号炮，别树一帜，提倡文学革命，胡适之、钱玄同、刘半农等，在后摇旗呐喊。这时中国青年外感外侮的压迫，内受政治的刺激，失望与烦闷，为了要求光明的出路，各种新思潮，遂受青年热烈的拥护，使文学革命建了伟大的成功。从此之后，中国文坛新旧的界限，判若鸿沟；但旧文坛势力在社会上有悠久的历史，根深蒂固，一时不易动摇。那时旧文坛的机关杂志，是著名的《礼拜六》，几乎集了天下摇头摆尾的文人，于《礼拜六》一炉！至《礼拜六》所刊的文字，十九是卿卿我我，哀哀唧唧的小说，把民族性陶醉萎靡到极点了！此即所谓鸳鸯蝴蝶派的文字。其中如徐枕亚、吴双热、周瘦鹃等，尤以善谈鸳鸯蝴蝶著名，周瘦鹃且为礼拜六派之健将。这时新文坛对于旧势力的大本营《礼拜六》，攻击颇力，卒以新兴势力，实力单薄，旧派有封建社会为背景，有恃无恐，两不相让，各行其是。此后新派如文学研究会，创造社等，陆续成立，人材渐众，势力渐厚，《礼拜六》应时势之推移，终至"寿终正寝"！惟礼拜六派之残余分子，迄今犹四出活动，无肃清之望，上海各大报中之文艺编辑，至今大都仍是所谓鸳鸯蝴蝶派所把持。可是只要放眼在最近的出版界中，新兴文艺出版数量的可惊，已有使旧势力不能抬头之势！礼拜六派文人之在今日，已不敢复以《礼拜六》的头衔以相召号，盖已至强弩之末的时期了！最近守旧的《申报》，忽将《自由谈》编辑礼拜六派的巨子周瘦鹃撤职，换了一个新派作家黎烈文，这对于旧势力当然是件非常的变动，遂形成了今日新旧文坛剧烈的冲突。周瘦鹃一方面策动各小报，对黎烈文作总攻击，我们只要看郑逸梅主编的《金刚钻》，主张周瘦鹃仍返《自由谈》原位，让黎烈文主编《春秋》，也足见旧派文人终不能忘情于已失的地盘。而另一方面周瘦鹃在自己编的《春秋》内说：各种副刊有各种副刊的特性，作河水不犯井水之论，也足见周瘦鹃犹惴惴于他现有地位的危殆。周同时还硬拉非苏州人的严独鹤加入周所主持的纯苏州人的文艺团体"星社"，以为拉拢而固地位之计。不图旧派势力的失败，竟以周启其端。

据我所闻：周的不能安于其位，也有原因：他平日对于选稿方面，太刻薄而私心，只要是认识的人投去的稿，不看内容，见篇即登；同时无名小卒或为周所陌生的投稿者，则也不看内容，整堆的作为字纸篓的虏俘。因周所编的刊物，总是几个夹袋里的人物，私心自用，以致内容糟不可言！外界对他的攻击日甚，如许啸天主编之《红叶》，也对周有数次剧烈的抨击，史量才为了外界对他的不满，所以才把他撤去。那知这次史量才的一动，周竟作了导火线，造成了今日新旧两派短兵相接战斗愈烈的境界！以后想好戏还多，读者请拭目俟之；〔微知〕

但到二卷廿一期（三月三日）上，就已大惊小怪起来，为"守旧文化的堡垒"的动摇惋惜——

左翼文化运动的抬头

水　手

关于左翼文化运动，虽然受过各方面严厉的压迫，及其内部的分裂，但近来又似乎渐渐抬起头了。在上海，左翼文化在共产党"联络同路人"的路线之下，的确是较前稍有起色。在杂志方面，甚至连那些第一块老牌杂志，也左倾起来。胡愈之主编的《东方杂志》，原是中国历史最久的杂志，也是最稳健不过的杂志，可是据王云五老板的意见，胡愈之近来太左倾了，所以在愈之看过的样子，他必须再重看一遍。但虽然是经过王老板大刀阔斧的删段以后，《东方杂志》依然还嫌太左倾，于是胡愈之的饭碗不能不打破，而由李某来接他的手了。又如《申报》的《自由谈》在礼拜六派的周某主编之时，陈腐到太不像样，但现在也在左联手中了。鲁迅与沈雁冰，现在已成了《自由谈》的两大台柱了。《东方杂志》是属于商务印书馆的，《自由谈》是属于《申报》的，商务印书馆与申报馆，是两个守旧文化的堡垒，可是这两个堡垒，现在似乎是开始动摇了，其余自然是可想而知。此外，这有几个中级的新的书局，也完全在左翼作家手中，如郭沫若，高语罕，丁晓先与沈雁冰等，都各自抓着了一个书局，而做其台柱,这些都是著名的红色人物,而书局老板现在竟靠他们吃饭了。

……

过了三星期,便确指鲁迅与沈雁冰为《自由谈》的"台柱"(三月廿四日第二卷第廿八期)——

黎烈文未入文总

《申报·自由谈》编辑黎烈文,系留法学生,为一名不见于经传之新进作家。自彼接办《自由谈》后,《自由谈》之论调,为之一变,而执笔为文者,亦由星社《礼拜六》之旧式文人,易为左翼普罗作家。现《自由谈》资为台柱者,为鲁迅与沈雁冰两氏,鲁迅在《自由谈》上发表文稿尤多,署名为"何家干"。除鲁迅与沈雁冰外,其他作品,亦什九系左翼作家之作,如施蛰存,曹聚仁,李辉英辈是。一般人以《自由谈》作文者均系中国左翼文化总同盟(简称文总),故疑黎氏本人,亦系文总中人,但黎氏对此,加以否认,谓彼并未加入文总,与以上诸人仅友谊关系云。

〔逸〕

又过了一个多月,则发见这两人的"雄图"(五月六日第三卷第十二期)了——

鲁迅、沈雁冰的雄图

自从鲁迅、沈雁冰等以《申报·自由谈》为地盘,发抒阴阳怪气的论调后,居然又能吸引群众,取得满意的收获了。在鲁沈的初衷,当然这是一种有作用的尝试,想复兴他们的文化运动。现在,听说已到组织团体的火候了。

参加这个运动的台柱,除他们二人外有郁达夫,郑振铎等,交换意见的结果,认为中国最早的文化运动,是以语丝社,创造社及文学研究会为中心,而消散之后,语丝、创造的人分化太大了,惟有文学研究会的人大部分都还一致——如王统照，叶绍钧，徐雉之类。而沈雁冰及郑振铎，一向是文学研究派的主角，于是决定循此路线进行。最近，连田汉都愿意率众归附，大概组会一事，已在必成，而且可以在这红五月中实现了。

〔农〕

这些记载，于编辑者黎烈文是并无损害的，但另有一种小报式的期刊所谓《微言》，却在《文坛进行曲》里刊了这样的记事——

"曹聚仁经黎烈文等绍介，已加入左联。"（七月十五日，九期。）

这两种刊物立说的差异，由于私怨之有无，是可不言而喻的。但《微言》却更为巧妙：只要用寥寥十五字，便并陷两者，使都成为必被压迫或受难的人们。

到五月初，对于《自由谈》的压迫，逐日严紧起来了，我的投稿，后来就接连的不能发表。但我以为这并非因了《社会新闻》之类的告状，倒是因为这时正值禁谈时事，而我的短评却时有对于时局的愤言；也并非仅在压迫《自由谈》，这时的压迫，凡非官办的刊物，所受之度大概是一样的。但这时候，最适宜的文章是鸳鸯蝴蝶的游泳和飞舞，而《自由谈》可就难了，到五月廿五日，终于刊出了这样的启事——

编辑室

这年头，说话难，摇笔杆子尤难。这并不是说："祸福无门，惟人自召"，实在是"天下有道"，"庶人"相应"不议"。编者谨掬一瓣心香，吁请海内文豪，从兹多谈风月，少发牢骚，庶作者编者，两蒙其休。若必论长议短，妄谈大事，则塞之字篇既有所不忍，布之报端又有所不能，陷编者于两难之境，未免有失恕道。语云：识时务者为俊杰，编者敢以此为海内文豪告。区区苦衷，伏乞矜鉴！

编者

这现象，好像很得了《社会新闻》群的满足了，在第三卷廿一期（六月三日）里的"文化秘闻"栏内，就有了如下的记载——

《自由谈》态度转变

《申报·自由谈》自黎烈文主编后，即吸收左翼作家鲁迅、沈雁冰及乌鸦主义者曹聚仁等为基本人员，一时论调不三不四，大为读者所不满。且因嘲骂"礼拜五派"，而得罪张若谷等；抨击"取消式"之社会主义理论，而与严灵峰等结怨；腰斩《时代与爱的歧途》，又招张资平派之反感，计黎主编《自由谈》数月之结果，已形成一种壁垒，而此种壁垒，乃营业主义之《申报》所最忌者。又史老板在外间亦耳闻有种种不满之论调，乃特下警告，否则为此则惟有解约。最后结果伙计当然屈伏于老板，于是"老话"，"小旦收场"之类之文字，已不复见于近日矣。

〔闻〕

而以前的五月十四日午后一时，还有了丁玲和潘梓年的失踪的事，大家多猜测为遭了暗算，而这猜测也日益证实了。谣言也因此非常多，传说某某也将同遭暗算的也有，接到警告或恐吓信的也有。我没有接到什么信，只有一连五六日，有人打电话到内山书店的支店去询问我的住址。我以为这些信件和电话，都不是实行暗算者们所做的，只不过几个所谓文人的鬼把戏，就是"文坛"上，自然也会有这样的人的。但倘有人怕麻烦，这小玩意儿是也能发生些效力，六月九日《自由谈》上《蘧庐絮语》之后有一条下列的文章，我看便是那些鬼把戏的见效的证据了——

编者附告：昨得子展先生来信，现以全力从事某项著作，无暇旁骛，《蘧庐絮语》，就此完结。

终于《大晚报》静观了月余，在六月十一的傍晚，从它那文艺附刊的《火炬》上发出毫光来了，它愤慨得很——

到底要不要自由

法鲁

久不曾提起的"自由"这问题，近来又有人在那里大论特谈，因为大论特谈，因为国事总是热辣辣的不好惹，索性莫谈，死心再来谈"风月"，可是"风月"又谈得不称心，不免喉底里喃喃地漏出几声要"自由"，又觉得问题严重，喃喃几句倒是可以，明言直语似有不便，于是正面问题不敢直接提起来论，大刀阔斧不好当面晃起来，却弯弯曲曲，兜着圈子，叫人摸不着棱角，摸着正面，却要把它当作反面看，这原是看"幽默"文字的方法也。

心要自由，口又不明言，口不能代表心，可见这只口本身已经是不自由的了。因为不自由，所以才讽讽剌剌，一回儿"要自由"，一回儿又"不要自由"，过一回儿再"要不自由的自由"和"自由的不自由"，翻来复去，总叫头脑简单的人弄得"神经衰弱"，把捉不住中心。到底要不要自由呢？说清了，大家也好顺风转舵，免得闷在葫芦里，失掉听懂的自由。照我这个不是"雅人"的意思，还是粗粗直直地说："咱们要自由，不自由就来拼个你死我活！"

本来"自由"并不是个非常问题，给大家一谈，倒严重起来了——问题到底是自己弄严重的，如再不使用大刀阔斧，将何以冲破这黑漆一团？细针短刺毕竟是雕虫小技，无助于大题，讥刺嘲讽更已属另一年代的老人所发的呓语。我们聪明的智识分子，又何尝不知道讽刺在这时代已失去效力，但是要想弄起刀斧，却又觉左右掣肘，在这一年代，科学发明，刀斧自然不及枪炮；生贱于蚁，本不足惜，无奈我们无能的智识份子偏吝惜他的生命何！

这就是说，自由原不是什么稀罕的东西，给你一谈，倒谈得难能可贵起来了。你对于时局，本不该弯弯曲曲的讽刺。现在他对于讽刺者，是"粗粗直直地"要求你去死亡。作者是一位心直口快的人，现在被别人累得"要不要自由"也摸不着头脑了。

然而六月十八日晨八时十五分，是中国民权保障同盟的副会长杨杏佛（铨）遭了暗杀。

这总算拼了个"你死我活"，法鲁先生不再在《火炬》上说亮话了。只有《社会新闻》，却在第四卷第一期（七月三日出）里，还描出左翼作家的懦怯来——

左翼作家纷纷离沪

在五月，上海的左翼作家曾喧闹一时，好像什么都要染上红色，文艺界全归左翼。但在六月下旬，情势显然不同了，非左翼作家的反攻阵线布置完成，左翼的内部也起了分化，最近上海暗杀之风甚盛，文人的脑筋最敏锐，胆子最小而脚步最快，他们都以避暑为名离开了上海。据确讯，鲁迅赴青岛，沈雁冰在浦东乡间，郁达夫杭州，陈望道回家乡，连蓬子，白薇之类的踪迹都看不见了。

〔道〕

西湖是诗人避暑之地，牯岭乃阔老消夏之区，神往尚且不敢，而况身游。杨杏佛一死，别人也不会突然怕热起来的。听说青岛也是好地方，但这是梁实秋教授传道的圣境，我连遥望一下的眼福也没有过。"道"先生有道，代我设想的恐怖，其实是不确的。否则，一群流氓，几枝手枪，真可以治国平天下了。

但是，嗅觉好像特别灵敏的《微言》，却在第九期（七月十五日出）上载着另一种消息——

自由的风月

顽　石

黎烈文主编之《自由谈》，自宣布"只谈风月，少发牢骚"以后，而新进作家所投真正谈风月之稿，仍拒登载，最近所载者非老作家化名之讽刺文章，即其刺探们无聊之考古。闻此次辩论旧剧中的锣鼓问题，署名"罗复"者，即陈子展，"何如"者，即曾经被捕之黄素。此一笔糊涂官司，颇骗得稿费不少。

这虽然也是一种"牢骚"，但"真正谈风月"和"曾经被捕"等字样，我觉得是用得很有趣的。惜"化名"为"顽石"，灵气之不钟于鼻子若我辈者，竟莫辨其为"新进作家"抑"老作家"也。

《后记》本来也可以完结了，但还有应该提一下的，是所谓"腰斩张资平"案。

《自由谈》上原登着这位作者的小说，没有做完，就被停止了，有些小报上，便轰传为"腰斩张资平"。当时也许有和编辑者往复驳难的文章的，但我没有留心，因此就没有收集。现在手头的只有《社会新闻》，第三卷十三期（五月九日出）里有一篇文章，据说是罪魁祸首又是我，如下——

张资平挤出《自由谈》

粹　公

今日的《自由谈》，是一块有为而为的地盘，是"乌鸦""阿Q"的播音台，当然用不着"三角四角恋爱"的张资平混迹其间，以至不得清一。

然而有人要问：为什么那个色欲狂的"迷羊"——郁达夫却能例外？他不是同张资平一样发源于创造吗？一样唱着"妹妹我爱你"吗？我可以告诉你，这的确是例外。因为郁达夫虽则是个色欲狂，但他能流入"左联"，认识"民权保障"的大人物，与今日《自由谈》的后台老板鲁（?）老夫子是同志，成为"乌鸦""阿Q"的伙伴了。

据《自由谈》主编人黎烈文开革张资平的理由，是读者对于《时代与爱的歧路》一文，发生了不满之感，因此中途腰斩，这当然是一种遁词。在肥胖得走油的申报馆老板，固然可以不惜几千块钱，买了十洋一千字的稿子去塞纸篓，但在靠卖文为活的张资平，却比宣布了死刑都可惨，他还得见见人呢！

而且《自由谈》的写稿，是在去年十一月，黎烈义请客席上，请他担任的，即使鲁（?）先生要扫清地盘，似乎也应当客气一些，而不能用此辣手。问题是这样的，鲁先生为了要复兴文艺（?）运动，当然第一步先须将一切的不同道者打倒，于是乃有批评曾今可、张若谷、章衣萍等为"礼拜五派"之举；张资平如若识相，自不难感觉到自己正醋卧在他们榻旁，而立刻滚蛋！无如十洋一千使他眷恋着，致触了这个大霉头。当然，打倒人是愈毒愈好，管他是死刑还是徒刑呢！

在张资平被挤出《自由谈》之后，以常情论，谁都咽不下这口冷水，不过张资平的稃懦是著名的，他为了老婆小孩子之故，是不能同他们斗争，而且也不敢同他们摆好了阵营的集团去斗争，于是，仅仅在《中华日报》的《小贡献》上，发了一条软弱无力的冷箭，以作遮羞。

现在什么事都没有了，《红萝卜须》已代了他的位置，而沈雁冰新组成的文艺观摩团，将大批的移殖到《自由谈》来。

还有，是《自由谈》上曾经攻击过曾今可的"解放词"，据《社会新闻》第三卷廿二期（六月六日出）说，原来却又是我在闹的了，如下——

曾今可准备反攻

曾今可之为鲁迅等攻击也，实至体无完肤，固无时不想反攻，特以力薄能鲜，难于如愿耳！且知鲁迅等有左联作背景，人多手众，此呼彼应，非孤军抗战所能抵御，因亦着手拉拢，凡曾受鲁等侮辱者更所欢迎。近已拉得张资平、胡怀琛、张凤、龙榆生等十余人，组织一文艺漫谈会，假新时代书店为地盘，计划一专门对付左翼作家之半月刊，本月中旬即能出版。

〔如〕

那时我想，关于曾今可，我虽然没有写过专文，但在《曲的解放》（本书第十五篇）里确曾涉及，也许可以称为"侮辱"吧；胡怀琛虽然和我不相干，《自由谈》上是嘲笑过他的"墨翟为印度人说"的。但张、龙两位是怎么的呢？彼此的关涉，在我的记忆上竟一点也没有。这事直到我看见二卷二十六期的《涛声》（七月八日出），疑团这才冰释了——

《文艺座谈》遥领记

聚 仁

《文艺座谈》者，曾词人之反攻机关报也，遥者远也，领者领情也，记者记不曾与座谈而遥领盛情之经过也。

解题既毕，乃述本事。

有一天，我到暨南去上课，休息室的台子上赫然一个请帖；展而恭读之，则《新时代月刊》之请帖也，小子何幸，乃得此请帖！折而藏之，以为传家之宝。

《新时代》请客而《文艺座谈》生焉，而反攻之阵线成焉。报章煌煌记载，有名将在焉。我前天碰到张凤老师，带便问一个口讯；他说："谁知道什么座谈不座谈呢？他早又没说，签了名，第二天，报上都说是发起人啦。"昨天遇到龙榆生先生，龙先生说："上海地方真不容易做人，他们再三叫我去谈谈，只吃了一些茶点，就算数了；我又出不起广告费。"我说："吃了他家的茶，自然是他家人啦！"

我幸而没有去吃茶，免于被强奸，遥领盛情，志此谢谢！

但这"文艺漫谈会"的机关杂志《文艺座谈》第一期，却已经罗列了十多位作家的名字，于七月一日出版了。其中的一篇是专为我而作的——

内山书店小坐记

白羽遐

某天的下午，我同一个朋友在上海北四川路散步。走着走着，就走到北四川路底了。我提议到虹口公园去看看，我的朋友却说先到内山书店去看看有没有什么新书。我们就进了内山书店。

内山书店是日本浪人内山完造开的，他表面是开书店，实在差不多是替日本政府做侦探。他每次和中国人谈了点什么话，马上就报告日本领事馆。这也已经成了"公开的秘密"了，只要是略微和内山书店接近的人都知道。

我和我的朋友随便翻看着书报。内山看见我们就连忙跑过来和我们招呼，请我们坐下来，照例地闲谈。因为到内山书店来的中国人大多数是文人，内山也就知道点中国的文化。他常和中国人谈中国文化及中国社会的情形，却不大谈到中国的政治，自然是怕中国人对他怀疑。

"中国的事都要打折扣，文字也是一样。'白发三千丈'这就是一个天大的诳！这就得大打其折扣。中国的别的问题，也可以以此类推……哈哈！哈！"

内山的话我们听了并不觉得一点难为情，诗是不能用科学方法去批评的。内山不过是一个九州角落里的小商人，一个暗探，我们除了用微笑去回答之外，自然不会拿什么话语去向他声辩了。不久以前，在《自由谈》上看到何家干先生的一篇文字，就是内山所说的那些话。原来所谓"思想界的权威"，所谓"文坛老将"，连一点这样的文章都非"出自心裁"！

内山还和我们谈了好些，"航空救国"等问题都谈到，也有些是已由何家干先生抄去在《自由谈》发表过的。我们除了勉强敷衍他之外，不大讲什么话，不想理他。因为我们知道内山是个什么东西，而我们又没有请他救过命，保过险，以后也决不预备请他救命或保险。

我同我的朋友出了内山书店，又散步散到虹口公园去了。

不到一礼拜（七月六日），《社会新闻》（第四卷二期）就加以应援，并且廓大到"左联"去了。其中的"茅盾"，是本该写作"鲁迅"的故意的错误，为的是令人不疑为出于同一人的手笔。

内山书店与"左联"

《文艺座谈》第一期上说，日本浪人内山完造在上海开书店，是侦探作用，这是确属的，而尤其与左联有缘。记得郭沫若由汉逃沪，即匿内山书店楼上，后又代为买船票渡日。茅盾在风声紧急时，亦以内山书店为惟一避难所。然则该书店之作用究何在者？盖中国之有共匪，日本之利也，所以日本杂志所载调查中国匪情文字，比中国自身所知者为多，而此类材料之获得，半由受过救命之恩之共党文艺分子所供给；半由共党自行送去，为张扬势力之用，而无聊文人为其收买甘愿为其刺探者亦大有人在。闻此种侦探机关，除内山以外，尚有日日新闻社，满铁调查所等，而著名侦探除内山完造外，亦有田中，小岛，中村等。

〔新皖〕

这两篇文章中，有两种新花样：一、先前的诬蔑者，都说左翼作家是受苏联的卢布的，现在则变了日本的间接侦探；二、先前的揭发者，说人抄袭是一定根据书本的，现在却可以从别人的嘴里听来，专凭他的耳朵了。至于内山书店，三年以来，我确是常去坐，检书谈话，比和上海的有些所谓文人相对还安心，因为我确信他做生意，是要赚钱的，却不做侦探；他卖书，是要赚钱的，却不卖人血：这一点，倒是凡有自以为人，而其实是狗也不如的文人们应该竭力学学的！

但也有人来抱不平了，七月五日的《自由谈》上，竟揭载了这样的一篇文字——

谈"文人无行"

谷春帆

虽说自己也忝列于所谓"文人"之"林"，但近来对于"文人无行"这句话，却颇表示几分同意，而对于"人心不古"，"世风日下"的感喟，也不完全视为"道学先生"的偏激之言。实在，今日"人心"险毒得太令人可怕了，尤其是所谓"文人"，想得出，做得到，种种卑劣行为如阴谋中伤，造谣诬蔑，公开告密，卖友求荣，卖身投靠的勾当，举不胜举。而在另一方面自吹自擂，觍然以"天才"与"作家"自命，偷窃他人唾余，还沾沾自喜的种种怪象，也是"无丑不备有恶皆臻"，对着这些痛心的事实，我们还能够否认"文人无行"这句话的相当真实吗？（自然，我也并不是说凡文人皆无行。）我们能不兴起"世道人心"的感喟吗？

自然，我这样的感触并不是毫没来由的。举实事来说，过去有曾某其人者，硬以"管他娘"与"打打麻将"等屁话来实行其所谓"词的解放"，被人斥为"轻薄少年"与"色情狂的急色儿"，曾某却唠唠叨叨辩个不休，现在呢，新的事实又证明了曾某不仅是一个轻薄少年，而且是阴毒可憎的蛇蝎，他可以借崔万秋的名字为自己吹牛（见二月崔在本报所登广告），甚至硬把日本一个打字女和一个中学教员派做"女诗人"和"大学教授"，把自

己吹捧得无微不至；他可以用最卑劣的手段投稿于小报，指他的朋友为××
×，并公布其住址，把朋友公开出卖（见第五号《中外书报新闻》）。这样的
大胆，这样的阴毒，这样的无聊，实在使我不能相信这是一个有廉耻有人格
的"人"——尤其是"文人"，所能做出。然而曾某却真想得到，真做得出，
我想任何人当不能不佩服曾某的大无畏的精神。

听说曾某年纪还不大，也并不是没有读书的机会，我想假如曾某能把那
种吹牛拍马的精力和那种阴毒机巧的心思用到求实学一点上，所得不是要更
多些吗？然而曾某却偏要日以吹拍为事，日以造谣中伤为事，这，一方面固
愈足以显曾某之可怕，另一方面亦正见青年自误之可惜。

不过，话说回头，就是受过高等教育的也未必一定能束身自好，比如以
专写三角恋爱小说出名，并发了财的张××，彼固动辄以日本某校出身自炫
者，然而他最近也会在一些小报上泼辣叫嚣，完全一副满怀毒恨的"弃妇"
的脸孔，他会阴谋中伤，造谣挑拨，他会硬派人像布哈林或列宁，简直想要
置你于死地，其人格之卑污，手段之恶辣，可说空前绝后，这样看来，高等
教育又有何用？还有新出版之某无聊刊物上有署名"白羽遐"者作《内山书
店小坐记》一文，公然说某人常到内山书店，曾请内山书店救过命保过险。
我想这种公开告密的勾当，大概也就是一流人化名玩出的花样。

然而无论他们怎样造谣中伤，怎样阴谋陷害，明眼人一见便知，害人不
着，不过徒然暴露他们自己的卑污与无人格而已。

但，我想，"有行"的"文人"，对于这班丑类，实在不应当像现在一
样，始终置之不理，而应当振臂奋起，把它们驱逐于文坛以外，应当在污秽
不堪的中国文坛，做一番扫除的工作！

于是祸水就又引到《自由谈》上去，在次日的《时事新报》上，便看见一则
启事，是方寸大字的标名——

张资平启事

五日《申报·自由谈》之《谈"文人无行"》，后段大概是指我而说的。

我是坐不改名，行不改姓的人，纵令有时用其他笔名，但所发表文字，均自负责，此须申明者一；白羽遐另有其人，至《内山小坐记》亦不见是怎样坏的作品，但非出我笔，我未便承认，此须申明者二；我所写文章均出自信，而发见关于政治上主张及国际情势之研究有错觉及乱视者，均不惜加以纠正。至于"造谣伪造信件及对于意见不同之人，任意加以诬毁"皆为我生平所反对，此须申明者三；我不单无资本家的出版者为我后援，又无姊妹嫁作大商人为妾，以谋得一编辑以自豪，更进而行其"诬毁造谣假造信件"等卑劣的行动。我连想发表些关于对政治对国际情势之见解，都无从发表，故凡容纳我的这类文章之刊物，我均愿意投稿。但对于该刊物之其他文字则不能负责，此须申明者四。今后凡有利用以资本家为背景之刊物对我诬毁者，我只视作狗吠，不再答复，特此申明。

这很明白，除我而外，大部分是对于《自由谈》编辑者黎烈文的。所以又次日的《时事新报》上，也登出相对的启事来——

黎烈文启事

烈文去岁游欧归来，客居沪上，因《申报》总理史量才先生系世交长辈，故常往访候，史先生以烈文未曾入过任何党派，且留欧时专治文学，故令加入申报馆编辑《自由谈》。不料近两月来，有三角恋爱小说商张资平，因烈文停登其长篇小说，怀恨入骨，常在各大小刊物，造谣诬蔑，挑拨陷害，无所不至，烈文因其手段与目的过于卑劣，明眼人一见自知，不值一辩，故至今绝未置答，但张氏昨日又在《青光》栏上登一启事，含沙射影，肆意诬毁，其中有"又无姊妹嫁作大商人为妾"一语，不知何指。张氏启事既系对《自由谈》而发，而烈文现为《自由谈》编辑人，自不得不有所表白，以释群疑。烈文只胞妹两人，长应元未嫁早死，次友元现在长沙某校读书，亦未嫁人，均未出过湖南一步。且据烈文所知，湘潭黎氏同族姊妹中不论亲疏远近，既无一人嫁人为妾，亦无一人得与"大商人"结婚，张某之言，或系一种由衷的遗憾（没有姊妹嫁作大商人为妾的遗憾），或另有所指，或系一种病的发作，有如疯犬之狂吠，则非烈文所知耳。

此后还有几个启事，避烦不再剪贴了。总之：较关紧要的问题，是"姊妹嫁作大商人为妾"者是谁？但这事须问"行不改名，坐不改姓"的好汉张资平本人才知道。

可是中国真也还有好事之徒，竟有人不怕中暑的跑到真茹的"望岁小农居"这洋楼底下去请教他了。《访问记》登在《中外书报新闻》的第七号（七月十五日出）上，下面是关于"为妾"问题等的一段——

启事中的疑问

以上这些话还只是讲刊登及停载的经过，接着，我便请他解答启事中的几个疑问。

"对于你的启事中，有许多话，外人看了不明白，能不能让我问一问？"

"是哪几句？"

"'姊妹嫁作商人妾'，这不知道有没有什么影射？"

"这是黎烈文他自己多心，我不过顺便在启事中，另外指一个人。"

"那个人是谁呢？"

"那不能公开。"自然他既然说了不能公开的话，也就不便追问了。

"还有一点，你所谓'想发表些关于对政治对国际情势之见解都无从发表'，这又何所指？"

"那是讲我在文艺以外的政治见解的东西，随笔一类的东西。"

"是不是像《新时代》上的《望岁小农居日记》一样的东西呢？"（参看《新时代》七月号）我插问。

"那是对于鲁迅的批评，我所说的是对政治的见解，《文艺座谈》上面有。"（参看《文艺座谈》一卷一期《从早上到下午》。）

"对于鲁迅的什么批评？"

"这是题外的事情了，我看关于这个，请你还是不发表好了。"

这真是"胸中不正，则眸子眊焉"，寥寥几笔，就画出了这位文学家的嘴脸。《社会新闻》说他"悍懦",固然意在博得社会上"济弱扶倾"的同情,不足置信,但启事上的自白,却也须照中国文学上的例子,大打折扣的(倘白羽遐先生在"某天"又到"内山书店小坐",一定又会从老板口头听到),因为他自己在"行不改姓"之后,也就说"纵令有时用其他笔名",虽然"但所发表文字,均自负责",而无奈"还是不发表好了"何?但既然"还是不发表好了",则关于我的一笔,我也就不再深论了。

一支笔不能兼写两件事,以前我实在闲却了《文艺座谈》的座主,"解放词人"曾今可先生了,但写起来却又很简单,他除了"准备反攻"之外,只在玩"告密"的玩意儿。

崔万秋先生和这位词人,原先是相识的,只为了一点小纠葛,他便匿名向小报投稿,诬陷老朋友去了。不幸原稿偏落在崔万秋先生的手里,制成铜版,在《中外书报新闻》(五号)上精印了出来——

崔万秋加入国家主义派

《大晚报》屁股编辑崔万秋自日回国,即住在愚园坊六十八号左舜生家,旋即由左与王造时介绍于《大晚报》工作。近为国家主义及广东方面宣传极力,夜则留连于舞场或八仙桥庄上云。

有罪案,有住址,逮捕起来是很容易的。而同时又诊出了一点小毛病,是这位词人曾经用了崔万秋的名字,自己大做了一通自己的诗的序,而在自己所做的序里又大称赞了一通自己的诗。轻恙重症,同时夹攻,渐使这柔嫩的诗人兼词人站不住,他要下野了,而在《时事新报》(七月九日)上却又是一个启事,好像这时的文坛是入了"启事时代"似的——

曾今可启事

鄙人不日离沪旅行,且将脱离文字生活。以后对于别人对我造谣诬蔑,一概置之不理。这年头,只许强者打,不许弱者叫,我自然没有什么话可说。我承认我是一个弱者，我无力反抗，我将在英雄们胜利的笑声中悄悄地离开这文坛。如果有人笑我是"懦夫"，我只当他是尊我为'英雄'。此启。

这就完了。但我以为文字是有趣的，结末两句，尤为出色。

我剪贴在上面的《谈"文人无行"》，其实就是这曾张两案的合论。但由我看来，这事件却还要坏一点，便也做了一点短评，投给《自由谈》。久而久之，不见登出，索回原稿，油墨手印满纸，这便是曾经排过，又被谁抽掉了的证据，可见纵"无姊妹嫁作大商人为妾"，"资本家的出版者"也还是为这一类名公"后援"的。但也许因为恐怕得罪名公，就会立刻给你戴上一顶红帽子，为性命计，不如不登的也难说。现在就抄在这里吧——

驳"文人无行"

"文人"这一块大招牌，是极容易骗人的。虽在现在，社会上的轻贱文人，实在还不如所谓"文人"的自轻自贱之甚。看见只要是"人"，就决不肯做的事情，论者还不过说他"无行"，解为"疯人"，恕其"可怜"。其实他们却原是贩子，也一向聪明绝顶，以前的种种，无非"生意经"，现在的种种，也并不是"无行"，倒是他要"改行"了。

生意的衰微使他要"改行"。虽是极低劣的三角恋爱小说，也可以卖掉一批的。我们在夜里走过马路边，常常会遇见小瘪三从暗中来，鬼鬼祟祟的问道："阿要春宫？阿要春宫？中国的，东洋的，西洋的，都有。阿要勿？"生意也并不清淡。上当的是初到上海的青年和乡下人。然而这至多也不过四五回，他们看过几套，就觉得讨厌，甚且要作呕了，无论你"中国的，东洋的，西洋的，都有"也无效。而且因时势的迁移，读书界也起了变化，一部份是不再要看这样的东西了；一部份是简直去跳舞，去嫖妓，因为所化的钱，比买手淫小说全集还便宜。这就使三角家之类觉得没落。我们不要以为造成了洋房，人就会满足的，每一个儿子，至少还得给他赚下十万块钱呢。

于是乎暴躁起来。然而三角上面，是没有出路了的。于是勾结一批同类，开茶会，办小报，造谣言，其甚者还竟至于卖朋友，好像他们的鸿篇巨制的不再有人赏识，只是因为有几个人用一手掩尽了天下人的眼目似的。但不要误解，以为他真在这样想。他是聪明绝顶，其实并不在这样想的，现在这副嘴脸，也还是一种"生意经"，用三角钻出来的活路。总而言之，就是现在只好经营这一种卖买，才又可以赚些钱。

譬如说吧，有些"第三种人"也曾做过"革命文学家"，借此开张书店，吞过郭沫若的许多版税，现在所住的洋房，有一部份怕还是郭沫若的血汗所装饰的。此刻那里还能做这样的生意呢？此刻要合伙攻击左翼，并且造谣陷害了知道他们的行为的人，自己才是一个干净刚直的作者，而况告密式的投稿，还可以大赚一注钱呢。

先前的手淫小说，还是下部的勾当，但此路已经不通，必须上进才是，而人们——尤其是他的旧相识——的头颅就危险了。这那里是单单的"无行"文人所能做得出来的？

上文所说，有几处自然好像带着了曾今可、张资平这一流，但以前的"腰斩张资平"，却的确不是我的意见。这位作家的大作，我自己是不要看的，理由很简单：我脑子里不要三角四角的这许多角。倘有青年来问我可看与否，我是劝他不必看的，理由也很简单：他脑子里也不必有三角四角的那许多角。若夫他自在投稿取费，出版卖钱，即使他无须养活老婆儿子，我也满不管，理由也很简单：我是从不想到他那些三角四角的角不完的许多角的。

然而多角之辈，竟谓我策动"腰斩张资平"。既谓矣，我乃简直以 X 光照其五脏六腑了。

《后记》这回本来也真可以完结了，但且住，还有一点余兴的余兴。因为剪下的材料中，还留着一篇妙文，倘使任其散失，是极为可惜的，所以特地将它保存在这里。

这篇文章载在六月十七日《大晚报》的《火炬》里——

新儒林外史

柳　丝

第一回　揭旗扎空营　兴师布迷阵

　　却说卡尔和伊理基两人这日正在天堂以上讨论中国革命问题，忽见下界中国文坛的大戈壁上面，杀气腾腾，尘沙弥漫，左翼防区里面，一位老将紧迫一位小将，战鼓震天，喊声四起，忽然那位老将牙缝开处，吐出一道白雾，卡尔闻到气味立刻晕倒，伊理基拍案大怒道，"毒瓦斯，毒瓦斯！"扶着卡尔赶快走开去了。原来下界中国文坛的大戈壁上面，左翼防区里头，近来新扎一座空营，揭起小资产阶级革命文学之旗，无产阶级文艺营全受了奸人挑拨，大兴问罪之师。这日大军压境，新扎空营的主将兼官佐又兼士兵杨邨人提起笔枪，跃马相迎，只见得战鼓震天，喊声四起，为首先锋扬刀跃马而来，乃老将鲁迅是也。那杨邨人打拱，叫声"老将军别来无恙？"老将鲁迅并不答话，跃马直冲扬刀便刺，那杨邨人笔枪挡住又道："老将有话好讲，何必动起干戈？小将别树一帜，自扎空营，只因事起仓促，未及呈请指挥，并非倒戈相向，实则独当一面，此心此志，天人共鉴。老将军试思左翼诸将，空言克服，骄盈自满，战术既不研究，武器又不制造。临阵则军容不整，出马则拖枪而逃，如果长此以往，何以维持威信？老将军整顿纪纲之不暇，劳师远征，窃以为大大对不起革命群众的呵！"老将鲁迅又不答话，圆睁环眼，倒竖虎须，只见得从他的牙缝里头嘘出一道白雾，那小将杨邨人知道老将放出毒瓦斯，说的迟那时快，已经将防毒面具戴好了，正是：情感作用无理讲，是非不明只天知！欲知老将究竟能不能将毒瓦斯闷死那小将，且待下回分解。

第二天就收到一封编辑者的信，大意说：兹署名有柳丝者（"先生读其文之内容或不难想象其为何人"），投一滑稽文稿，题为《新儒林外史》，但并无伤及个人名誉之事，业已决定为之发表，倘有反驳文章，亦可登载云云。使刊物暂时化为战场，热闹一通，是办报人的一种极普通办法，近来我更加"世故"，天气又这么热，当然不会去流汗同翻筋斗的。况且"反驳"滑稽文章，也是一种少有的奇事，即使"伤及个人名誉事"，我也没有办法，除非我也作一部《旧儒林外史》，来辩明"卡尔和伊理基"的话的真假。但我并不是巫师，又怎么看得见"天堂"？"柳丝"是杨邨人先生还在做"无产阶级革命文学者"时候已经用起的笔名，这无须看内容就知道，而曾几何时，就在"小资产阶级革命文学"的旗子下做着这样的幻梦，将自己写成了这么一副形容了。时代的巨轮，真是能够这么冷酷地将人们辗碎的。但也幸而有这一辗，因为韩侍桁先生倒因此从这位"小将"的腔子里看见了"良心"了。

这作品只是第一回，当然没有完，我虽然毫不想"反驳"，却也愿意看看这有"良心"的文学，不料从此就不见了，迄今已有月余，听不到"卡尔和伊理基"在"天堂"上和"老将""小将"在地狱里的消息。但据《社会新闻》（七月九日，四卷三期）说，则又是"左联"阻止的——

杨□人转入 AB 团

叛"左联"而写揭小资产战斗之旗的杨邨人，近已由汉来沪，闻寄居于AB 团小卒徐翔之家，并已加入该团活动矣。前在《大晚报》署名柳丝所发表的《新封神榜》一文，即杨手笔，内对鲁迅大加讽刺，但未完即止，闻因受"左联"警告云。

〔预〕

"左联"会这么看重一篇"讽刺"的东西，而且仍会给"叛左联而写揭小资产战斗之旗的杨邨人"以"警告"，这才真是一件奇事。据有些人说，"第三种人"的"忠实于自己的艺术"，是已经因了左翼理论家的凶恶的批评而写不出来了，现在这"小资产战斗"的英雄，又因了"左联"的警告而不再"战斗"，我想，再过几时，则一切割地吞款，兵祸水灾，古物失踪，阔人生病，也要都成为左联之罪，尤其是鲁迅之罪了。

现在使我记起了蒋光慈先生。

　　事情是早已过去，恐怕有四五年了，当蒋光慈先生组织太阳社和创造社联盟，率领"小将"来围剿我的时候，他曾经做过一篇文章，其中有几句，大意是说，鲁迅向来未曾受人攻击，自以为不可一世，现在要给他知道知道了。其实这是错误的，我自作评论以来，即无时不受攻击，即如这三四月中，仅仅关于《自由谈》的，就已有这许多篇，而且我所收录的，还不过一部份。先前何尝不如此呢，但它们都与如驶的流光一同消逝，无踪无影，不再为别人所觉察罢了。这回趁几种刊物还在手头，便转载一部份到《后记》里，这其实也并非专为我自己，战斗正未有穷期，老谱将不断的袭用，对于别人的攻击，想来也还要用这一类的方法，但自然要改变了所攻击的人名。将来的战斗的青年，倘在类似的境遇中，能偶然看见这记录，我想是必能开颜一笑，更明白所谓敌人者是怎样的东西的。

　　所引的文字中，我以为很有些篇，倒是出于先前的"革命文学者"。但他们现在是另一个笔名，另一副嘴脸了。这也是必然的。革命文学者若不想以他的文学，助革命更加深化，展开，却借革命来推销他自己的"文学"，则革命高扬的时候，他正是狮子身中的害虫，而革命一受难，就一定要发现以前的"良心"，或以"孝子"之名，或以"人道"之名，或以"比正在受难的革命更加革命"之名，走出阵线之外，好则沉默，坏就成为叭儿的。这不是我的"毒瓦斯"，这是彼此看见的事实！

一九三三年七月二十日午，记

准风月谈

前　记

　　自从中华民国建国二十有二年五月二十五日《自由谈》的编者刊出了"吁请海内文豪，从兹多谈风月"的启事以来，很使老牌风月文豪摇头晃脑的高兴了一大阵，讲冷话的也有，说俏皮话的也有，连只会做"文探"的叭儿们也翘起了它尊贵的尾巴。但有趣的是谈风云的人，风月也谈得，谈风月就谈风月吧，虽然仍旧不能正如尊意。

　　想从一个题目限制了作家，其实是不能够的。假如出一个"学而时习之"的试题，叫遗少和车夫来做八股，那做法就决定不一样。自然，车夫做的文章可以说是不通，是胡说，但这不通或胡说，就打破了遗少们的一统天下。古话里也有过：柳下惠看见糖水，说"可以养老"，盗跖见了，却道可以粘门闩。他们是弟兄，所见的又是同一的东西，想到的用法却有这么天差地远。"月白风清，如此良夜何？"好的，风雅之至，举手赞成。但同是涉及风月的"月黑杀人夜，风高放火天"呢，这不明明是一联古诗么？

　　我的谈风月也终于谈出了乱子来，不过也并非为了主张"杀人放火"。其实，以为"多谈风月"，就是"莫谈国事"的意思，是误解的。"漫谈国事"倒并不要紧，只是要"漫"，发出去的箭石，不要正中了有些人物的鼻梁，因为这是他的武器，也是他的幌子。

　　从八月起的投稿，我就用种种的笔名了，一面固然为了省事，一面也省得有人骂读者们不管文字，只看作者的署名。然而这么一来，却又使一些看文字不用视觉，专靠嗅觉的"文学家"疑神疑鬼，而他们的嗅觉又没有和全体一同进化，至于看见一个新的作家的名字，就疑心是我的化名，对我呜呜不已，有时简直连读者都被他们闹得莫名其妙了。现在就将当时所用的笔名，仍旧留在每篇之下，算是负着应负的责任。

　　还有一点和先前的编法不同的，是将刊登时被删改的文字大概补上去了，而且旁加黑点，以清眉目。这删改，是出于编辑或总编辑，还是出于官派的检查员的呢，现在已经无从辨别，但推想起来，改点句子，去些讳忌，文章却还能连接的处所，大约是出于编辑的，而胡乱删削，不管文气的接不接，语意的完不完的，便是钦定的文章。

　　日本的刊物，也有禁忌，但被删之处，是留着空白，或加虚线，使读者能够知道的。中国的检查官却不许留空白，必须接起来，于是读者就看不见检查删削的痕迹，一切含糊和恍惚之点，都归在作者身上了。这一种办法，是比日本大有进步的，我现在提出来，以存中国文网史上极有价值的故实。

　　去年的整半年中，随时写一点，居然在不知不觉中又成一本了，当然，这不过是一些拉杂的文章，为"文学家"所不屑道。然而这样的文字，现在却也并不多，而且"拾荒"的人们，也还能从中检出东西来，我因此相信这书的暂时的生存，并且作为集印的缘故。

一九三四年三月十日，于上海记

夜　颂

游　光

爱夜的人，也不但是孤独者，有闲者，不能战斗者，怕光明者。

人的言行，在白天和在深夜，在日下和在灯前，常常显得两样。夜是造化所织的幽玄的天衣，普覆一切人，使他们温暖，安心，不知不觉的自己渐渐脱去人造的面具和衣裳，赤条条地裹在这无边际的黑絮似的大块里。

虽然是夜，但也有明暗。有微明，有昏暗，有伸手不见掌，有漆黑一团糟。爱夜的人要有听夜的耳朵和看夜的眼睛，自在暗中，看一切暗。君子们从电灯下走入暗室中，伸开了他的懒腰；爱侣们从月光下走进树阴里，突变了他的眼色。夜的降临，抹杀了一切文人学士们当光天化日之下，写在耀眼的白纸上的超然，混然，恍然，勃然，粲然的文章，只剩下乞怜，讨好，撒谎，骗人，吹牛，捣鬼的夜气，形成一个灿烂的金色的光圈，像见于佛画上面似的，笼罩在学识不凡的头脑上。

爱夜的人于是领受了夜所给予的光明。

高跟鞋的摩登女郎在马路边的电光灯下，阁阁的走得很起劲，但鼻尖也闪烁着　点油汗，在证明她是初学的时髦，假如长在明晃晃的照耀中，将使她碰着"没落"的命运。一大排关着的店铺的昏暗助她一臂之力，使她放缓开足的马力，吐一口气，这时才觉得沁人心脾的夜里的拂拂的凉风。

爱夜的人和摩登女郎，于是同时领受了夜所给予的恩惠。

一夜已尽，人们又小心翼翼的起来，出来了；便是夫妇们，面目和五六点钟之前也何其两样。从此就是热闹，喧嚣。而高墙后面，大厦中间，深闺里，黑狱里，客室里，秘密机关里，却依然弥漫着惊人的真的大黑暗。

现在的光天化日，熙来攘往，就是这黑暗的装饰，是人肉酱缸上的金盖，是鬼脸上的雪花膏。只有夜还算是诚实的。我爱夜，在夜间作《夜颂》。

六月八日

推

丰之余

两三月前，报上好像登过一条新闻，说有一个卖报的孩子，踏上电车的踏脚去取报钱，误踹住了一个下来的客人的衣角，那人大怒，用力一推，孩子跌入车下，电车又刚刚走动，一时停不住，把孩子碾死了。

推倒孩子的人，却早已不知所往。但衣角会被踹住，可见穿的是长衫，即使不是"高等华人"，总该是属于上等的。

我们在上海路上走，时常会遇见两种横冲直撞，对于对面或前面的行人，决不稍让的人物。一种是不用两手，却只将直直的长脚，如入无人之境似的踏过来，倘不让开，他就会踏在你的肚子或肩膀上。这是洋大人，都是"高等"的，没有华人那样上下的区别。一种就是弯上他两条臂膊，手掌向外，像蝎子的两个钳一样，一路推过去，不管被推的人是跌在泥塘或火坑里。这就是我们的同胞，然而"上等"的，他坐电车，要坐二等所改的三等车，他看报，要看专登黑幕的小报，他坐着看得咽唾沫，但一走动，又是推。

上车，进门，买票，寄信，他推；出门，下车，避祸，逃难，他又推。推得女人孩子都踉踉跄跄，跌倒了，他就从活人上踏过，跌死了，他就从死尸上踏过，走出外面，用舌头舔舔自己的厚嘴唇，什么也不觉得。旧历端午，在一家戏场里，因为一句失火的谣言，就又是推，把十多个力量未足的少年踏死了。死尸摆在空地上，据说去看的又有万余人，人山人海，又是推。

推了的结果，是嘻开嘴巴，说道："阿唷，好白相来希呀!"

　　住在上海，想不遇到推与踏，是不能的，而且这推与踏也还要廓大开去。要推倒一切下等华人中的幼弱者，要踏倒一切下等华人。这时就只剩了高等华人颂祝着——

　　"阿唷，真好白相来希呀。为保全文化起见，是虽然牺牲任何物质，也不应该顾惜的——这些物质有什么重要性呢！"

六月八日

二丑艺术

丰之余

浙东的有一处的戏班中，有一种脚色叫作"二花脸"，译得雅一点，那么，"二丑"就是。他和小丑的不同，是不扮横行无忌的花花公子，也不扮一味仗势的宰相家丁，他所扮演的是保护公子的拳师，或是趋奉公子的清客。总之：身份比小丑高，而性格却比小丑坏。

义仆是老生扮的，先以谏诤，终以殉主；恶仆是小丑扮的，只会作恶，到底灭亡。而二丑的本领却不同，他有点上等人模样，也懂些琴棋书画，也来得行令猜谜，但倚靠的是权门，凌蔑的是百姓，有谁被压迫了，他就来冷笑几声，畅快一下，有谁被陷害了，他又去吓唬一下，吆喝几声。不过他的态度又并不常常如此的，大抵一面又回过脸来，向台下的看客指出他公子的缺点，摇着头装起鬼脸道：你看这家伙，这回可要倒霉哩！

这最末的一手，是二丑的特色。因为他没有义仆的愚笨，也没有恶仆的简单，他是智识阶级。他明知道自己所靠的是冰山，一定不能长久，他将来还要到别家帮闲，所以当受着豢养，分着余炎的时候，也得装着和这贵公子并非一伙。

二丑们编出来的戏本上，当然没有这一种脚色的，他哪里肯；小丑，即花花公子们编出来的戏本，也不会有，因为他们只看见一面，想不到的。这二花脸，乃是小百姓看透了这一种人，提出精华来，制定了的脚色。

世间只要有权门，一定有恶势力，有恶势力，就一定有二花脸，而且有二花脸艺术。我们只要取一种刊物，看他一个星期，就会发见他忽而怨恨春天，忽而颂扬战争，忽而译萧伯纳演说，忽而讲婚姻问题；但其间一定有时要慷慨激昂的表示对于国事的不满：这就是用出末一手来了。

这最末的一手，一面也在遮掩他并不是帮闲，然而小百姓是明白的，早已使他的类型在戏台上出现了。

六月十五日

偶 成

苇 索

　　善于治国平天下的人物，真能随处看出治国平天下的方法来，四川正有人以为长衣消耗布匹，派队剪除；上海又有名公要来整顿茶馆了，据说整顿之处，大略有三：一是注意卫生，二是制定时间，三是施行教育。

　　第一条当然是很好的；第二条，虽然上馆下馆，一一摇铃，好像学校里的上课，未免有些麻烦，但为了要喝茶，没有法，也不算坏。

　　最不容易是第三条。"愚民"的到茶馆来，是打听新闻，闲谈心曲之外，也来听听《包公案》一类东西的，时代已远，真伪难明，那边妄言，这边妄听，所以他坐得下去。现在倘若改为"某公案"，就恐怕不相信，不要听；专讲敌人的秘史，黑幕吧，这边之所谓敌人，未必就是他们的敌人，所以也难免听得不大起劲，结果是茶馆主人遭殃，生意清淡了。

　　前清光绪初年，我乡有一班戏班，叫作"群玉班"，然而名实不符，戏做得非常坏，竟弄得没有人要看了。乡民的本领并不亚于大文豪，曾给他编过一支歌：

　　　台上群玉班，
　　　台下都走散。
　　　连忙关庙门，
　　　两边墙壁都爬塌（平声），
　　　连忙扯得牢，
　　　只剩下一担馄饨担。

　　看客的取舍，是没法强制的，他若不要看，连拖也无益。即如有几种刊物，有钱有势，本可以风行天下的了，然而不但看客有限，连投稿也寥寥，总要隔两月才出一本。讽刺已是前世纪的老人的梦呓，非讽刺的好文艺，好像也将是后世纪的青年的出产了。

六月十五日

谈蝙蝠

游　光

人们对于夜里出来的动物，总不免有些讨厌他，大约因为他偏不睡觉，和自己的习惯不同，而且在昏夜的沉睡或"微行"中，怕他会窥见什么秘密吧。

蝙蝠虽然也是夜飞的动物，但在中国的名誉却还算好的。这也并非因为他吞食蚊虻，于人们有益，大半倒在他的名目，和"福"字同音。以这么一副尊容而能写入画图，实在就靠着名字起得好。还有，是中国人本来愿意自己能飞的，也设想过别的东西都能飞。道士要羽化，皇帝想飞升，有情的愿作比翼鸟儿，受苦的恨不得插翅飞去。想到老虎添翼，便毛骨悚然，然而青蚨飞来，则眉眼莞尔。至于墨子的飞鸢终于失传，飞机非募款到外国去购买不可，则是因为太重了精神文明的缘故，势所必至，理有固然，毫不足怪的。但虽然不能够做，却能够想，所以见了老鼠似的东西生着翅子，倒也并不诧异，有名的文人还要收为诗料，诌出什么"黄昏到寺蝙蝠飞"那样的佳句来。

西洋人可就没有这么高情雅量，他们不喜欢蝙蝠。推源祸始，我想，恐怕是应该归罪于伊索的。他的寓言里，说过鸟兽各开大会，蝙蝠到兽类里去，因为他有翅子，兽类不收，到鸟类里去，又因为他是四足，鸟类不纳，弄得他毫无立场，于是大家就讨厌这作为骑墙的象征的蝙蝠了。

中国近来拾一点洋古典，有时也奚落起蝙蝠来。但这种寓言，出于伊索，是可喜的，因为他的时代，动物学还幼稚得很。现在可不同了，鲸鱼属于什么类，蝙蝠属于什么类，就是小学生也都知道得清清楚楚。倘若还拾一些希腊古典，来作正经话讲，那就只足表示他的知识，还和伊索时候，各开大会的两类绅士淑女们相同。

　　大学教授梁实秋先生以为橡皮鞋是草鞋和皮鞋之间的东西，那知识也相仿，假使他生在希腊，位置是说不定会在伊索之下的，现在真可惜得很，生得太晚一点了。

六月十六日

"抄靶子"

旅　隼

　　中国究竟是文明最古的地方，也是素重人道的国度，对于人，是一向非常重视的。至于偶有凌辱诛戮，那是因为这些东西并不是人的缘故。皇帝所诛者，"逆"也，官军所剿者，"匪"也，刽子手所杀者，"犯"也，满洲人"入主中夏"，不久也就染了这样的淳风，雍正皇帝要除掉他的弟兄，就先行御赐改称为"阿其那"与"塞思黑"，我不懂满洲话，译不明白，大约是"猪"和"狗"吧。黄巢造反，以人为粮，但若说他吃人，是不对的，他所吃的物事，叫作"两脚羊"。

　　时候是二十世纪，地方是上海，虽然骨子里永是"素重人道"，但表面上当然会有些不同的。对于中国的有一部分并不是"人"的生物，洋大人如何赐谥，我不得而知，我仅知道洋大人的下属们所给予的名目。

　　假如你常在租界的路上走，有时总会遇见几个穿制服的同胞和一位异胞（也往往没有这一位），用手枪指住你，搜查全身和所拿的物件。倘是白种，是不会指住的；黄种呢，如果被指的说是日本人，就放下手枪，请他走过去；独有文明最古的黄帝子孙，可就"则不得免焉"了。这在香港，叫作"搜身"，倒也还不算很失了体统，然而上海则竟谓之"抄靶子"。

　　抄者，搜也，靶子是该用枪打的东西，我从前年九月以来，才知道这名目的的确。四万万靶子，都排在文明最古的地方，私心在侥幸的只是还没有被打着。洋大人的下属，实在给他的同胞们定了绝好的名称了。

　　然而我们这些"靶子"们，自己互相推举起来的时候却还要客气些。我不是"老上海"，不知道上海滩上先前的相骂，彼此是怎样赐谥的了。但看看记载，还不过是"曲辫子""阿木林"。"寿头码子"虽然已经是"猪"的隐语，然而究竟还是隐语，含有宁"雅"而不"达"的高谊。若夫现在，则只要被他认为对于他不大恭顺，他便圆睁了绽着红筋的两眼，挤尖喉咙，和口角的白沫同时喷出两个字来道：猪猡！

六月十六日

"吃白相饭"

旅 隼

要将上海的所谓"白相",改作普通话,只好是"玩耍";至于"吃白相饭",那恐怕还是用文言译作"不务正业,游荡为生",对于外乡人可以比较的明白些。

游荡可以为生,是很奇怪的。然而在上海问一个男人,或向一个女人问她的丈夫的职业的时候,有时会遇到极直截的回答道:"吃白相饭的。"

听的也并不觉得奇怪,如同听到了说"教书","做工"一样。倘说是"没有什么职业",他倒会有些不放心了。

"吃白相饭"在上海是这么一种光明正大的职业。

我们在上海的报章上所看见的,几乎常是这些人物的功绩;没有他们,本埠新闻是决不会热闹的。但功绩虽多,归纳起来也不过是三段,只因为未必全用在一件事情上,所以看起来好像五花八门了。

第一段是欺骗。见贪人就用利诱,见孤愤的就装同情,见倒霉的则装慷慨,但见慷慨的却又会装悲苦,结果是席卷了对手的东西。

第二段是威压。如果欺骗无效,或者被人看穿了,就脸孔一翻,化为威吓,或者说人无礼,或者诬人不端,或者赖人欠钱,或者并不说什么缘故,而这也谓之"讲道理",结果还是席卷了对手的东西。

第三段是溜走。用了上面的一段或兼用了两段而成功了,就一溜烟走掉,再也寻不出踪迹来。失败了,也是一溜烟走掉,再也寻不出踪迹来。事情闹得大一点,则离开本埠,避过了风头再出现。

有这样的职业,明明白白,然而人们是不以为奇的。

"白相"可以吃饭，劳动的自然就要饿肚，明明白白，然而人们也不以为奇。

但"吃白相饭"朋友倒自有其可敬的地方，因为他还直直落落的告诉人们说，"吃白相饭的!"

六月二十六日

华德保粹优劣论

孺　牛

希特勒先生不许德国境内有别的党，连屈服了的国权党也难以幸存，这似乎颇感动了我们的有些英雄们，已在称赞其"大刀阔斧"。但其实这不过是他老先生及其之流的一面。别一面，他们是也很细针密缕的。有歌为证：

> 跳蚤做了大官了，
> 带着一伙各处走。
> 皇后官嫔都害怕，
> 谁也不敢来动手。
> 即使咬得发了痒吧，
> 要挤烂它也怎么能够。
> 嗳哈哈，嗳哈哈，哈哈，嗳哈哈！

这是大家知道的世界名曲《跳蚤歌》的一节，可是，在德国已被禁止了。当然，这决不是为了尊敬跳蚤，乃是因为它讽刺大官。但也不是为了讽刺是"前世纪的老人的呓语"，却是为着这歌曲是"非德意志的"。华德大小英雄们，总不免偶有隔膜之处。

中华也是诞生细针密缕人物的所在，有时真能够想得入微，例如今年北平社会局呈请市政府查禁女人养雄犬文云：

> ……查雌女雄犬相处，非仅有碍健康，更易发生无耻秽闻，揆之我国礼

义之邦，亦为习俗所不许，谨特通令严禁，除门犬猎犬外，凡妇女带养之雄犬，斩之无赦，以为取缔。

两国的立脚点，是都在"国粹"的，但中华的气魄却较为宏大，因为德国不过大家不能唱那一出歌而已，而中华则不但"雌女"难以蓄犬，连"雄犬"也将砍头。这影响于叭儿狗，是很大的。由保存自己的本能，和应时势之需要，它必将变成"门犬猎犬"模样。

六月二十六日

华德焚书异同论

孺牛

　　德国的希特拉先生们一烧书，中国和日本的论者们都比之于秦始皇。然而秦始皇实在冤枉得很，他的吃亏是在二世而亡，一班帮闲们都替新主子去讲他的坏话了。

　　不错，秦始皇烧过书，烧书是为了统一思想。但他没有烧掉农书和医书；他收罗许多别国的"客卿"，并不专重"秦的思想"，倒是博采各种的思想的。秦人重小儿；始皇之母，赵女也，赵重妇人，所以我们从"剧秦"的遗文中，也看不见轻贱女人的痕迹。

　　希特勒先生们却不同了，他所烧的首先是"非德国思想"的书，没有容纳客卿的魄力；其次是关于性的书，这就是毁灭以科学来研究性道德的解放，结果必将使妇人和小儿沉沦在往古的地位，见不到光明。而可比于秦始皇的车同轨，书同文……之类的大事业，他们一点也做不到。

　　阿敕伯人攻陷亚历山德府的时候，就烧掉了那里的图书馆，那理论是：如果那些书籍所讲的道理，和《可兰经》相同，则已有《可兰经》，无须留了；倘使不同，则是异端，不该留了。这才是希特拉先生们的嫡派祖师——虽然阿敕伯人也是"非德国的"——和秦的烧书，是不能比较的。

　　但是结果往往和英雄们的豫算不同。始皇想皇帝传至万世，而偏偏二世而亡，赦免了农书和医书，而秦以前的这一类书，现在却偏偏一部也不剩。希特拉先生一上台，烧书，打犹太人，不可一世，连这里的黄脸干儿们，也听得兴高采烈。向被压迫者大加嘲笑，对讽刺文字放出讽刺的冷箭来——到底还明白的冷冷的讯问道：你们究竟要自由不要？不自由，无宁死。现在你们为什么不去拼死呢？

　　这回是不必二世，只有半年，希特勒先生的门徒们在奥国一被禁止，连党徽也改成三色玫瑰了，最有趣的是因为不准叫口号，大家就以手遮嘴，用了"掩口式"。

　　这真是一个大讽刺。刺的是谁，不问也罢，但可见讽刺也还不是"梦呓"，质之黄脸干儿们，不知以为何如？

　　　　　　　　　　　　　　　　　　　　　　　　　　　六月二十八日

我谈 "堕民"

越　客

六月二十九日的《自由谈》里，唐弢先生曾经讲到浙东的堕民，并且据《堕民猥谈》之说，以为是宋将焦光瓒的部属，因为降金，为时人所不齿，至明太祖，乃榜其门曰 "丐户"，此后他们遂在悲苦和被人轻蔑的环境下过着日子。

我生于绍兴，堕民是幼小时候所常见的人，也从父老的口头，听到过同样的他们所以成为堕民的缘起。但后来我怀疑了。因为我想，明太祖对于元朝，尚且不肯放肆，他是决不会来管隔一朝代的降金的宋将的；况且看他们的职业，分明还有 "教坊" 或 "乐户" 的余痕，所以他们的祖先，倒是明初的反抗洪武和永乐皇帝的忠臣义士也说不定。还有一层，是好人的子孙会吃苦，卖国者的子孙却未必变成堕民的，举出最近便的例子来，则岳飞的后裔还在杭州看守岳王坟，可是过着很穷苦悲惨的生活，然而秦桧，严嵩……的后人呢？……

不过我现在并不想翻这样的陈年账。我只要说，在绍兴的堕民，是一种已经解放了的奴才，这解放就在雍正年间吧，也说不定。所以他们是已经都有别的职业的了，自然是贱业。男人们是收旧货，卖鸡毛，捉青蛙，做戏；女的则每逢过年过节，到她所认为主人的家里去道喜，有庆吊事情就帮忙，在这里还留着奴才的皮毛，但事毕便走，而且有颇多的犒赏，就可见是曾经解放过的了。

每一家堕民所走的主人家是有一定的，不能随便走；婆婆死了，就使儿媳妇去，传给后代，恰如遗产的一般；必须非常贫穷，将走动的权利卖给了别人，这才和旧主人断绝了关系。假使你无端叫她不要来了，那就是等于给予她重大的侮辱。我还记得民国革命之后，我的母亲曾对一个堕民的女人说，"以后我们都一样了，你们可以不要来了"。不料她却勃然变色，愤愤的回答道："你说的是什么话？……我们是千年万代，要走下去的！"

就是为了一点点犒赏，不但安于做奴才，而且还要做更广泛的奴才，还得出钱去买做奴才的权利，这是堕民以外的自由人所万想不到的吧。

七月三日

序的解放

桃 椎

一个人做一部书，"藏之名山，传之其人"，是封建时代的事，早已过去了。现在是二十世纪过了三十三年，地方是上海的租界上，做买办立刻享荣华，当文学家怎不马上要名利，于是乎有术存焉。

那术，是自己先决定自己是文学家，并且有点儿遗产或津贴。接着就自开书店，自办杂志，自登文章，自做广告，自报消息，自想花样……然而不成，诗的解放，先已有人，词的解放，只好骗鸟，于是乎"序的解放"起矣。

夫序，原是古已有之，有别人作的，也有自己作的。但这未免太迂，不合于"新时代"的"文学家"的胃口。因为自序难于吹牛，而别人来做，也不见得定规拍马，那自然只好解放解放，即自己替别人来给自己的东西作序，术语曰"摘录来信"，真说得好像锦上添花。"好评一束"还须附在后头，代序却一开卷就看见一大番颂扬，仿佛名角一登场，满场就大喝一声采，何等有趣。倘是戏子，就得先买许多留声机，自己将"好"叫进去，待到上台时候，一面一齐开起来。

可是这样的玩意儿给人戳穿了又怎么办呢？也有术的。立刻装出"可怜"相，说自己既无党派，也不借主义，又没有帮口，"向来不敢狂妄"，毫没有"座谈"时候的摇头摆尾的得意忘形的气味儿了，倒好像别人乃是反动派，杀人放火主义，青帮红帮，来欺侮了这位文弱而有天才的公子哥儿似的。

更有效的是说，他的被攻击，实乃因为"能力薄弱，无法满足朋友们之要求"。我们倘不知道这位"文学家"的性别，就会疑心到有许多有党派或帮口的人们，向他屡次的借钱，或向她使劲的求婚或什么，"无法满足"，遂受了冤枉的报复的。

但我希望我的话仍然无损于"新时代"的"文学家"，也"摘"出一条"好评"来，作为"代跋"吧：

"'藏之名山，传之其人'，早已过去了。二十世纪，有术存焉，词的解放，解放解放，锦上添花，何等有趣？可是别人乃是反动派，来欺侮这位文弱而有天才的公子，实乃因为'能力薄弱，无法满足朋友们的要求'，遂受了冤枉的报复的，无损于'新时代'的'文学家'也。"

七月五日

别一个窃火者

丁　萌

火的来源，希腊人以为是普罗米修斯从天上偷来的，因此触了大神宙斯之怒，将他锁在高山上，命一只大鹰天天来啄他的肉。

非洲的土人瓦仰安提族也已经用火，但并不是由希腊人传授给他们的。他们另有一个窃火者。

这窃火者，人们不能知道他的姓名，或者早被忘却了。他从天上偷了火来，传给瓦仰安提族的祖先，因此触了大神大拉斯之怒，这一段，是和希腊古传相像的。但大拉斯的办法却两样了，并不是锁他在山巅，却秘密的将他锁在暗黑的地窖子里，不给一个人知道。派来的也不是大鹰，而是蚊子，跳蚤，臭虫，一面吸他的血，一面使他皮肤肿起来。这时还有蝇子们，是最善于寻觅创伤的脚色，嗡嗡的叫，拼命的吸吮，一面又拉许多蝇粪在他的皮肤上，来证明他是怎样地一个不干净的东西。

然而瓦仰安提族的人们，并不知道这一个故事。他们单知道火乃酋长的祖先所发明，给酋长作烧死异端和烧掉房屋之用的。

幸而现在交通发达了，非洲的蝇子也有些飞到中国来，我从它们的嗡嗡营营声中，听出了这一点点。

七月八日

智识过剩

虞 明

世界因为生产过剩，所以闹经济恐慌。虽然同时有三千万以上的工人挨饿，但是粮食过剩仍旧是"客观现实"，否则美国不会赊借麦粉给我们，我们也不会"丰收成灾"。

然而智识也会过剩的，智识过剩，恐慌就更大了。据说中国现行教育在乡间提倡愈甚，则农村之破产愈速。这大概是智识的丰收成灾了。美国因为棉花贱，所以在铲棉田了。中国却应当铲智识。这是西洋传来的妙法。

西洋人是能干的。五六年前，德国就嚷着大学生太多了，一些政治家和教育家，大声疾呼的劝告青年不要进大学。现在德国是不但劝告，而且实行铲除智识了：例如放火烧毁一些书籍，叫作家把自己的文稿吞进肚子去，还有，就是把一群群的大学生关在营房里做苦工，这叫作"解决失业问题"。中国不是也嚷着文法科的大学生过剩吗？其实何止文法科。就是中学生也太多了。要用"严厉的"会考制度，像铁扫帚似的——刷，刷，刷，把大多数的智识青年刷回"民间"去。

智识过剩何以会闹恐慌？中国不是百分之八九十的人还不识字吗？然而智识过剩始终是"客观现实"，而由此而来的恐慌，也是"客观现实"。智识太多了，不是心活，就是心软。心活就会胡思乱想，心软就不肯下辣手。结果，不是自己不镇静，就是妨害别人的镇静。于是灾祸就来了。所以，智识非铲除不可。

然而单是铲除还是不够的。必须予以适合实用之教育，第一，是命理学——要乐天知命，命虽然苦，但还是应当乐。第二，是识相学——要"识相点"，知道点近代武器的利害。至少，这两种适合实用的学问是要赶快提倡的。提倡的方法很简单——古代一个哲学家反驳唯心论，他说，你要是怀疑这碗麦饭的物质是否存在，那最好请你吃下去，看饱不饱。现在譬如说罢，要叫人懂得电学，最好是使他触电，看痛不痛；要叫人知道飞机等类的效用，最好是在他头上驾起飞机，掷下炸弹，看死不死……

有了这样的实用教育，智识就不过剩了。亚门！

七月十二日

诗和预言

虞　明

　　预言总是诗，而诗人大半是预言家。然而预言不过诗而已，诗却往往比预言还灵。

　　例如辛亥革命的时候，忽然发现了：

　　手执钢刀九十九，杀尽胡儿方罢手。

　　这几句《推背图》里的预言，就不过是"诗"罢了。那时候，何尝只有九十九把钢刀？还是洋枪大炮来得厉害：该着洋枪大炮的后来毕竟占了上风，而只有钢刀的却吃了大亏。况且当时的"胡儿"，不但并未"杀尽"，而且还受了优待，以至于现在还有"伪"溥仪出风头的日子。所以当作预言看，这几句歌诀其实并没有应验——死板的照着这类预言去干，往往要碰壁，好比前些时候，有人特别打了九十九把钢刀，去送给前线的战士，结果，只不过在古北口等处流流血，给人证明国难的不可抗性——倒不如把这种预言歌诀当作"诗"看，还可以"以意逆志，自谓得之"。

　　至于诗里面，却的确有着极深刻的预言。我们要找预言，与其读《推背图》，不如读诗人的诗集。也许这个年头又是应当发现什么的时候了吧，居然找着了这么几句：

　　　　此辈封狼从瘐狗，生平猎人如猎兽。

　　　　万人一怒不可回，会看太白悬其首。

　　汪精卫著《双照楼诗词稿》：译嚣俄之《共和二年之战士》

这怎么叫人不"拍案叫绝"呢？这里"封狼从瘈狗"，自己明明是畜生，却偏偏把人当作畜生看待：畜生打猎，而人反而被猎！"万人"的愤怒的确是不可挽回的了。嚣俄这诗，是说的一七九三年（法国第一共和二年）的帝制党，他没有料到一百四十年之后还会有这样的应验。

汪先生译这几首诗的时候，不见得会想到二三十年之后中国已经是白话的世界。现在，懂得这种文言诗的人越发少了，这很可惜。然而预言的妙处，正在似懂非懂之间，叫人在事情完全应验之后，方才"恍然大悟"。这所谓"天机不可泄露也"。

七月二十日

"推"的余谈

丰之余

看过了《第三种人的"推"》，使我有所感：的确，现在"推"的工作已经加紧，范围也扩大了。三十年前，我也常坐长江轮船的统舱，却也还没有这样的"推"得起劲。

那时候，船票自然是要买的，但无所谓"买铺位"，买的时候也有，然而是另外一回事。假如你怕占不到铺位，一早带着行李下船去吧，统舱里全是空铺，只有三五个人们。但要将行李搁下空铺去，可就窒碍难行了，这里一条扁担，那里一束绳子，这边一卷破席，那边一件背心，人们中就跑出一个人来说，这位置是他所占有的。但其时可以开会议，崇和平，买他下来，最高的价值大抵是八角。假如你是一位战斗的英雄，可就容易对付了，只要一声不响，坐在左近，待到铜锣一响，轮船将开，这些地盘主义者便抓了扁担破席之类，一溜烟都逃到岸上去，抛下了卖剩的空铺，一任你悠悠然搁上行李，打开睡觉了。倘或人浮于铺，没法容纳，我们就睡在铺旁，船尾，"第三种人"是不来"推"你的。只有歇在房舱门外的人们，当账房查票时却须到统舱里去避一避。

至于没有买票的人物，那是要被"推"无疑的。手续是没收物品之后，吊在桅杆或什么柱子上，作要打之状，但据我的目击，真打的时候是极少的，这样的到了最近的码头，便把他"推"上去。据茶房说，也可以"推"入货舱，运回他下船的原处，但他们不想这么做，因为"推"上最近的码头，他究竟走了一个码头，一个一个的"推"过去，虽然吃些苦，后来也就到了目的地了。

古之"第三种人"，好像比现在的仁善一些似的。

生活的压迫，令人烦冤，糊涂中看不清冤家，便以为家人路人，在阻碍了他的路，于是乎"推"。这不但是保存自己，而且是憎恶别人了，这类人物一阔气，出来的时候是要"清道"的。

我并非眷恋过去，不过说，现在"推"的工作已经加紧，范围也扩大了罢了。但愿未来的阔人，不至于把我"推"上"反动"的码头去——则幸甚矣。

七月二十四日

查旧账

旅 隼

这几天，听涛社出了一本《肉食者言》，是现在的在朝者，先前还是在野时候的言论，给大家"听其言而观其行"，知道先后有怎样的不同。那同社出版的周刊《涛声》里，也常有同一意思的文字。

这是查旧账，翻开账簿，打起算盘，给一个结算，问一问前后不符，是怎么的，确也是一种切实分明，最令人腾挪不得的办法。然而这办法之在现在，可未免太"古道"了。

古人是怕查这种旧账的，蜀的韦庄穷困时，做过一篇慷慨激昂，文字较为通俗的《秦妇吟》，真弄得大家传诵，待到他显达之后，却不但不肯编入集中，连人家的钞本也想设法消灭了。当时不知道成绩如何，但看清朝末年，又从敦煌的山洞中掘出了这诗的钞本，就可见是白用心机了的，然而那苦心却也还可以想见。

不过这是古之名人。常人就不同了，他要抹杀旧账，必须砍下脑袋，再行投胎。斩犯绑赴法场的时候，大叫道，"过了二十年，又是一条好汉！"为了另起炉灶，从新做人，非经过二十年不可，真是麻烦得很。

不过这是古今之常人。今之名人就又不同了，他要抹杀旧账，从新做人，比起常人的方法来，迟速真有邮信和电报之别。不怕迟缓一点的，就出一回洋，造一个寺，生一场病，游几天山；要快，则开一次会，念一卷经，演说一通，宣言一下，或者睡一夜觉，作一首诗也可以；要更快，那就自打两个嘴巴，淌几滴眼泪，也照样能够另变一人，和"以前之我"绝无关系。净坛将军摇身一变，化为鲫鱼，在女妖们的大腿间钻来钻去，作者或自以为写得出神入化，但从现在看起来，是连新奇气息也没有的。

如果这样变法，还觉得麻烦，那就白一白眼，反问道："这是我的账？"如果还嫌麻烦，那就眼也不白，问也不问，而现在所流行的却大抵是后一法。

"古道"怎么能再行于今之世呢？竟还有人主张读经，真不知是什么意思？然而过了一夜，说不定会主张大家去当兵的，所以我现在经也没有买，恐怕明天兵也未必当。

七月二十五日

晨凉漫记

孺 牛

关于张献忠的传说，中国各处都有，可见是大家都很以他为奇特的，我先前也便是很以他为奇特的人们中的一个。

儿时见过一本书，叫作《无双谱》，是清初人之作，取历史上极特别无二的人物，各画一像，一面题些诗，但坏人好像是没有的。因此我后来想到可以择历来极其特别，而其实是代表着中国人性质之一种的人物，作一部中国的"人史"，如英国嘉勒尔的《英雄及英雄崇拜》，美国亚懋生的《伟人论》那样。惟须好坏俱有，有啮雪苦节的苏武，舍身求法的玄奘，有"鞠躬尽瘁，死而后已"的孔明，但也有呆信古法，"死而后已"的王莽，有半当真半取笑的变法的王安石；张献忠当然也在内。但现在是毫没有动笔的意思了。

《蜀碧》一类的书，记张献忠杀人的事颇详细，但也颇散漫，令人看去仿佛他是像"为艺术而艺术"的一样，专在"为杀人而杀人"了。他其实是别有目的的。他开初并不很杀人，他何尝不想做皇帝。后来知道李自成进了北京，接着是清兵入关，自己只剩了没落这一条路，于是就开手杀，杀……他分明的感到，天下已没有自己的东西，现在是在毁坏别人的东西了，这和有些末代的风雅皇帝，在死前烧掉了祖宗或自己所搜集的书籍古董宝贝之类的心情，完全一样。他还有兵，而没有古董之类，所以就杀，杀，杀人，杀……

但他还要维持兵，这实在不过是维持杀。他杀得没有平民了，就派许多较为心腹的人到兵们中间去，设法窃听，偶有怨言，即跃出执之，戮其全家

（他的兵像是有家眷的，也许就是掳来的妇女）。以杀治兵，用兵来杀，自己是完了，但要这样的达到一同灭亡的末路。我们对于别人的或公共的东西，不是也不很爱惜的么？

所以张献忠的举动，一看虽然似乎古怪，其实是极平常的。古怪的倒是那些被杀的人们，怎么会总是束手伸颈的等他杀，一定要清朝的肃王来射死他，这才作为奴才而得救，而还说这是前定，就是所谓"吹箫不用竹，一箭贯当胸"。

但我想，这预言诗是后人造出来的，我们不知道那时的人们真是怎么想。

七月二十八日

中国的奇想

游　光

外国人不知道中国，常说中国人是专重实际的。其实并不，我们中国人是最有奇想的人民。

无论古今，谁都知道，一个男人有许多女人，一味纵欲，后来是不但天天喝三鞭酒也无效，简直非"寿（？）终正寝"不可的。可是我们古人有一个大奇想，是靠了"御女"，反可以成仙，例子是彭祖有多少女人而活到几百岁。这方法和炼金术一同流行过，古代书目上还剩着各种的书名。不过实际上大约还是到底不行吧，现在似乎再没有什么人们相信了，这对于喜欢渔色的英雄，真是不幸得很。

然而还有一种小奇想。那就是哼的一声，鼻孔里放出一道白光，无论路的远近，将仇人或敌人杀掉。白光可又回来了，摸不着是谁杀的，既然杀了人，又没有麻烦，多么舒适自在。这种本领，前年还有人想上武当山去寻求，直到去年，这才用大刀队来替代了这奇想的位置。现在是连大刀队的名声也寂寞了。对于爱国的英雄，也是十分不幸的。

然而我们新近又有了一个大奇想。那是一面救国，一面又可以发财，虽然各种彩票，近似赌博，而发财也不过是"希望"。不过这两种已经关联起来了却是真的。固然，世界上也有靠聚赌抽头来维持的摩那科王国，但就常理说，则赌博大概是小则败家，大则亡国；救国呢，却总不免有一点牺牲，至少，和发财之路总是相差很远的。然而发见了一致之点的是我们现在的中国，虽然还在试验的途中。

然而又还有一种小奇想。这回不用一道白光了，要用几回启事，几封匿名的信件，几篇化名的文章，使仇头落地，而血点一些也不会溅着自己的洋房和洋服。并且映带之下，使自己成名获利。这也还在试验的途中，不知道结果怎么样，但翻翻现成的文艺史，看不见半个这样的人物，那恐怕也还是枉用心机的。

狂赌救国，纵欲成仙，袖手杀敌，造谣买田，倘有人要编续《龙文鞭影》的，我以为不妨添上这四句。

八月四日

豪语的折扣

苇　索

豪语的折扣其实也就是文学上的折扣，凡作者的自述，往往须打一个扣头，连自白其可怜和无用也还是并非"不二价"的，更何况豪语。

仙才李太白的善作豪语，可以不必说了；连留长了指甲，骨瘦如柴的鬼才李长吉，也说"见买若耶溪水剑，明朝归去事猿公"起来，简直是毫不自量，想学刺客了。这应该折成零，证据是他到底并没有去。南宋时候，国步艰难，陆放翁自然也是慷慨党中的一个，他有一回说："老子犹堪绝大漠，诸君何至泣新亭。"他其实是去不得的，也应该折成零——但我手头无书，引诗或有错误，也先打一个折扣在这里。

其实，这故作豪语的脾气，正不独文人为然，常人或市侩，也非常发达。市上甲乙打架，输的大抵说："我认得你的！"这是说，他将如伍子胥一般，誓必复仇的意思。不过总是不来的居多，倘是智识分子呢，也许另用一些阴谋，但在粗人，往往这就是斗争的结局，说的是有口无心，听的也不以为意，久成为打架收场的一种仪式了。

旧小说家也早已看穿了这局面，他写暗娼和别人相争，照例攻击过别人的偷汉之后，就自序道："老娘是指头上站得人，臂膊上跑得马……"底下怎样呢？他任别人去打折扣。他知道别人是决不那么糊涂，会十足相信的，但仍得这么说，恰如卖假药的，包纸上一定印着"存心欺世，雷殛火焚"一样，成为一种仪式了。

但因时势的不同，也有立刻自打折扣的。例如在广告上，我们有时会看见自说"我是坐不改名，行不改姓的人"，真要蓦地发生一种好像见了《七侠五义》中人物一般的敬意，但接着就是"纵令有时用其他笔名，但所发表文章，均自负责"，却身子一扭，土行孙似的不见了。予岂好"用其他笔名"哉？予不得已也。上海原是中国的一部分，当然受着孔子的教化的。便是商家，柜内的"不二价"的金字招牌也时时和屋外"大廉价"的大旗互相辉映，不过他总有一个缘故：不是提倡国货，就是纪念开张。

所以，自打折扣，也还是没有打足的，凡"老上海"，必须再打它一下。

八月四日

踢

丰之余

两月以前，曾经说过"推"，这回却又来了"踢"。

本月九日《申报》载六自晚间，有漆匠刘明山，杨阿坤，顾洪生三人在法租界黄浦滩太古码头纳凉，适另有数人在左近聚赌，由巡逻警察上前驱逐，而刘，顾两人，竟被俄捕弄到水里去，刘明山竟淹死了。由俄捕说，自然是"自行失足落水"的。但据顾洪生供，却道："我与刘，杨三人，同至太古码头乘凉，刘坐铁凳下地板上……我立在旁边……俄捕来先踢刘一脚，刘已立起要避开，又被踢一脚，以致跌入浦中，我要拉救，已经不及，乃转身拉住俄捕，亦被用手一推，我亦跌下浦中，经人救起的。"推事问："为什么要踢他？"答曰："不知。"

"推"还要抬一抬手，对付下等人是犯不着如此费事的，于是乎有"踢"。而上海也真有"踢"的专家，有印度巡捕，有安南巡捕，现在还添了白俄巡捕，他们将沙皇时代对犹太人的手段，到我们这里来施展了。我们也真是善于"忍辱负重"的人民，只要不"落浦"，就大抵用一句滑稽化的话道："吃了一只外国火腿"，一笑了之。

苗民大败之后，都往山里跑，这是我们的先帝轩辕氏赶他的。南宋败残之余，就往海边跑，这据说也是我们的先帝成吉思汗赶他的，赶到临了，就是陆秀夫背着小皇帝，跳进海里去。我们中国人，原是古来就要"自行失足落水"的。

有些慷慨家说，世界上只有水和空气给予穷人。此说其实是不确的，穷人在实际上，哪里能够得到和大家一样的水和空气？即使在码头上乘凉，也会无端被"踢",送掉性命的：落浦。要救朋友，或拉住凶手吧，"也被用手一推"：也落浦。如果大家来相帮，那就有"反帝"的嫌疑了，"反帝"原未为中国所禁止的，然而要预防"反动分子乘机捣乱"，所以结果还是免不了"踢"和"推"，也就是终于是落浦。

时代在进步，轮船飞机，随处皆是，假使南宋末代皇帝而生在今日，是决不至于落海的了，他可以跑到外国去，而小百姓以"落浦"代之。

这理由虽然简单，却也复杂，故漆匠顾洪生曰："不知。"

八月十日

"中国文坛的悲观"

旅 隼

文雅书生中也真有特别善于下泪的人物，说是因为近来中国文坛的混乱，好像军阀割据，便不禁"呜呼"起来了，但尤其痛心诬陷。

其实是作文"藏之名山"的时代一去，而有一个"坛"，便不免有斗争，甚而至于谩骂，诬陷的。明末太远，不必提了；清朝的章实斋和袁子才，李莼客和赵㧑叔，就如水火之不可调和；再近些，则有《民报》和《新民丛报》之争，《新青年》派和某某派之争，也都非常猛烈。当初又何尝不使局外人摇头叹气呢，然而胜负一明，时代渐远，战血为雨露洗得干干净净，后人便以为先前的文坛是太平了。在外国也一样，我们现在大抵只知道嚣俄和霍普德曼是卓卓的文人，但当时他们的剧本开演的时候，就在戏场里捉人，打架，较详的文学史上，还载着打架之类的图。

所以，无论中外古今，文坛上是总归有些混乱，使文雅书生看得要"悲观"的。但也总归有许多所谓文人和文章也者一定灭亡，只有配存在者终于存在，以证明文坛也总归还是干净的处所。增加混乱的倒是有些悲观论者，不施考察，不加批判，但用"彼亦一是非，此亦一是非"的论调，将一切作者，诋为"一丘之貉"。这样子，扰乱是永远不会收场的。然而世间却并不都这样，一定会有明明白白的是非之别，我们试想一想，林琴南攻击文学革命的小说，为时并不久，现在哪里去了？

只有近来的诬陷，倒像是颇为出色的花样，但其实也并不比古时候更厉害，证据是清初大兴文字之狱的遗闻。况且闹这样玩意儿的，其实并不完全是文人，十中之九，乃是挂了招牌，而无货色，只好化为黑店，出卖人肉馒头的小盗；即使其中偶然有曾经弄过笔墨的人，然而这时却正是露出原形，在告白他自己的没落，文坛决不因此混乱，倒是反而越加清楚，越加分明起来了。

历史决不倒退，文坛是无须悲观的。悲观的由来，是在置身事外不辨是非，而偏要关心于文坛，或者竟是自己坐在没落的营盘里。

八月十日

秋夜纪游

游　光

秋已经来了，炎热也不比夏天小，当电灯替代了太阳的时候，我还是在马路上漫游。

危险？危险令人紧张，紧张令人觉到自己生命的力。在危险中漫游，是很好的。

租界也还有悠闲的处所，是住宅区。但中等华人的窟穴却是炎热的，吃食担，胡琴，麻将，留声机，垃圾桶，光着的身子和腿。相宜的是高等华人或无等洋人住处的门外，宽大的马路，碧绿的树，淡色的窗幔，凉风，月光，然而也有狗子叫。

我生长在农村中，爱听狗子叫，深夜远吠，闻之神怡，古人之所谓"犬声如豹"者就是。倘或偶经生疏的村外，一声狂嗥，巨獒跃出，也给人一种紧张，如临战斗，非常有趣的。

但可惜在这里听到的是吧儿狗。它躲躲闪闪，叫得很脆：汪汪！

我不爱听这一种叫。

我一面漫步，一面发出冷笑，因为我明白了使它闭口的方法，是只要去和它主子的管门人说几句话，或者抛给它一根肉骨头。这两件我还能的，但是我不做。

它常常要汪汪。

我不爱听这一种叫。

我一面漫步，一面发出恶笑了，因为我手里拿着一粒石子，恶笑刚敛，就举手一掷，正中了它的鼻梁。

呜的一声，它不见了。我漫步着，漫步着，在少有的寂寞里。

秋已经来了，我还是漫步着。叫呢，也还是有的，然而更加躲躲闪闪了，声音也和先前不同，距离也隔得远了，连鼻子都看不见。

我不再冷笑，不再恶笑了，我漫步着，一面舒服的听着它那很脆的声音。

八月十四日

"揩　油"

苇　索

"揩油",是说明着奴才的品行全部的。

这不是"取回扣"或"取佣钱",因为这是一种秘密;但也不是偷窃,因为在原则上,所取的实在是微乎其微。因此也不能说是"分肥";至多,或者可以谓之"舞弊"吧。然而这又是光明正大的"舞弊";因为所取的是豪家,富翁,阔人,洋商的东西,而且所取又不过一点点,恰如从油水汪洋的处所,揩了一下,于人无损,于揩者却有益的,并且也不失为损富济贫的正道。设法向妇女调笑几句,或乘机摸一下,也谓之"揩油",这虽然不及对于金钱的名正言顺,但无大损于被揩者则一也。

表现得最分明的是电车上的卖票人。纯熟之后,他一面留心着可揩的客人,一面留心着突来的查票,眼光都练得像老鼠和老鹰的混合物一样。付钱而不给票,客人本该索取的,然而很难索取,也很少见有人索取,因为他所揩的是洋商的油,同是中国人,当然有帮忙的义务,一索取就变成帮助洋商了。这时候,不但卖票人要报你憎恶的眼光,连同车的客人也往往不免显出以为你不识时务的脸色。

然而彼一时,此一时,如果三等客中有时偶缺一个铜元,你却只好在目的地以前下车,这时他就不肯通融,变成洋商的忠仆了。

在上海,如果同巡捕,门丁,西崽之类闲谈起来,他们大抵是憎恶洋鬼子的,他们多是爱国主义者。然而他们也像洋鬼子一样,看不起中国人,棍棒和拳头和轻蔑的眼光,专注在中国人的身上。

"揩油"的生活有福了。这手段将更加展开,这品格将变成高尚,这行为将认为正当，这将算是国民的本领，和对于帝国主义的复仇。打开天窗说亮话，其实，所谓"高等华人"也者，也何尝逃得出这模子。

但是，也如"吃白相饭"朋友那样，卖票人是还有他的道德的。倘被查票人查出他收钱而不给票来了，他就默然认罚，决不说没有收过钱，将罪案推到客人身上去。

八月十四日

我们怎样教育儿童的？

旅隼

看见了讲到《孔乙己》，就想起中国一向怎样教育儿童来。

现在自然是各式各样的教科书，但在村塾里也还有《三字经》和《百家姓》。清朝末年，有些人读的是"天子重英豪，文章教尔曹，万般皆下品，惟有读书高"的《神童诗》，夸着"读书人"的光荣；有些人读的是"混沌初开，乾坤始奠，轻清者上浮而为天，重浊者下凝而为地"的《幼学琼林》，教着做古文的滥调。再上去我可不知道了，但听说，唐末宋初用过《太公家教》，久已失传，后来才从敦煌石窟中发现，而在汉朝，是读《急就篇》之类的。

就是所谓"教科书"，在近三十年中，真不知变化了多少。忽而这么说，忽而那么说，今天是这样的宗旨，明天又是那样的主张，不加"教育"则已，一加"教育"，就从学校里造成了许多矛盾冲突的人，而且因为旧的社会关系，一面也还是"混沌初开，乾坤始奠"的老古董。

中国要作家，要"文豪"，但也要真正的学究。倘有人作一部历史，将中国历来教育儿童的方法，用书，作一个明确的记录，给人明白我们的古人以至我们，是怎样的被熏陶下来的，则其功德，当不在禹（虽然他也许不过是一条虫）下。

《自由谈》的投稿者，常有博古通今的人，我以为对于这工作，是很有胜任者在的。不知亦有有意于此者乎？现在提出这问题，盖亦知易行难，遂只得空口说白话，而望垦辟于健者也。

八月十四日

为翻译辩护

洛　文

今年是围剿翻译的年头。

或曰"硬译"，或曰"乱译"，或曰"听说现在有许多翻译家……翻开第一行就译，对于原作的理解，更无从谈起"，所以令人看得"不知所云"。

这种现象，在翻译界确是不少的，那病根就在"抢先"。

中国人原是喜欢"抢先"的人民。上落电车，买火车票，寄挂号信，都愿意是一到便是第一个。翻译者当然也逃不出这例子的。而书店和读者，实在也没有容纳同一原本的两种译本的雅量和物力，只要已有一种译稿，别一译本就没有书店肯接收出版了。据说是已经有了，怕再没有人要买。

举一个例在这里：现在已经成了古典的达尔文的《物种由来》，日本有两种翻译本，先出的一种颇多错误，后出的一本是好的。中国只有一种马君武博士的翻译，而他所根据的却是日本的坏译本，实有另译的必要。然而那里还会有书店肯出版呢？除非译者同时是富翁，他来自己印。不过如果是富翁，他就去打算盘，再也不来弄什么翻译了。

还有一层，是中国的流行，实在也过去得太快，一种学问或文艺介绍进中国米，多则一年，少则半年，大抵就烟消火灭。靠翻译为生的翻译家，如果精心作意，推敲起来，则到他脱稿时，社会上早已无人过问。中国大嚷过托尔斯泰，屠格纳夫，后来又大嚷过辛克莱，但他们的选集却一部也没有。去年虽然还有以郭沫若先生的盛名，幸而出版的《战争与和平》，但恐怕仍不足以挽回读书和出版界的惰气，势必至于读者也厌倦，译者也厌倦，出版者也厌倦，归根结蒂是不会完结的。

　　翻译得不行，大半的责任固然该在翻译家，但读书界和出版界，尤其是批评家也应该分负若干的责任。要救治这颓运，必须有正确的批评，指出坏的，奖励好的，倘没有，则较好的也可以。然而这怎么能呢；指搞坏翻译，对于无拳无勇的译者是不要紧的，倘若触犯了别有来历的人，他就会给你带上一顶红帽子，简直要你的性命。这现象，就使批评家也不得不含糊了。

　　此外，现在最普通的对于翻译的不满，是说看了几十行也还是不能懂。但这是应该加以区别的。倘是康德的《纯粹理性批判》那样的书，则即使德国人来看原文，他如果并非一个专家，也还是一时不能看懂。自然，"翻开第一行就译"的译者，是太不负责任了，然而漫无区别，要无论什么译本都翻开第一行就懂的读者，却也未免太不负责任了。

八月十四日

爬和撞

苟　继

　　从前梁实秋教授曾经说过：穷人总是要爬，往上爬，爬到富翁的地位。不但穷人，奴隶也是要爬的，有了爬得上的机会，连奴隶也会觉得自己是神仙，天下自然太平了。

　　虽然爬得上的很少，然而个个以为这正是他自己。这样自然都安分的去耕田，种地，捡大粪或是坐冷板凳，克勤克俭，背着苦恼的命运，和自然奋斗着，拼命的爬，爬，爬。可是爬的人那么多，而路只有一条，十分拥挤。老实的照着章程规规矩矩的爬，大都是爬不上去的。聪明人就会推，把别人推开，推倒，踏在脚底下，踹着他们的肩膀和头顶，爬上去了。大多数人却还只是爬，认定自己的冤家并不在上面，而只在旁边——是那些一同在爬的人。他们大都是忍耐着一切，两脚两手都着地，一步步的挨上去又挤下来，挤下来又挨上去，没有休止的。

　　然而爬的人太多，爬得上的太少，失望也会渐渐的侵蚀善良的人心，至少，也会发生跪着的革命。于是爬之外，又发明了撞。

　　这是明知道你太辛苦了，想从地上站起来，所以在你的背后猛然的叫一声："撞吧。"一个个发麻的腿还在抖着，就撞过去。这比爬要轻松得多，手也不必用力，膝盖也不必移动，只要横着身子，晃一晃，就撞过去。撞得好就是五十万元大洋，妻，财，子，禄都有了。撞不好，至多不过跌一跤，倒在地下。那又算得什么呢——他原本是伏在地上的，他仍旧可以爬。何况有些人不过撞着玩罢了，根本就不怕跌跤的。

　　爬是自古有之。例如从童生到状元，从小瘪三到康白度。撞却似乎是近代的发明。要考据起来，恐怕只有古时候"小姐抛彩球"有点像给人撞的办法。小姐的彩球将要抛下来的时候——一个个想吃天鹅肉的男子汉仰着头，张着嘴，谗涎拖得几尺长……可惜，古人究竟呆笨，没有要这些男子汉拿出几个本钱来，否则，也一定可以收着几万万的。

　　爬得上的机会越少，愿意撞的人就越多，那些早已爬在上面的人们，就天天替你们制造撞的机会，叫你们花些小本钱，而预约着给你们名利双收的神仙生活。所以撞得好的机会，虽然比爬得上的还要少得多，而大家都愿意来试试的。这样，爬了来撞，撞不着再爬……鞠躬尽瘁，死而后已。

　　　　　　　　　　　　　　　　　　　　　　　　　　　　八月十六日

各种捐班

洛　文

清朝的中叶，要做官可以捐，叫作"捐班"的便是这一伙。财主少爷吃得油头光脸，忽而忙了几天，头上就有一粒水晶顶，有时还加上一枝蓝翎，满口官话，说是"今天天气好"了。

到得民国，官总算说是没有了捐班，然而捐班之途，实际上倒是开展了起来。连"学士文人"也可以由此弄得到顶戴。开宗明义第一章，自然是要有钱。只要有钱，就什么都容易办了。譬如，要捐学者吧，那就收买一批古董，结识几个清客，并且雇几个工人，拓出古董上面的花纹和文字，用玻璃板印成一部书，名之曰"什么集古录"或"什么考古录"。李富孙做过一部《金石学录》，是专载研究金石的人们的，然而这倒成了"作俑"，使清客们可以一续再续，并且推而广之，连收藏古董，贩卖古董的少爷和商人，也都一榻括子的收进去了。这就叫作"金石家"。

捐做"文学家"也用不着什么新花样。只要开一只书店，拉几个作家。雇一些帮闲，出一种小报，"今天天气好"是也须会说的，就写了出来，印了上去，交给报贩，不消一年半载，包管成功。但是，古董的花纹和文字的拓片是不能用的了，应该代以电影明星和摩登女子的照片，因为这才是新时代的美术。"爱美"的人物在中国还多得很，而"文学家"或"艺术家"也就这样的起来了。

捐官可以希望刮地皮，但捐学者文人也不会折本。印刷品固然可以卖现钱，古董将来也会有洋鬼子肯出大价的。

这又叫作"名利双收"。不过先要能"投资"，所以平常人做不到，要不然，文人学士也就不大值钱了。

而现在还值钱，所以也还会有人忙着做人名辞典，造文艺史，出作家论，编自传。我想，倘作历史的著作，是应该像将文人分为罗曼派，古典派一样，另外分出一种"捐班"派来的，历史要"真"，招些忌恨也只好硬挺，是不是？

八月二十四日

四库全书珍本

丰之余

现在除兵争，政争等类之外，还有一种倘非闲人，就不大注意的影印《四库全书》中的"珍本"之争。官商要照原式，及早印成，学界却以为库本有删改，有错误，如果有别本可得，就应该用别的"善本"来替代。

但是，学界的主张，是不会通过的，结果总非依照《钦定四库全书》不可。这理由很分明，就因为要赶快。四省不见，九岛出脱，不说也罢，单是黄河的出轨举动，也就令人觉得岌岌乎不可终日，要做生意就得赶快。况且"钦定"二字，至今也还有一点威光，"御医""贡缎"，就是与众不同的意思。便是早已共和了的法国，拿破仑的藏书在拍卖场上还是比平民的藏书值钱；欧洲的有些著名的"支那学者"，讲中国就会引用《钦定图书集成》，这是中国的考据家所不肯玩的玩意儿。但是，也可见印了"钦定"过的"珍本"，在外国，生意总可以比"善本"好一些。

即使在中国，恐怕生意也还是"珍本"好。因为这可以做摆饰，而"善本"却不过能合于实用。能买这样的书的，决非穷措大也可想，则买去之后，必将供在客厅上也亦可知。这类的买主，会买一个商周的古鼎，摆起来；不得已时，也许买一个假古鼎，摆起来；但他决不肯买一个沙锅或铁镬，摆在紫檀桌子上。因为他的目的是在"珍"而并不在"善"，更不在是否能合于实用的。

明末人好名，刻古书也是一种风气，然而往往自己看不懂，以为错字，随手乱改。不改尚可，一改，可就反而改错了，所以使后来的考据家为之摇头叹气，说是"明人好刻古书而古书亡"。这回的《四库全书》中的"珍本"是影印的，决无改错的弊病，然而那原本就有无意的错字，有故意的删改，并且因为新本的流布，更能使善本湮没下去，将来的认真的读者如果偶尔得到这样的本子，恐怕总免不了要有摇头叹气第二回。

然而结果总非依照《钦定四库全书》不可。因为"将来"的事，和现在的官商是不相干了。

八月二十四日

新秋杂识

旅 隼

门外的有限的一方泥地上，有两队蚂蚁在打仗。

童话作家爱罗先珂的名字，现在是已经从读者的记忆上渐渐淡下去了，此时我却记起了他的一种奇异的忧愁。他在北京时，曾经认真的告诉我说：我害怕，不知道将来会不会有人发明一种方法，只要怎么一来，就能使人们都成为打仗的机器的。

其实是这方法早经发明了，不过较为烦难，不能"怎么一来"就完事。我们只要看外国为儿童而作的书籍，玩具，常常以指教武器为大宗，就知道这正是制造打仗机器的设备，制造是必须从天真烂漫的孩子们入手的。

不但人们，连昆虫也知道。蚂蚁中有一种武士蚁，自己不造窠，不求食，一生的事业，是专在攻击别种蚂蚁，掠取幼虫，使成奴隶，给它服役的。但奇怪的是它决不掠取成虫，因为已经难施教化。它所掠取的一定只限于幼虫和蛹，使在盗窟里长大，毫不记得先前，永远是愚忠的奴隶，不但服役，每当武士蚁出去劫掠的时候，它还跟在一起，帮着搬运那些被侵略的同族的幼虫和蛹去了。

但在人类，却不能这么简单的造成一律。这就是人之所以为"万物之灵"。

然而制造者也决不放手。孩子长大，不但失掉天真，还变得呆头呆脑，是我们时时看见的。经济的凋敝，使出版界不肯印行大部的学术文艺书籍，不是教科书，便是儿童书，黄河决口似的向孩子们滚过去。但那里面讲的是什么呢？要将我们的孩子们造成什么东西呢？却还没有看见战斗的批评家论及，似乎已经不大有人注意将来了。

反战会议的消息不很在日报上看到，可见打仗也还是中国人的嗜好，给它一个冷淡，正是违反了我们的嗜好的证明。自然，仗是要打的，跟着武士蚁去搬运败者的幼虫，也还不失为一种为奴的胜利。但是，人究竟是"万物之灵"，这样那里能就够。仗自然是要打的，要打掉制造打仗机器的蚁冢，打掉毒害小儿的药饵，打掉陷没将来的阴谋：这才是人的战士的任务。

八月二十八日

帮闲法发隐

桃 椎

吉开迦尔是丹麦的忧郁的人，他的作品，总是带着悲愤。不过其中也有很有趣味的，我看见了这样的几句——

戏场里失了火。丑角站在戏台前，来通知了看客。大家以为这是丑角的笑话，喝采了。丑角又通知说是火灾。但大家越加哄笑，喝彩了。我想，人世是要完结在当作笑话的开心的人们的大家欢迎之中的吧。

不过我的所以觉得有趣的，并不专在本文，是在由此想到了帮闲们的伎俩。帮闲，在忙的时候就是帮忙，倘若主子忙于行凶作恶，那自然也就是帮凶。但他的帮法，是在血案中而没有血迹，也没有血腥气的。

譬如吧，有一件事，是要紧的，大家原也觉得要紧，他就以丑角身份而出现了，将这件事化为滑稽，或者特别张扬了不关紧要之点，将人们的注意拉开去，这就是所谓"打诨"。如果是杀人，他就来讲当场的情形，侦探的努力；死的是女人呢，那就更好了，名之曰"艳尸"，或介绍她的日记。如果是暗杀，他就来讲死者的生前的故事，恋爱呀，遗闻呀……人们的热情原不是永不弛缓的，但加上些冷水，或者美其名曰清茶，自然就冷得更加迅速了，而这位打诨的脚色，却变成了文学者。

假如有一个人，认真的在告警，于凶手当然是有害的，只要大家还没有僵死。但这时他就又以丑角身份而出现了，仍用打诨，从旁装着鬼脸，使告警者在大家的眼里也化为丑角。使他的警告在大家的耳边都化为笑话。耸肩装穷，以表现对方之阔，卑躬叹气，以暗示对方之傲；使大家心里想：这告警者原来都是虚伪的。幸而帮闲们还多是男人，否则它简直会说告警者曾经怎样调戏它，当众罗列淫辞，然后作自杀以明耻之状也说不定，周围捣着鬼，无论如何严肃的说法也要减少力量的，而不利于凶手的事情却就在这疑心和笑声中完结了。它呢？这回它倒是道德家。

　　当没有这样的事件时，那就七日一报，十日一谈，收罗废料，装进读者的脑子里去，看过一年半载，就满脑都是某阔人如何摸牌，某明星如何打嚏的典故。开心是自然也开心的。但是，人世却也要完结在这些欢迎开心的开心的人们之中的吧。

八月二十八日

登龙术拾遗

苇　索

章克标先生做过一部《文坛登龙术》，因为是预约的，而自己总是悠悠忽忽，竟失去了拜诵的幸运，只在《论语》上见过广告，解题和后记。但是，这真不知是那里来的"烟士披里纯"，解题的开头第一段，就有了绝妙的名文——

登龙是可以当作乘龙解的，于是登龙术便成了乘龙的技术，那是和骑马驾车相类似的东西了。但平常乘龙就是女婿的意思，文坛似非女性，也不致于会要招女婿，那么这样解释似乎也有引起别人误会的危险。……

确实，查看广告上的目录，并没有"做女婿"这一门，然而这却不能不说是"智者千虑"的一失，似乎该有一点增补才好，因为文坛虽然"不致于会要招女婿"，但女婿却是会要上文坛的。

术曰：要登文坛，须阔太太，遗产必需，官司莫怕。穷小子想爬上文坛去，有时虽然会侥幸，终究是很费力气的；做些随笔或茶话之类，或者也能够捞几文钱，但究竟随人俯仰。最好是有富岳家，有阔太太，用赔嫁钱，作文学资本，笑骂随他笑骂，恶作我自印之。"作品"一出，头衔自来，赘婿虽能被妇家所轻，但一登文坛，即声价十倍，太太也就高兴，不至于自打麻将，连眼梢也一动不动了，这就是"交相为用"。但其为文人也，又必须是唯美派，试看王尔德遗照，盘花纽扣，镶牙手杖，何等漂亮，人见犹怜，而况令阃。可惜他的太太不行，以致滥交顽童，穷死异国，假如有钱，何至于此。所以倘欲登龙，也要乘龙，"书中自有黄金屋"，早成古话，现在是"金中自有文学家"当令了。

　　但也可以从文坛上去做女婿。其术是时时留心，寻一个家里有些钱，而自己能写几句"阿呀呀，我悲哀呀"的女士，做文章登报，尊之为"女诗人"。待到看得她有了"知己之感"，就照电影上那样的屈一膝跪下，说道"我的生命呵，阿呀呀，我悲哀呀！"——则由登龙而乘龙，又由乘龙而更登龙，十分美满。然而富女诗人未必一定爱穷男文士，所以要有把握也很难，这一法，在这里只算是《登龙术拾遗》的附录，请勿轻用为幸。

八月二十八日

由聋而哑

洛　文

医生告诉我们：有许多哑子，是并非喉舌不能说话的，只因为从小就耳朵聋，听不见大人的言语，无可师法，就以为谁也不过张着口呜呜哑哑，他自然也只好呜呜哑哑了。所以勃兰兑斯叹丹麦文学的衰微时，曾经说：文学的创作，几乎完全死灭了。人间的或社会的无论怎样的问题，都不能提起感兴，或则除在新闻和杂志之外，绝不能惹起一点论争。我们看不见强烈的独创的创作。加以对于获得外国的精神生活的事，现在几乎绝对的不加顾及。于是精神上的"聋"，那结果，就也招致了"哑"来。（《十九世纪文学的主潮》第一卷自序）

这几句话，也可以移来批评中国的文艺界，这现象，并不能全归罪于压迫者的压迫，五四运动时代的启蒙运动者和以后的反对者，都应该分负责任的。前者急于事功，竟没有译出什么有价值的书籍来，后者则故意迁怒，至骂翻译者为媒婆，有些青年更推波助澜，有一时期，还至于连人地名下注一原文，以便读者参考时，也就诋之曰"衒学"。

今竟何如？三开间店面的书铺，四马路上还不算少，但那里面满架是薄薄的小本子，倘要寻一部巨册，真如披沙拣金之难。自然，生得又高又胖并不就是伟人，做得多而且繁也决不就是名著，而况还有"剪贴"。但是，小小的一本"什么ABC"里，却也决不能包罗一切学术文艺的。一道浊流，固然不如一杯清水的干净而澄明，但蒸馏了浊流的一部分，却就有许多杯净水在。

因为多年买空卖空的结果，文界就荒凉了，文章的形式虽然比较的整齐起来，但战斗的精神却较前有退无进。文人虽因捐班或互捧，很快的成名，但为了出力的吹，壳子大了，里面反显得更加空洞。于是误认这空虚为寂寞，像煞有介事的说给读者们；其甚者还至于摆出他心的腐烂来，算是一种内面的宝贝。散文，在文苑中算是成功的，但试看今年的选本，便是前三名，也即令人有"貂不足，狗尾续"之感。用秕谷来养青年，是决不会壮大的，将来的成就，且要更渺小，那模样，可看尼采所描写的"末人"。

但介绍国外思潮，翻译世界名作，凡是运输精神的粮食的航路，现在几乎都被聋哑的制造者们堵塞了，连洋人走狗，富户赘郎，也会来哼哼的冷笑一下。他们要掩住青年的耳朵，使之由聋而哑，枯涸渺小，成为"末人"，非弄到大家只能看富家儿和小瘪三所卖的春宫，不肯罢手。甘为泥土的作者和译者的奋斗，是已经到了万不可缓的时候了，这就是竭力运输些切实的精神的粮食，放在青年们的周围，一面将那些聋哑的制造者送回黑洞和朱门里面去。

八月二十九日

新秋杂识 (二)

旅 隼

八月三十日的夜里，远远近近，都突然噼噼啪啪起来，一时来不及细想，以为"抵抗"又开头了，不久就明白了那是放爆竹，这才定了心。接着又想：大约又是什么节气了吧？……待到第二天看报纸，才知道原来昨夜是月食，那些噼噼啪啪，就是我们的同胞，异胞（我们虽然大家自称为黄帝子孙，但蚩尤的子孙想必也未尝死绝，所以谓之"异胞"）在示威，要将月亮从天狗嘴里救出。

再前几天，夜里也很热闹。街头巷尾，处处摆着桌子，上面有面食，西瓜；西瓜上面叮着苍蝇，青虫，蚊子之类，还有一桌和尚，口中念念有词："回猪猡普米呀吽！昇呀吽！吽！！"这是在放焰口，施饿鬼。到了盂兰盆节了，饿鬼和非饿鬼，都从阴间跑出，来看上海这大世面，善男信女们就在这时尽地主之谊，托和尚"唵呀吽"的弹出几粒白米去，请它们都饱饱的吃一通。

我是一个俗人，向来不大注意什么天上和阴间的，但每当这些时候，却也不能不感到我们的还在人间的同胞们和异胞们的思虑之高超和妥帖。别的不必说，就在这不到两整年中，大则四省，小则九岛，都已变了旗色了，不久还有八岛。不但救不胜救，即使想要救吧，一开口，说不定自己就危险（这两句，印后成了"于势也有所未能"）。所以最妥当是救月亮，哪怕爆竹放得震天价响，天狗决不至于来咬，月亮里的酋长（假如有酋长的话）也不会出来禁止。目为反动的。救人也一样，兵灾，旱灾，蝗灾，水灾……灾民们不计其数，幸而暂免于灾殃的小民，又怎么能有一个救法？那自然远不如救魂灵，事省功多，和大人先生的打醮造塔同其功德。这就是所谓"人无远虑，必有近忧"；而"君子务其大者远者"，亦此之谓也。

而况"庖人虽不治庖，尸祝不越尊俎而代之"，也是古圣贤的明训，国事有治国者在，小民是用不着吵闹的。不过历来的圣帝明王，可又并不卑视小民，倒给予了更高超的自由和权利，就是听你专门去救宇宙和魂灵。这是太平的根基，从古至今，相沿不废，将来想必也不至先便废。记得那是去年的事了，沪战初停，日兵渐渐的走上兵船和退进营房里面去，有一夜也是这么噼噼啪啪起来。时候还在"长期抵抗"中，日本人又不明白我们的国粹，以为又是第几路军前来收复失地了，立刻放哨，出兵……乱哄哄的闹了一通，才知道我们是在救月亮，他们是在见鬼。"哦哦！成程（Naruhodo＝原来如此)！"惊叹和佩服之余，于是恢复了平和的原状。今年呢，连哨也没有放，大约是已被中国的精神文明感化了。

现在的侵略者和压制者，还有像古代的暴君一样，竟连奴才们的发昏和做梦也不准的么？……

八月三十一日

男人的进化

虞　明

　　说禽兽交合是恋爱未免有点亵渎。但是，禽兽也有性生活，那是不能否认的。它们在春情发动期，雌的和雄的碰在一起，难免"卿卿我我"的来一阵。固然，雌的有时候也会装腔作势，逃几步又回头看，还要叫几声，直到实行"同居之爱"为止。禽兽的种类虽然多，它们的"恋爱"方式虽然复杂，可是有一件事是没有疑问的：就是雄的不见得有什么特权。

　　人为万物之灵，首先就是男人的本领大。最初原是马马虎虎的，可是因为"知有母不知有父"的缘故，娘儿们曾经"统治"过一个时期，那时的祖老太太大概比后来的族长还要威风。后来不知怎的，女人就倒了霉：项颈上，手上，脚上，全都锁上了链条，扣上了圈儿，环儿——虽则过了几千年这些圈儿环儿大都已经变成了金的银的，镶上了珍珠宝钻，然而这些项圈，镯子，戒指等等，到现在还是女奴的象征。既然女人成了奴隶，那就男人不必征求他的同意再去"爱"她了。古代部落之间的战争，结果俘虏会变成奴隶，女俘虏就会被强奸。那时候，大概春情发动期早就"取消"了，随时随地男主人都可以强奸女俘虏，女奴隶。现代强盗恶棍之流的不把女人当人，其实是大有酋长式武士道的遗风的。

　　但是，强奸的本领虽然已经是人比禽兽"进化"的一步，究竟还只是半开化。你想，女的哭哭啼啼，扭手扭脚，能有多大兴趣？自从金钱这宝贝出现之后，男人的进化就真的了不得了。天下的一切都可以买卖，性欲自然并非例外。男人化几个臭钱，就可以得到他在女人身上所要得到的东西。而且他可以给她说：我并非强奸你，这是你自愿的，你愿意拿几个钱，你就得如此这般，百依百顺，咱们是公平交易！蹂躏了她，还要她说一声"谢谢你，大少"。这是禽兽干得来的么？所以嫖妓是男人进化的颇高的阶段了。

同时，父母之命媒妁之言的旧式婚姻，却要比嫖妓更高明。这制度之下，男人得到永久的终身的活财产，当新妇被人放到新郎的床上的时候，她只有义务，她连讲价钱的自由也没有，何况恋爱。不管你爱不爱，在周公孔圣人的名义之下，你得从一而终，你得守贞操。男人可以随时使用她，而她却要遵守圣贤的礼教，即使"只在心里动了恶念，也要算犯奸淫"的。如果雄狗对雌狗用起这样巧妙而严厉的手段来，雌的一定要急得"跳墙"。然而人却只会跳井，当节妇，贞女，烈女去。礼教婚姻的进化意义，也就可想而知了。

至于男人会用"最科学的"学说，使得女人虽无礼教，也能心甘情愿地从一而终，而且深信性欲是"兽欲"，不应当作为恋爱的基本条件；因此发明"科学的贞操"——那当然是文明进化的顶点了。

呜呼，人——男人——之所以异于禽兽者！

自注：这篇文章是卫道的文章。

九月三日

同意和解释

虞 明

上司的行动不必征求下属的同意，这是天经地义。但是，有时候上司会对下属解释。

新进的世界闻人说："原人时代就有威权，例如人对动物，一定强迫它们服从人的意志，而使它们抛弃自由生活，不必征求动物的同意。"这话说得透彻。不然，我们那里有牛肉吃，有马骑呢？人对人也是这样。

日本耶教会主教最近宣言日本是《圣经》上说的天使："上帝要用日本征服向来屠杀犹太人的白人……以武力解放犹太人，实现《旧约》上的预言。"这也显然不征求白人的同意的，正和屠杀犹太人的白人并未征求过犹太人的同意一样。日本的大人老爷在中国制造"国难"，也没有征求中国人民的同意。——至于有些地方的绅董，却去征求日本大人的同意，请他们来维持地方治安，那却又当别论。总之，要自由自在的吃牛肉，骑马等等，就必须宣布自己是上司，别人是下属；或是把人比做动物，或是把自己作为天使。

但是，这里最要紧的还是"武力"，并非理论。不论是社会学或是基督教的理论，都不能够产生什么威权。原人对于动物的威权，是产生于弓箭等类的发明的。至于理论，那不过是随后想出来的解释。这种解释的作用，在于制造自己威权的宗教上，哲学上，科学上，世界潮流上的根据，使得奴隶和牛马恍然大悟这世界的公律，而抛弃一切翻案的梦想。

当上司对于下属解释的时候，你做下属的切不可误解这是在征求你的同意，因为即使你绝对的不同意，他还是干他的。他自有他的梦想，只要金银财宝和飞机大炮的力量还在他手里，他的梦想就会实现；而你的梦想却终于只是梦想——万一实现了，他还说你抄袭他的动物主义的老文章呢。

据说现在的世界潮流，正是庞大权力的政府的出现，这是十九世纪人士所梦想不到的。意大利和德意志不用说了；就是英国的国民政府，"它的实权也完全属于保守党一党"。"美国新总统所取得的措置经济复兴的权力，比战争和戒严时期还要大得多"。大家做动物，使上司不必征求什么同意，这正是世界的潮流。懿欤盛哉，这样的好榜样，那能不学？

不过，我这种解释还有点美中不足：中国自己的秦始皇帝焚书坑儒，中国自己的韩退之等说："民不出米粟麻丝以事其上则诛"。这原是国货，何苦违背着民族主义，引用外国的学说和事实——长他人威风，灭自己志气呢？

九月三日

文床秋梦

游 光

　　春梦是颠颠倒倒的。"夏夜梦"呢？看莎士比亚的剧本，也还是颠颠倒倒。中国的秋梦，照例却应该"肃杀"，民国以前的死囚，就都是"秋后处决"的，这是顺天时。天教人这么着，人就不能不这么着。所谓"文人"当然也不至于例外，吃得饱饱的睡在床上，食物不能消化完，就做梦；而现在又是秋天，天就教他的梦威严起来了。

　　二卷三十一期（八月十二日出版）的《涛声》上，有一封自名为"林丁"先生的给编者的信，其中有一段说——

　　"……之争，孰是孰非，殊非外人所能详道。然而彼此摧残，则在傍观人看来，却不能不承是整个文坛的不幸。……我以为各人均应先打屁股百下以儆效尤，余事可一概不提。……"

　　前两天，还有某小报上的不署名的社谈，它对于早些日子余赵的剪窃问题之争，也非常气愤——

　　"……假使我一朝大权在握，我一定把这般东西捉了来，判他们罚作苦工，读书十年；中国文坛，或尚有干净之一日。"

　　张献忠自己要没落了，他的行动就不问"孰是孰非"，只是杀。清朝的官员，对于原被两造，不问青红皂白，各打屁股一百或五十的事，确也偶尔会有的，这是因为满洲还想要奴才，供搜刮，就是"林丁"先生的旧梦。某小报上的无名子先生可还要比较的文明，至少，它是已经知道了上海工部局"判罚"下等华人的方法的了。

　　但第一个问题是在怎样才能够"一朝大权在握"？文弱书生死样活气，

怎么做得到权臣？先前，还可以希望招驸马，一下子就飞黄腾达，现在皇帝没有了，即使满脸涂着雪花膏，也永远遇不到公主的青睐；至多，只可以希图做一个富家的姑爷而已。而捐官的办法，又早经取消，对于"大权"，还是只能像狐狸的遇着高处的葡萄一样，仰着白鼻子看看。文坛的完整和干净，恐怕实在也到底很渺茫。

五四时候，曾经在出版界上发现了"文丐"，接着又发现了"文氓"，但这种威风凛凛的人物，却是我今年秋天在上海新发见的，无以名之，姑且称为"义官"吧。看文学史，文坛是常会有完整而干净的时候的，但谁曾见过这文坛的澄清，会和这类的"文官"们有丝毫关系的呢。

不过，梦是总可以做的，好在没有什么关系，而写出来也有趣。请安息吧，候补的少大人们！

九月五日

电影的教训

孺　牛

当我在家乡的村子里看中国旧戏的时候，是还未被教育成"读书人"的时候，小朋友大抵是农民。爱看的是翻筋斗，跳老虎，一把烟焰，现出一个妖精来：对于剧情，似乎都不大和我们有关系。大面和老生的争城夺地，小生和正旦的离合悲欢，全是他们的事，捏锄头柄人家的孩子，自己知道是决不会登坛拜将，或上京赴考的。但还记得有一出给了感动的戏，好像是叫作《斩木诚》。一个大官蒙了不白之冤，非被杀不可了，他家里有一个老家丁，面貌非常相像，便代他去"伏法"。那悲壮的动作和歌声，真打动了看客的心，使他们发见了自己的好模范。因为我的家乡的农人，农忙一过，有些是给大户去帮忙的。为要做得像，临刑时候，主母照例的必须去"抱头大哭"，然而被他踢开了，虽在此时，名分也得严守，这是忠仆，义士，好人。

但到我在上海看电影的时候，却早是成为"下等华人"的了，看楼上坐着白人和阔人，楼下排着中等和下等的"华胄"，银幕上现出白色兵们打仗，白色老爷发财，白色小姐结婚，白色英雄探险，令看客佩服，羡慕，恐怖，自己觉得做不到。但当白色英雄探险非洲时，却常有黑色的忠仆来给他开路，服役，拼命，替死，使主子安然的回家；待到他预备第二次探险时，忠仆不可再得，便又记起了死者，脸色一沉，银幕上就现出一个他记忆上的黑色的面貌。黄脸的看客也大抵在微光中把脸色一沉：他们被感动了。

幸而国产电影也在挣扎起来。耸身一跳，上了高墙，举手一扬，掷出飞剑，不过这也和十九路军一同退出上海，现在是正在准备开映屠格纳夫的《春潮》和茅盾的《春蚕》了。当然，这是进步的。但这时候，却先来了一部竭力宣传的《瑶山艳史》。

　　这部片子，主题是"开化瑶民"，机键是"招驸马"，令人记起《四郎探母》以及《双阳公主追狄》这些戏本来。中国的精神文明主宰全世界的伟论，近来不大听到了，要想去开化，自然只好退到苗瑶之类的里面去，而要成这种大事业，却首先须"结亲"，黄帝子孙，也和黑人一样，不能和欧亚大国的公主结亲，所以精神文明就无法传播。这是大家可以由此明白的。

九月七日

关于翻译 （上）

洛　文

　　因为我的一篇短文，引出了穆木天先生的《从〈为翻译辩护〉谈到娄译〈二十世纪之欧洲文学〉》（九日《自由谈》所载），这在我，是很以为荣幸的，并且觉得凡所指摘，也恐怕都是实在的错误。但从那作者的案语里，我却又想起一个随便讲讲，也许并不是毫无意义的问题来了。那是这样的一段——

　　"在一百九十九页，有'在这种小说之中，最近由学术院（译者：当系指著者所属的俄国共产主义学院）所选的鲁易倍尔德兰的不朽的诸作，为最优秀'。在我以为此地所谓'Academie'者，当指法国翰林院。苏联虽称学艺发达之邦，但不会为帝国主义作家作选集罢？我不知为什么娄先生那样地滥下注解？"

　　究竟是哪一国的 Academia 呢？我不知道。自然，看作法国的翰林院，是万分近理的，但我们也不能决定苏联的大学院就"不会为帝国主义作家作选集"。倘在十年以前是决定不会的，这不但为物力所限，也为了要保护革命的婴儿，不能将滋养的，无益的，有害的食品都漫无区别的乱放在他前面。现在却可以了，婴儿已经长大，而且强壮，聪明起来，即使将鸦片或吗啡给他看，也没有什么大危险，但不消说，一面也必须有先觉者来指示，说吸了就会上瘾，而上瘾之后，就成一个废物，或者还是社会上的害虫。

　　在事实上，我曾经见过苏联的 Academia 新译新印的阿敕伯的《一千一夜》，意大利的《十日谈》，还有西班牙的《吉诃德先生》，英国的《鲁滨孙漂流记》；在报章上，则记载过在为托尔斯泰印选集，为歌德编全集——更完全的全集。倍尔德兰不但是加特力教的宣传者，而且是王朝主义的代言人，但比起十九世纪初德意志布尔乔亚的文豪歌德来，那作品也不至于更加有害。所以我想，苏联来给他出一本选集，实在是很可能的。不过在这些书籍之前，想来一定有详序，加以仔细的分析和正确的批评。

凡作者，和读者因缘愈远的，那作品就于读者愈无害。古典的，反动的，观念形态已经很不相同的作品，大抵即不能打动新的青年的心（但自然也要有正确的指示），倒反可以从中学学描写的本领，作者的努力。恰如大块的砒霜，欣赏之余，所得的是知道它杀人的力量和结晶的模样：药物学和矿物学上的知识了。可怕的倒在用有限的砒霜，和在食物中间，使青年不知不觉的吞下去。例如似是而非的所谓"革命文学"，故作激烈的所谓"唯物史观的批评"，就是这一类。这倒是应该防备的。

我是主张青年也可以看看"帝国主义者"的作品的，这就是古语的所谓"知己知彼"。青年为了要看虎狼，赤手空拳的跑到深山里去固然是呆子，但因为虎狼可怕，连用铁栅围起来了的动物园里也不敢去，却也不能不说是一位可笑的愚人。有害的文学的铁栅是什么呢？批评家就是。

九月十一日

补记：这一篇没有能够刊出。九月十五日。

关于翻译 (下)

洛 文

但我在那《为翻译辩护》中，所希望于批评家的，实在有三点：一、指出坏的；二、奖励好的；三、倘没有，则较好的也可以。而穆木天先生所实做的是第一句。以后呢，可能有别的批评家来做其次的文章，想起来真是一个大疑问。

所以我要再来补充几句：倘连较好的也没有，则指出坏的译本之后，并且指明其中的那些地方还可以于读者有益处。

此后的译作界，恐怕是还要退步下去的。姑不论民穷财尽，即看地面和人口，四省是给日本拿去了，一大块在水淹，一大块在旱，一大块在打仗，只要略略一想，就知道读者是减少了许许多了。因为销路的少，出版界就要更投机，欺骗，而拿笔的人也因此只好更投机，欺骗。即有不愿意欺骗的人，为生计所压迫，也总不免比较的粗制滥造，增出些先前所没有的缺点来。走过租界的住宅区邻近的马路，三间门面的水果店，晶莹的玻璃窗里是鲜红的苹果，通黄的香蕉，还有不知名的热带的果物。但略站一下就知道：这地方，中国人是很少进去的，买不起。我们大抵只好到同胞摆的水果摊上去，花几文钱买一个烂苹果。

苹果一烂，比别的水果更不好吃，但是也有人买的，不过我们另外还有一种相反的脾气：首饰要"足赤"，人物要"完人"。一有缺点，有时就全部都不要了。爱人身上生几个疮，固然不至于就请律师离婚，但对于作者，作品，译品，却总归比较的严紧，萧伯纳坐了大船，不好；巴比塞不算第一个作家，也不好；译者是"大学教授，下职官员"，更不好。好的又不出来，怎么办呢？我想，还是请批评家用吃烂苹果的方法，来救一救急吧。

我们先前的批评法，是说，这苹果有烂疤了，要不得，一下子抛掉。然而买者的金钱有限，岂不是大冤枉，而况此后还要穷下去。所以，此后似乎最好还是添几句，倘不是穿心烂，就说：这苹果有着烂疤了，然而这几处没有烂，还可以吃得。这么一办，译品的好坏是明白了，而读者的损失也可以小一点。

但这一类的批评，在中国还不大有，即以《自由谈》所登的批评为例，对于《二十世纪之欧洲文学》，就是专指烂疤的；记得先前有一篇批评邹韬奋先生所编的《高尔基》的短文，除掉指出几个缺点之外，也没有别的话。前者我没有看过，说不出另外可有什么可取的地方，但后者却曾经翻过一遍，觉得除批评者所指摘的缺点之外，另有许多记载作者的勇敢的奋斗，胥吏的卑劣的阴谋，是很有益于青年作家的，但也因为有了烂疤，就被抛在筐子外面了。

所以，我又希望刻苦的批评家来做剜烂苹果的工作，这正如"拾荒"一样，是很辛苦的，但也必要，而且大家有益的。

九月十一日

新秋杂识 (三)

旅　隼

"秋来了!"

秋真是来了，晴的白天还好，夜里穿着洋布衫就觉得凉飕飕。报章上满是关于"秋"的大小文章：迎秋，悲秋，哀秋，责秋等等。为了趋时，也想这么的做一点，然而总是做不出。我想，就是想要"悲秋"之类，恐怕也要福气的，实在令人羡慕得很。

记得幼小时，有父母爱护着我的时候，最有趣的是生点小毛病，大病却生不得，既痛苦，又危险的。生了小病，懒懒的躺在床上，有些悲凉，又有些娇气，小苦而微甜，实在好像秋的诗境。呜呼哀哉，自从流落江湖以来，灵感卷逃，连小病也不生了。偶然看看文学家的名文，说是秋花为之惨容，大海为之沉默云云，只是愈加感到自己的麻木。我就从来没有见过秋花为了我在悲哀，忽然变了颜色；只要有风，大海是总在呼啸的，不管我爱闹还是爱静。

冰莹女士的佳作告诉我们："晨是学科学的，但在这一刹那，完全忘掉了他的志趣，存在他脑海中的只有一个尽量地享受自然美景的目的。……"这也是一种福气。科学我学的很浅，只读过一本生物学教科书，但是，它那些教训：花是植物的生殖机关呀，虫鸣鸟啭，是在求偶呀之类，就完全忘不掉了。昨夜闲逛荒场，听到蟋蟀在野菊花下鸣叫，觉得好像是美景，诗兴勃发，就做了两句新诗——

野菊的生殖器下面，

蟋蟀在吊膀子。

　　写出来一看，虽然比粗人们所唱的俚歌要高雅一些，而对于新诗人的由"烟士披离纯"而来的诗，还是"相形见绌"。写得太科学，太真实，就不雅了，如果改作旧诗，也许不至于这样。生殖机关，用严又陵先生译法，可以谓之"性官"；"吊膀子"呢，我自己就不懂那语源，但据老于上海者说，这是因西洋人的男女挽臂同行而来的，引申为诱惑或追求异性的意思。吊者，挂也，亦即相挟持。那么，我的诗就译出来了——

> 野菊性官下，
> 鸣蜇在悬肘。

　　虽然很有些费解，但似乎也雅得多，也就是好得多。人们不懂，所以雅，也就是所以好，现在也还是一个做文豪的秘诀呀。质之"新诗人"邵洵美先生之流，不知以为何如？

　　　　　　　　　　　　　　　　　　　　　　　　　　　九月十四日

礼

苇 索

看报，是有益的，虽然有时也沉闷。例如吧，中国是世界上国耻纪念最多的国家，到这一天，报上照例得有几块记载，几篇文章。但这事真也闹得太重叠，太长久了，就很容易千篇一律，这一回可用，下一回也可用，去年用过了，明年也许还可用，只要没有新事情。即使有了，成文恐怕也仍然可以用，因为反正总只能说这几句话。所以倘不是健忘的人，就会觉得沉闷，看不出新的启示来。

然而我还是看。今天偶然看见北京追悼抗日英雄邓文的记事，首先是报告，其次是演讲，最末，是"礼成，奏乐散会"。

我于是得了新的启示：凡纪念，《礼》而已矣。

中国原是"礼义之邦"，关于礼的书，就有三大部，连在外国也译出了，我真特别佩服《仪礼》的翻译者。事君，现在可以不谈了；事亲，当然要尽孝，但殁后的办法，则已归入祭礼中，各有仪，就是现在的拜忌日，做阴寿之类。新的忌日添出来，旧的忌日就淡一点，"新鬼大，故鬼小"也。我们的纪念日也是对于旧的几个比较的不起劲，而新的几个之归于淡漠，则只好以俟将来，和人家的拜忌辰是一样的。有人说，中国的国家以家族为基础，真是有识见。

中国又原是"礼让为国"的，既有礼，就必能让，而愈能让，礼也就愈繁了。总之，这一节不说也罢。

古时候，或以黄老治天下，或以孝治天下。现在呢，恐怕是入于以礼治天下的时期了，明乎此，就知道责备民众的对于纪念日的淡漠是错的，《礼》

曰："礼不下庶人"；舍不得物质上的什么东西也是错的，孔子不云乎，"赐也尔爱其羊，我爱其礼!"

　　"非礼勿视，非礼勿听，非礼勿言，非礼勿动"，静静的等着别人的"多行不义，必自毙"，礼也。

九月二十日

打听印象

桃　椎

五四运动以后，好像中国人就发生了一种新脾气，是：倘有外国的名人或阔人新到，就喜欢打听他对于中国的印象。

罗素到中国讲学，急进的青年们开会欢宴，打听印象。罗素道："你们待我这么好，就是要说坏话，也不好说了。"急进的青年愤愤然，以为他滑头。

萧伯纳周游过中国，上海的记者群集访问，又打听印象。萧道："我有什么意见，与你们都不相干。假如我是个武人，杀死个十万条人命，你们才会尊重我的意见。"革命家和非革命家都愤愤然，以为他刻薄。

这回是瑞典的卡尔亲王到上海了，记者先生也发表了他的印象："……足迹所经，均蒙当地官民殷勤招待，感激之余，异常愉快。今次游览观感所得，对于贵国政府及国民，有极度良好之印象，而永远不能磨灭者也。"这最稳妥，我想，是不至于招出什么是非来的。

其实是，罗萧两位，也还不算滑头和刻薄的，假如有这么一个外国人，遇见有人问他印象时，他先反问道："你先生对于自己中国的印象怎么样？"那可真是一篇难以下笔的义章。

我们是生长在中国的，倘有所感，自然不能算"印象"；但意见也好；而意见又怎么说呢？说我们像浑水里的鱼，活得糊里糊涂，莫名其妙吧，不像意见。说中国好得很吧，恐怕也难。这就是爱国者所悲痛的所谓"失掉了国民的自信"，然而实在也好像失掉了，向各人打听印象，就恰如求签问卜，自己心里先自狐疑着了的缘故。

我们里面，发表意见的固然也有的，但常见的是无拳无勇，未曾“杀死十万条人命”，倒是自称“小百姓”的人，所以那意见也无人“尊重”，也就是和大家“不相干”。至于有位有势的大人物，则在野时候，也许是很急进的吧，但现在呢，一声不响，中国“待我这么好，就是要说坏话，也不好说了”。看当时欢宴罗素，而愤愤于他那答话的由新潮社而发迹的诸公的现在，实在令人觉得罗素并非滑头，倒是一个先知的讽刺家，将十年后的心思预先说去了。

这是我的印象，也算一篇拟答案，是从外国人的嘴上抄来的。

九月二十日

吃 教

丰之余

达一先生在《文统之梦》里，因刘勰自谓梦随孔子，乃始论文，而后来做了和尚，遂讥其"贻羞往圣"。其实是中国自南北朝以来，凡有文人学士，道士和尚，大抵以"无特操"为特色的。晋以来的名流，每一个人总有三种小玩意，一是《论语》和《孝经》，二是《老子》，三是《维摩诘经》，不但采作谈资，并且常常做一点注解。唐有三教辩论，后来变成大家打诨；所谓名儒，做几篇伽蓝碑文也不算什么大事。宋儒道貌岸然，而窃取禅师的语录。清呢，去今不远，我们还可以知道儒者的相信《太上感应篇》和《文昌帝君阴骘文》，并且会请和尚到家里来拜忏。

耶稣教传入中国，教徒自以为信教，而教外的小百姓却都叫他们是"吃教"的。这两个字，真是提出了教徒的"精神"，也可以包括大多数的儒释道教之流的信者，也可以移用于许多"吃革命饭"的老英雄。

清朝人称八股文为"敲门砖"，因为得到功名，就如打开了门，砖即无用。近年则有杂志上的所谓"主张"。《现代评论》之出盘，不是为了迫压，倒因为这派作者的飞腾；《新月》的冷落，是老社员者"爬"了上去，和月亮距离远起来了。这种东西，我们为要和"敲门砖"区别，称之为"上天梯"吧。

"教"之在中国，何尝不如此。讲革命，彼一时也；讲忠孝，又一时也；跟大拉嘛打圈子，又一时也；造塔藏主义，又一时也。有宜于专吃的时代，则指归应定于一尊，有宜合吃的时代，则诸教亦本非异致，不过一碟是全鸭，一碟是杂拌儿而已。刘勰亦然，盖仅由"不撤姜食"一变而为吃斋，于胃脏里的分量原无差别，何况以和尚而注《论语》《孝经》或《老子》，也还是不失为一种"天经地义"呢？

九月二十七日

喝　茶

丰之余

　　某公司又在廉价了，去买了二两好茶叶，每两洋二角。开首泡了一壶，怕它冷得快，用棉袄包起来，却不料郑重其事的来喝的时候，味道竟和我一向喝着的粗茶差不多，颜色也很重浊。

　　我知道这是自己错误了，喝好茶，是要用盖碗的，于是用盖碗。果然，泡了之后，色清而味甘，微香而小苦，确是好茶叶。但这是须在静坐无为的时候的，当我正写着《吃教》的中途，拉来一喝，那好味道竟又不知不觉的滑过去，像喝着粗茶一样了。

　　有好茶喝，会喝好茶，是一种"清福"。不过要享这"清福"，首先就须有工夫，其次是练习出来的特别的感觉。由这一极琐屑的经验，我想，假使是一个使用筋力的工人，在喉干欲裂的时候，那么，即使给他龙井芽茶，珠兰窨片，恐怕他喝起来也未必觉得和热水有什么大区别吧。所谓"秋思"，其实也是这样的，骚人墨客，会觉得什么"悲哉秋之为气也"，风雨阴晴，都给他一种刺戟，一方面也就是一种"清福"，但在老农，却只知道每年的此际，就要割稻而已。

　　于是有人以为这种细腻锐敏的感觉，当然不属于粗人，这是上等人的牌号。然而我恐怕也正是这牌号就要倒闭的先声。我们有痛觉，一方面是使我们受苦的，而一方面也使我们能够自卫。假如没有，则即使背上被人刺了一尖刀，也将茫无知觉，直到血尽倒地，自己还不明白为什么倒地。但这痛觉如果细腻锐敏起来呢，则不但衣服上有一根小刺就觉得，连衣服上的接缝，线结，布毛都要觉得，倘不穿"无缝天衣"，他便要终日如芒刺在身，活不下去了。但假装锐敏的，自然不在此例。

　　感觉的细腻和锐敏，较之麻木，那当然算是进步的，然而以有助于生命的进化为限。如果不相干，甚而至于有碍，那就是进化中的病态，不久就要收梢。我们试将享清福，抱秋心的雅人，和破衣粗食的粗人一比较，就明白究竟是谁活得下去。喝过茶，望着秋天，我于是想：不识好茶，没有秋思，倒也罢了。

九月三十日

禁用和自造

孺　牛

据报上说，因为铅笔和墨水笔进口之多，有些地方已在禁用，改用毛笔了。

我们且不说飞机大炮，美棉美麦，都非国货之类的迂谈，单来说纸笔。

我们也不说写大字，画国画的名人，单来说真实的办事者。在这类人，毛笔却是很不便当的。砚和墨可以不带，改用墨汁罢，墨汁也何尝有国货。而且据我的经验，墨汁也并非可以常用的东西，写过几千字，毛笔便被胶得不能施展。倘若安砚磨墨，展纸舔笔，则即以学生的抄讲义而论，速度恐怕总要比用墨水笔减少三分之一，他只好不抄，或者要教员讲得慢，也就是大家的时间，被白费了三分之一了。

所谓"便当"，并不是偷懒，是说在同一时间内，可以由此做成较多的事情。这就是节省时间，也就是使一个人的有限的生命，更加有效，而也即等于延长了人的生命。古人说，"非人磨墨墨磨人"，就在悲愤人生之消磨于纸墨中，而墨水笔之制成，是正可以弥这缺憾的。

但它的存在，却必须在宝贵时间，宝贵生命的地方。中国不然，这当然不会是国货。进出口货，中国是有了账簿的了，人民的数目却还没有一本账簿。一个人的生养教育，父母化去的是多少物力和气力呢，而青年男女，每每不知所终，谁也不加注意。区区时间，当然更不成什么问题了，能活着弄弄毛笔的，或者倒是幸福也难说。

和我们中国一样，一向用毛笔的，还有一个日本。然而在日本，毛笔几乎绝迹了，代用的是铅笔和墨水笔，连用这些笔的习字帖也很多，为什么呢？就因为这便当，省时间。然而他们不怕"漏卮"么？不，他们自己来制造，而且还要运到中国来。

优良而非国货的时候，中国禁用，日本仿造，这是两国截然不同的地方。

九月三十日

看变戏法

游　光

我爱看"变戏法"。

他们是走江湖的，所以各处的戏法都一样。为了敛钱，一定有两种必要的东西：一只黑熊，一个小孩子。

黑熊饿得真瘦，几乎连动弹的力气也快没有了。自然，这是不能使它强壮的，因为一强壮，就不能驾驭。现在是半死不活，却还要用铁圈穿了鼻子，再用索子牵着做戏。有时给吃一点东西，是一小块水泡的馒头皮，但还将勺子擎得高高的，要它站起来，伸头张嘴，许多工夫才得落肚，而变戏法的则因此集了一些钱。

这熊的来源，中国没有人提到过。据西洋人的调查，说是从小时候，由山里捉来的；大的不能用，因为一大，就总改不了野性。但虽是小的，也还须"训练"，这"训练"的方法，是"打"和"饿"；而后来，则是因虐待而死亡。我以为这话是的确的，我们看它还在活着做戏的时候，就瘦得连熊气息也没有了，有些地方，竟称之为"狗熊"，其被蔑视至于如此。

孩子在场面上也要吃苦，或者大人踏在他肚子上，或者将他的两手扭过来，他就显出很苦楚，很为难，很吃重的相貌，要看客解救。六个，五个，再四个，三个……而变戏法的就又集了一些钱。

他自然也曾经训练过，这苦痛是装出来的，和大人串通的勾当，不过也无碍于赚钱。

下午敲锣开场，这样的做到夜，收场，看客走散，有花了钱的，有终于不花钱的。

　　每当收场，我一面走，一面想：两种生财家伙，一种是要被虐待至死的，再寻幼小的来；一种是大了之后，另寻一个小孩子和一只小熊，仍旧来变照样的戏法。

　　事情真是简单得很，想一下，就好像令人索然无味。然而我还是常常看。此外叫我看什么呢，诸君？

　　　　　　　　　　　　　　　　　　　　　　　　十月一日

双十怀古

——民国二二年看十九年秋

史　癖

小　引

　　要做"双十"的循例的文章，首先必须找材料。找法有二，或从脑子里，或从书本中。我用的是后一法。但是，翻完"描写字典"，里面无之；觅遍"文章作法"，其中也没有。幸而"吉人自有天相"，竟在破纸堆里寻出一卷东西来，是中华民国十九年十月三日到十日的上海各种大报小报的拔萃。去今已经整整的三个年头了，剪贴着做什么用的呢，自己已经记不清；莫非就给我今天做材料的么，一定未必是。但是，"废物利用"——既经检出，就抄些目录在这里吧。不过为节省篇幅计，不再注明广告、记事、电报之分，也略去了报纸的名目，因为那些文字，大抵是各报都有的。

　　看了什么用呢？倒也说不出。倘若一定要我说，那就说是譬如看自己三年前的照相吧。

十月三日

江湾赛马。
中国红十字会筹募湖南辽西各省急振。
中央军克陈留。

辽宁方面筹组副司令部。

礼县土匪屠城。

六岁女孩受孕。

辛博森伤势沉重。

汪精卫到太原。

卢兴邦接洽投诚。

加派师旅入赣剿共。

裁厘展至明年一月。

墨西哥拒侨胞，五十六名返国。

墨索里尼提倡艺术。

谭延闿轶事。

战士社代社员征婚。

十月四日

齐天大舞台始创杰构积极改进《西游记》，准中秋开幕。

前进的，民族主义的，惟一的，文艺刊物《前锋月刊》创刊号准双十节出版。

空军将再炸邕。

剿匪声中一趣史。

十月五日

蒋主席电国府请大赦政治犯。

程艳秋登台盛况。

卫乐园之保证金。

十月六日

樊迪文讲演小记。

诸君阅至此，请虔颂南无阿弥陀佛……

大家错了，中秋是本月六日。

查封赵戴文财产问题。

鄂省党部祝贺克复许汴。

取缔民间妄用党国旗。

十月七日

响应政府之廉洁运动。

津浦全线将通车。

平津党部行将恢复。

法轮殴毙栈伙交涉。

王士珍举殡记。

冯阁部下全解体。

湖北来凤苗放双穗。

冤魂为厉，未婚夫索命。

鬼击人背。

十月八日

闽省战事仍烈。

八路军封锁柳州交通。

安德思考古队自蒙古返北平。

国货时装展览。

哄动南洋之萧信庵案。

学校当注重国文论。

追记郑州飞机劫。

谭宅挽联择尤录。

汪精卫突然失踪。

十月九日

西北军已解体。

外部发表英退庚款换文。

京卫戌部枪决人犯。

辛博森渐有起色。

国货时装展览。

上海空前未有之跳舞游艺大会。

十月十日

举国欢腾庆祝双十。

叛逆削平，全国欢祝国庆，蒋主席昨凯旋参与盛典。

津浦路暂仍分段通车。

首都枪决共犯九名。

林埭被匪洗劫。

老陈圩匪祸惨酷。

海盗骚扰丰利。

程艳秋庆祝国庆。

蒋丽霞不忘双十。

南昌市取缔赤足。

伤兵怒斥孙祖基。

今年之双十节，可欣可贺，尤甚从前。

结　语

我也说"今年之双十节，可欣可贺，尤甚从前"吧。

十月一日

附记：这一篇没有能够刊出，大约是被谁抽了去的，盖双十盛典，"伤今"固难，"怀古"也不易了。

十月十三日

重三感旧

——一九三三年忆光绪朝末

丰之余

我想赞美几句一些过去的人，这恐怕并不是"骸骨的迷恋"。

所谓过去的人，是指光绪末年的所谓"新党"，民国初年，就叫他们"老新党"。甲午战败，他们自以为觉悟了，于是要"维新"，便是三四十岁的中年人，也看《学算笔谈》，看《化学鉴原》；还要学英文，学日文，硬着舌头，怪声怪气的朗诵着，对人毫无愧色，那目的是要看"洋书"，看洋书的缘故是要给中国图"富强"，现在的旧书摊上，还偶有"富强丛书"出现，就如目下的"描写字典""基本英语"一样，正是那时应运而生的东西。连八股出身的张之洞，他托缪荃孙代做的《书目答问》也竭力添进各种译本去，可见这"维新"风潮之烈了。

然而现在是别一种现象了。有些新青年，境遇正和"老新党"相反，八股毒是丝毫没有染过的，出身又是学校，也并非国学的专家，但是，学起篆字来了，填起词来了，劝人看《庄子》《文选》了，信封也有自刻的印板了，新诗也写成方块了，除掉做新诗的嗜好之外，简直就如光绪初年的雅人一样，所不同者，缺少辫子和有时穿穿洋服而已。

近来有一句常谈，是"旧瓶不能装新酒"。这其实是不确的。旧瓶可以装新酒，新瓶也可以装旧酒，倘若不信，将一瓶五加皮和一瓶白兰地互换起来试试看，五加皮装在白兰地瓶子里，也还是五加皮。这一种简单的试验，不但明示着"五更调""攒十字"的格调，也可以放进新的内容去，且又证实了新式青年的躯壳里，大可以埋伏下"桐城谬种"或"选学妖孽"的喽啰。

　　"老新党"们的见识虽然浅陋，但是有一个目的：图富强。所以他们坚决，切实；学洋话虽然怪声怪气，但是有一个目的：求富强之术。所以他们认真，热心。待到排满学说播布开来，许多人就成为革命党了，还是因为要给中国图富强，而以为此事必自排满始。

　　排满久已成功，五四早经过去，于是篆字，词，《庄子》《文选》，古式信封，方块新诗，现在是我们又有了新的企图，要以"古雅"立足于天地之间了。假使真能立足，那倒是给"生存竞争"添一条新例的。

十月一日

"感旧" 以后（上）

丰之余

又不小心，感了一下子旧，就引出了一篇施蛰存先生的《〈庄子〉与〈文选〉》来，以为我那些话，是为他而发的，但又希望并不是为他而发的。

我愿意有几句声明：那篇《感旧》，是并非为施先生而作的，然而可以有施先生在里面。

倘使专对个人而发的话，照现在的摩登文例，应该调查了对手的籍贯，出身，相貌，甚而至于他家乡有什么出产，他老子开过什么铺子，影射他几句才算合式。我的那一篇里可是毫没有这些的。内中所指，是一大队遗少群的风气，并不指定着谁和谁；但也因为所指的是一群，所以被触着的当然也不会少，即使不是整个，也是那里的一肢一节，即使并不永远属于那一队，但有时是属于那一队的。现在施先生自说了劝过青年去读《庄子》与《文选》，"为文学修养之助"，就自然和我所指摘的有点相关，但以为这文为他而作，却诚然是"神经过敏"，我实在并没有这意思。

不过这是在施先生没有说明他的意见之前的话，现在却连这"相关"也有些疏远了，因为我所指摘的，倒是比较顽固的遗少群，标准还要高一点。

现在看了施先生自己的解释，（一）才知道他当时的情形，是因为稿纸太小了，"倘再宽阔一点的话"，他"是想多写几部书进去的"；（二）才知道他先前的履历，是"从国文教员转到编杂志"，觉得"青年人的文章太拙直，字汇太少"了，所以推举了这两部古书，使他们去学文法，寻字汇，"虽然其中有许多字是已死了的"，然而也只好去寻觅。我想，假如庄子生在今日，则被劈棺之后，恐怕要劝一切有志于结婚的女子，都去看《烈女传》的吧。

还有一点另外的话——

（一）施先生说我用瓶和酒来比"文学修养"是不对的，但我并未这么比方过，我是说有些新青年可以有旧思想，有些旧形式也可以藏新内容。我也以为"新文学"和"旧文学"这中间不能有截然的分界，然而有蜕变，有比较的偏向，而且正因为不能以"何者为分界"，所以也没有了"第三种人"的立场。

（二）施先生说写篆字等类，都是个人的事情，只要不去勉强别人也做一样的事情就好，这似乎是很对的。然而中学生和投稿者，是他们自己个人的文章太拙直，字汇太少，却并没有勉强别人都去做字汇少而文法拙直的文章，施先生为什么竟大有所感，因此来劝"有志于文学的青年"该看《庄子》与《文选》了呢？做了考官，以词取士，施先生是不以为然的，但一做教员和编辑，却以《庄子》与《文选》劝青年，我真不懂这中间有怎样的分界。

（三）施先生还举出一个"鲁迅先生"来，好像他承接了庄子的新道统，一切文章，都是读《庄子》与《文选》读出来的一般。"我以为这也有点武断"的。他的文章中，诚然有许多字为《庄子》与《文选》中所有，例如"之乎者也"之类，但这些字眼，想来别的书上也不见得没有吧。再说得露骨一点，则从这样的书里去找活字汇，简直是糊涂虫，恐怕施先生自己也未必。

十月十二日

【备考】

《庄子》与《文选》

施蛰存

上个月《大晚报》的编辑寄了一张印着表格的邮片来，要我填注两项：（一）目下在读什么书，（二）要介绍给青年的书。

在第二项中，我写着：《庄子》《文选》，并且附加了一句注脚："为青年文学修养之助。"

今天看见《自由谈》上丰之余先生的《感旧》一文，不觉有点神经过敏起来，以为丰先生这篇文章是为我而作的了。

但是现在我并不想对于丰先生有什么辩难，我只想趁此机会替自己作一个解释。

第一，我应当说明我为什么希望青年人读《庄子》和《文选》。近数年来，我的生活，从国文教师转到编杂志，与青年人的文章接触的机会实在太多了。我总感觉到这些青年人的文章太拙直，字汇太少，所以在《大晚报》编辑寄来的狭狭的行格里推荐了这两部书。我以为从这两部书中可以参悟一点做文章的方法，同时也可以扩大一点字汇（虽然其中有许多字是已死了的）。但是我当然并不希望青年人都去做《庄子》《文选》一类的"古文"。

第二，我应当说明我只是希望有志于文学的青年能够读一读这两部书。我以为每一个文学者必须要有所借助于他上代的文学，我不懂得"新文学"和"旧文学"这中间究竟是以何者为分界的。在文学上，我以为"旧瓶装新酒"与"新瓶装旧酒"这譬喻是不对的。倘若我们把一个人的文学修养比之为酒，那么我们可以这样说：酒瓶的新旧没有关系，但这酒必须是酿造出来的。

我劝文学青年读《庄子》与《文选》，目的在要他们"酿造"，倘若《大晚报》编辑寄来的表格再宽阔一点的话，我是想再多写几部书进去的。

这里，我们不妨举鲁迅先生来说，像鲁迅先生那样的新文学家，似乎可以算是十足的新瓶了。但是他的酒呢？纯粹的白兰地吗？我就不能相信。没有经过古文学的修养，鲁迅先生的新文章决不会写到现在那样好。所以，我敢说：在鲁迅先生那样的瓶子里，也免不了有许多五加皮或绍兴老酒的成分。

至于丰之余先生以为写篆字，填词，用自刻印板的信封，都是不出身于学校，或国学专家们的事情，我以为这也有点武断。这些其实只是个人的事情，如果写篆字的人，不以篆字写信，如果填词的人做了官不以词取士，如果用自刻印板信封的人不勉强别人也去刻一个专用信封，那也无须丰先生口诛笔伐地去认为"谬种"和"妖孽"了。

新文学家中，也有玩木刻，考究版本，收罗藏书票，以骈体文为白话书信作序，甚至写字台上陈列了小摆设的，照丰先生的意见说来，难道他们是"要以'今雅'立足于天地之间"吗？我想他们也未必有此企图。

临了，我希望丰先生那篇文章并不是为我而作的。

十月八日，《自由谈》

"感旧"以后（下）

丰之余

  还要写一点。但得声明在先，这是由施蛰存先生的话所引起，却并非为他而作的。对于个人，我原稿上常是举出名字来，然而一到印出，却往往化为"某"字，或是一切阔人姓名，危险字样，生殖机关的俗语的共同符号"×××"了。我希望这一篇中的有几个字，没有这样变化，以免误解。

  我现在要说的是：说话难，不说亦不易。弄笔的人们，总要写文章，一写文章，就难免惹灾祸，黄河的水向薄弱的堤上攻，于是露臂膊的女人和写错字的青年，就成了嘲笑的对象了，他们也真是无拳无勇，只好忍受，恰如乡下人到上海租界，除了拼出被称为"阿木林"之外，没有办法一样。

  然而有些是冤枉的，随手举一个例，就是登在《论语》二十六期上的刘半农先生"自注自批"的《桐花芝豆堂诗集》这打油诗。北京大学招考，他是阅卷官，从国文卷子上发见一个可笑的错字，就来作诗，那些人被挖苦得真是要钻地洞，那些刚毕业的中学生。自然，他是教授，凡所指摘，都不至于不对的，不过我以为有些却还可有磋商的余地。集中有一个"自注"道——

  有写'倡明文化'者，余曰：倡即'娼'字，凡文化发达之处，娼妓必多，谓文化由娼妓而明，亦言之成理也。

  娼妓的娼，我们现在是不写作"倡"的，但先前两字通用，大约刘先生引据的是古书。不过要引古书，我记得《诗经》里有一句"倡予和女"，好像至今还没有人解作"自己也做了婊子来应和别人"的意思。所以那一个错字，错而已矣，可笑可鄙却不属于它的。还有一句是——

幸"萌科学思想之芽"。

"萌"字和"芽"字旁边都加着一个夹圈，大约是指明着可笑之处在这里的罢，但我以为"萌芽"，"萌蘖"，固然是一个名词，而"萌动"，"萌发"，就成了动词，将"萌"字作动词用，似乎也并无错误。

五四运动时候，提倡（刘先生或者会解作"提起婊子"来的吧）白话的人们，写错几个字，用错几个古典，是不以为奇的，但因为有些反对者说提倡白话者都是不知古书，信口胡说的人，所以往往也做几句古文，以塞他们的嘴。但自然，因为从旧垒中来，积习太深，一时不能摆脱，因此带着古文气息的作者，也不能说是没有的。

当时的白话运动是胜利了，有些战士，还因此爬了上去，但也因为爬了上去，就不但不再为白话战斗，并且将它踏在脚下，拿出古字来嘲笑后进的青年了。因为还正在用古书古字来笑人，有些青年便又以看古书为必不可省的工夫，以常用文言的作者为应该模仿的格式，不再从新的道路上去企图发展，打出新的局面来了。

现在有两个人在这里：一个是中学生，文中写"留学生"为"流学生"，错了一个字；一个是大学教授，就得意洋洋的作了一首诗，曰："先生犯了弥天罪，罚往西洋把学流，应是九流加一等，面筋熬尽一锅油。"我们看罢，可笑是在哪一面呢？

十月十二日

黄 祸

尤　刚

现在的所谓"黄祸"，我们自己是在指黄河决口了，但三十年之前，并不如此。

那时是解作黄色人种将要席卷欧洲的意思的，有些英雄听到了这句话，恰如听得被白人恭维为"睡狮"一样，得意了好几年，准备着去做欧洲的主子。

不过"黄祸"这故事的来源，却又和我们所幻想的不同，是出于德皇威廉的。他还画了一幅图，是一个罗马装束的武士，在抵御着由东方西来的一个人，但那人并不是孔子，倒是佛陀，中国人实在是空欢喜。所以我们一面在做"黄祸"的梦，而有一个人在德国治下的青岛所见的现实，却是一个苦孩子弄脏了电柱，就被白色巡捕提着脚，像中国人的对付鸭子一样，倒提而去了。

现在希特拉的排斥非日耳曼民族思想，方法是和德皇一样的。

德皇的所谓"黄祸"，我们现在是不再梦想了，连"睡狮"也不再提起，"地大物博，人口众多"，文章上也不很看见。倘是狮子，自夸怎样肥大是不妨事的，但如果是一口猪或一匹羊，肥大倒不是好兆头。我不知道我们自己觉得现在好像是什么了？

我们似乎不再想，也寻不出什么"象征"来，我们正在看海京伯的猛兽戏，赏鉴狮虎吃牛肉，听说每天要吃一只牛。我们佩服国联的制裁日本，我们也看不起国联的不能制裁日本；我们赞成军缩的"保护和平"，我们也佩服希特拉的退出军缩；我们怕别国要以中国作战场，我们也憎恶非战大会。我们似乎依然是"睡狮"。

"黄祸"可以一转而为"福"，醒了的狮子也会做戏的。当欧洲大战时，我们有替人拼命的工人，青岛被占了，我们有可以倒提的孩子。

但倘说，二十世纪的舞台上没有我们的份，是不合理的。

十月十七日

冲

旅 隼

"推"和"踢"只能死伤一两个，倘要多，就非"冲"不可。

十三日的新闻上载着贵阳通信说，九一八纪念，各校学生集合游行，教育厅长谭星阁临事张皇，乃派兵分据街口，另以汽车多辆，向行列冲去，于是发生惨剧，死学生二人，伤四十余，其中以正谊小学学生为最多，年仅十龄上下耳。……

我先前只知道武将大抵通文，当"枕戈待旦"的时候，就会做骈体电报，这回才明白虽是文官，也有深谙韬略的了。田单曾经用过火牛，现在代以汽车，也确是二十世纪。

"冲"是最爽利的战法，一队汽车，横冲直撞，使敌人死伤在车轮下，多么简截；"冲"也是最威武的行为，机关一扳，风驰电掣，使对手想回避也来不及，多么英雄。各国的兵警，喜欢用水龙冲，俄皇曾用哥萨克马队冲，都是快举。各地租界上我们有时会看见外国兵的坦克车在出巡，这就是倘不恭顺，便要来冲的家伙。

汽车虽然并非冲锋的利器，但幸而敌人却是小学生，一匹疲驴，真上战场是万万不行的，不过在嫩草地上飞跑，骑士坐在上面暗呜叱咤，却还很能胜任愉快，虽然有些人见了，难免觉得滑稽。

十龄上下的孩子会造反，本来也难免觉得滑稽的。但我们中国是常出神童的地方，一岁能画，两岁能诗，七龄童做戏，十龄童从军，十几龄童做委员，原是常有的事实；连七八岁的女孩也会被凌辱，从别人看来，是等于

"年方花信"的了。

况且"冲"的时候，倘使对面是能够有些抵抗的人，那就汽车会弄得不爽利，冲者也就不英雄，所以敌人总须选得嫩弱。流氓欺乡下老，洋人打中国人，教育厅长冲小学生，都是善于克敌的豪杰。

"身当其冲"，先前好像不过一句空话，现在却应验了，这应验不但在成人，而且到了小孩子。"婴儿杀戮"算是一种罪恶，已经是过去的事，将乳儿抛上空中去，接以枪尖，不过看作一种玩把戏的日子，恐怕也就不远了吧。

十月十七日

"滑稽" 例解

苇 索

研究世界文学的人告诉我们：法人善于机锋，俄人善于讽刺，英美人善于幽默。这大概是真确的，就都为社会状态所制限。慨自语堂大师振兴"幽默"以来，这名词是很通行了，但一普遍，也就伏着危机，正如军人自称佛子，高官忽挂念珠，而佛法就要涅槃一样。倘若油滑，轻薄，猥亵，都蒙"幽默"之号，则恰如"新戏"之入"×世界"，必已成为"文明戏"也无疑。

这危险，就因为中国向来不大有幽默。只是滑稽是有的，但这和幽默还隔着一大段，日本人曾译"幽默"为"有情滑稽"，所以别于单单的"滑稽"，即为此。那么，在中国，只能寻得滑稽文章了？却又不。中国之自以为滑稽文章者，也还是油滑，轻薄，猥亵之谈，和真的滑稽有别。这"狸猫换太子"的关键，是在历来的自以为正经的言论和事实，大抵滑稽者多，人们看惯，渐渐以为平常，便将油滑之类，误认为滑稽了。

在中国要寻求滑稽，不可看所谓滑稽文，倒要看所谓正经事，但必须想一想。

这些名文是俯拾即是的，譬如报章上正正经经的题目，什么"中日交涉渐入佳境"呀，"中国到哪里去"呀，就都是的，咀嚼起来，真如橄榄一样，很有些回味。

见于报章上的广告的，也有得是。我们知道有一种刊物，自说是"舆论界的新权威"，"说出一般人所想说而没有说的话"，而一面又在向别一种刊物"声明误会，表示歉意"，但又说是"按双方均为社会有声誉之刊物，自无互相攻讦之理"。"新权威"而善于"误会","误会"了而偏"有声誉","一般人所想说而没有说的话"却是误会和道歉：这要不笑，是必须不会思索的。

见于报章的短评上的，也有得是。例如九月间《自由谈》所载的《登龙术拾遗》上，以做富家女婿为"登龙"之一术，不久就招来了一篇反攻，那开首道："狐狸吃不到葡萄，说葡萄是酸的，自己娶不到富妻子，于是对于一切有富岳家的人发生了妒嫉，妒嫉的结果是攻击。"这也不能想一下。一想"的结果"，便分明是这位作者在表明他知道"富妻子"的味道是甜的了。

诸如此类的妙文，我们也尝见于冠冕堂皇的公文上：而且并非将它漫画化了的，却是它本身原来是漫画。《论语》一年中，我最爱看"古香斋"这一栏，如四川营山县长禁穿长衫令云："须知衣服蔽体已足，何必前拖后曳，消耗布匹？且国势衰弱……顾念时艰，后患何堪设想？"又如北平社会局禁女人养雄犬文云："查雌女雄犬相处，非仅有碍健康，更易发生无耻秽闻，揆之我国礼义之邦，亦为习俗所不许。谨特通令严禁……凡妇女带养之雄犬，斩之无赦，以为取缔！"这那里是滑稽作家所能凭空写得出来的？

不过"古香斋"里所收的妙文，往往还倾于奇诡，滑稽却不如平淡，惟其平淡，也就更加滑稽，在这一标准上，我推选"甜葡萄"说。

十月十九日

外国也有

符　灵

凡中国所有的，外国也都有。

外国人说中国多臭虫，但西洋也有臭虫；日本人笑中国人好弄文字，但日本人也一样的弄文字。不抵抗的有甘地；禁打外人的有希特特拉；狄昆希吸鸦片；陀思妥耶夫斯基赌得发昏。斯惠夫德带枷，马克思反动。林白大佐的儿子，就给绑匪绑去了。而裹脚和高跟鞋，相差也不见得有多么远。

只有外国人说我们不问公益，只知自利，爱金钱，却还是没法辩解。民国以来，有过许多总统和阔官了，下野之后，都是面团团的，或赋诗，或看戏，或念佛，吃着不尽，真也好像给批评者以证据。不料今天却被我发见了：外国也有的！

十七日哈伐那电——避居加拿大之古巴前总统麦查度……在古巴之产业，计值八百万美元，凡能对渠担保收回此项财产者，无论何人，渠愿与以援助。又一消息，谓古巴政府已对麦及其旧僚属三十八人下逮捕令，并扣押渠等之财产，其数达二千五百万美元。……

以三十八人之多，而财产一共只有这区区二千五百万美元，手段虽不能谓之高，但有些近乎发财却总是确凿的，这已足为我们的"上峰"雪耻。不过我还希望他们在外国买有地皮，在外国银行里另有存款，那么，我们和外人折冲樽俎的时候，就更加振振有词了。

假使世界上只有一家有臭虫，而遭别人指摘的时候，实在也不大舒服的，但捉起来却也真费事。况且北京有一种学说，说臭虫是捉不得的，越捉越多。即使捉尽了，又有什么价值呢，不过是一种消极的办法。最好还是希望别家也有臭虫，而竟发见了就更好。发见，这是积极的事业。哥伦布与爱迪生，也不过有了发见或发明而已。

与其劳心劳力，不如玩跳舞，喝咖啡。外国也有的，巴黎就有许多跳舞场和咖啡店。

即使连中国都不见了，也何必大惊小怪呢，君不闻迦勒底与马基顿乎？——外国也有的！

十月十九日

扑 空

丰之余

自从《自由谈》上发表了我的《感旧》和施蛰存先生的《〈庄子〉与〈文选〉》以后,《大晚报》的《火炬》便在征求展开的讨论。首先征到的是施先生的一封信,题目曰《推荐者的立场》,注云"《庄子》与《文选》的论争"。

但施先生又并不愿意"论争",他以为两个人作战,正如弧光灯下的拳击手,无非给看客好玩。这是很聪明的见解,我赞成这一肢一节。不过更聪明的是施先生其实并非真没有动手,他在未说退场白之前,早已挥了几拳了。挥了之后,飘然远引,倒是最超脱的拳法。现在只剩下一个我了,却还得回一手,但对面没人也不要紧,我算是在打"逍遥游"。

施先生一开首就说我加以"训诲",而且派他为"遗少的一肢一节"。上一句是诬赖的,我的文章中,并未对于他个人有所劝告。至于指为"遗少的一肢一节",却诚然有这意思,不过我的意思,是以为"遗少"也并非怎么很坏的人物。新文学和旧文学中间难有截然的分界,施先生是承认的,辛亥革命去今不过二十二年,则民国人中带些遗少气,遗老气,甚而至于封建气,也还不算什么大怪事,更何况如施先生自己所说,"虽然不敢自认为遗少,但的确已消失了少年的活力"的呢,过去的余气当然要有的。但是,只要自己知道,别人也知道,能少传授一点,那就好了。

我早经声明,先前的文字是并非专为他个人而作的,而且自看了《〈庄子〉与〈文选〉》之后,则连这"一肢一节"也已经疏远。为什么呢,因为在推荐给青年的几部书目上，还题出着别一个极有意味的问题：其中有一种是《颜氏家训》。这《家训》的作者，生当乱世，由齐入隋，一直是胡势大张的时候，他在那书里，也谈古典，论文章，儒士似的，却又归心于佛，而对于子弟，则愿意他们学鲜卑语，弹琵琶，以服事贵人——胡人。这也是庚子义和拳败后的达官、富翁、巨商、士人的思想，自己念佛，子弟却学些"洋务"，使将来可以事人：便是现在，抱这样思想的人恐怕还不少。而这颜氏的渡世法，竟打动了施先生的心了，还推荐于青年，算是"道德修养"。他又举出自己在读的书籍，是一部英文书和一部佛经，正为"鲜卑语"和《归心篇》写照。只是现代变化急速，没有前人的悠闲、新旧之争，又正剧烈，一下子看不出什么头绪，他就也只好将先前两代的"道德"，并萃于一身了。假使青年、中年、老年，有着这颜氏式道德者多，则在中国社会上，实是一个严重的问题，有荡涤的必要。自然，这虽为书目所引起，问题是不专在个人的，这是时代思潮的一部。但因为连带提出，表面上似有太关涉了某一个人之观，我便不敢论及了，可以和他相关的只有"劝人看《庄子》《文选》了"八个字，对于个人，恐怕还不能算是不敬的。但待到看了《〈庄子〉与〈文选〉》，却实在生了一点不敬之心，因为他辩驳的话比我所预料的还空虚，但仍给以正经的答复，那便是《感旧以后》（上）。

然而施先生的写在看了《感旧以后》（上）之后的那封信，却更加证明了他和我所谓"遗少"的疏远。他虽然口说不来拳击，那第一段却全是对我个人而发的。现在介绍一点在这里，并且加以注解。

施先生说："据我想起来，劝青年看新书自然比劝他们看旧书能够多获得一些群众。"这是说，劝青年看新书的，并非为了青年，倒是为自己要多获些群众。

施先生说："我想借贵报的一角篇幅，将……书目改一下：我想把《庄子》与《文选》改为鲁迅先生的《华盖集》正续编及《伪自由书》。我想，鲁迅先生为当代'文坛老将'，他的著作里是有着很广大的活字汇的，而且据丰之余先生告诉我，鲁迅先生文章里的确也有一些从《庄子》与《文选》里出来的字眼，譬如'之乎者也'之类。这样，我想对于青年人的效果也是一样的。"这一大堆的话，是说，我之反对推荐《庄子》与《文选》，是因为恨他没有推荐《华盖集》正续编与《伪自由书》的缘故。

施先生说："本来我还想推荐一二部丰之余先生的著作，可惜坊间只有丰子恺先生的书，而没有丰之余先生的书，说不定他是像鲁迅先生印珂罗板木刻图一样的是私人精印本，属于罕见书之列，我很惭愧我的孤陋寡闻，未能推荐矣。"这一段话，有些语无伦次了，好像是说：我之反对推荐《庄子》与《文选》，是因为恨他没有推荐我的书，然而我又并无书，然而恨他不推荐，可笑之至矣。

这是"从国文教师转到编杂志"，劝青年去看《庄子》与《文选》《论语》《孟子》《颜氏家训》的施蛰存先生，看了我的《感旧以后》（上）一文后，"不想再写什么"而终于写出来了的文章，辞退做"拳击手"，而先行拳击别人的拳法。但他竟毫不提主张看《庄子》与《文选》的较坚实的理由，毫不指出我那《感旧》与《感旧以后》（上）两篇中间的错误，他只有无端的诬赖，自己的猜测，撒娇，装傻。几部古书的名目一撕下，"遗少"的肢节也就跟着渺渺茫茫，到底是现出本相：明明白白的变了"洋场恶少"了。

十月二十日

【备考】

推荐者的立场

——《庄子》与《文选》之论争

施蛰存

万秋先生：

我在贵报向青年推荐了两部旧书，不幸引起了丰之余先生的训诲，把我派做"遗少中的一肢一节"。自从读了他老人家的《感旧以后》（上）一文后，我就不想再写什么，因为据我想起来，劝新青年看新书自然比劝他们看旧书能够多获得一些群众。丰之余先生毕竟是老当益壮，足为青年人的领导者。至于我呢，虽然不敢自认为遗少，但的确已消失了少年的活力，在这万象皆秋的环境中，即使丰之余先生那样的新精神，亦已不够振拔我的中年之感了。所以，我想借贵报一角篇幅，将我在九月二十九日贵报上发表的推荐给青年的书目改一下：我想把《庄子》与《文选》改为鲁迅先生的《华盖集》正续编及《伪自由书》。我想，鲁迅先生为当代"文坛老将"，他的著作里是有着很广大的活字汇的，而且据丰之余先生告诉我，鲁迅先生文章里的确也有一些从《庄子》与《文选》里出来的字眼，譬如"之乎者也"之类。这样，我想对于青年人的效果也是一样的。本来我还想推荐一二部丰之余先生的著作，可惜坊间只有丰子恺先生的书，而没有丰之余先生的书，说不定他是像鲁迅先生印珂罗版木刻图一样的是私人精印本，属于罕见书之列，我很惭愧我的孤陋寡闻，未能推荐矣。

此外，我还想将丰之余先生介绍给贵报，以后贵报倘若有关于征求意见之类的计划，大可设法寄一份表格给丰之余先生，我想一定能够供给一点有价值的意见的。不过，如果那征求是与"遗少的一肢一节"有关系的话，那倒不妨寄给我。

看见昨天的贵报，知道你预备将这桩公案请贵报的读者来参加讨论。我不知能不能请求你取消这个计划。我常常想，两个人在报纸上作文字战，其情形正如弧光灯下的拳击手，而报纸编辑正如那赶来赶去的瘦裁判，读者呢，就是那些在黑暗里的无理智的看客。瘦裁判总希望拳击手一回合又一回合地打下去，直到其中的一个倒了下来，One，Two，Three……站不起来，于是跑到那喘着气的胜者身旁去，举起他的套大皮手套的膀子，高喊着"Mr. X Win the Champion." 你试想想看，这岂不是太滑稽吗？现在呢，我不幸而自己做了这两个拳击手中间的一个，但是我不想为了瘦裁判和看客而继续扮演这滑稽戏了。并且也希望你不要做那瘦裁判。你不看见今天《自由谈》上止水先生的文章中引着那几句俗语吗？"舌头是扁的，说话是圆的"，难道你以为从读者的讨论中会得有真是非产生出来呢？

施蛰存。十月十八日。

十月十九日，《大晚报》《火炬》

《扑空》正误

丰之余

前几天写《扑空》的时候，手头没有书，涉及《颜氏家训》之外，仅凭记忆，后来怕有错误，设法觅得原书来查了一查，发见对于颜之推的记述，是我弄错了。其《教子篇》云："齐朝有一士大夫，尝谓吾曰：我有一儿，年已十七，颇晓书疏，教其鲜卑语，及弹琵琶，稍欲通解，以此伏事公卿，无不宠爱，亦要事也。吾时俛而不答。异哉此人之教子也。若由此业，自致卿相，亦不愿汝曹为之。"

然则齐士的办法，是庚子以后官商士绅的办法，施蛰存先生却是合齐士与颜氏的两种典型为一体的，也是现在一部分的人们的办法，可改称为"北朝式道德"，也还是社会上的严重的问题。

对于颜氏，本应该十分抱歉的，但他早经死去了，谢罪行否都不相干，现在只在这里对于施先生和读者订正我的错误。

十月二十五日

突 围

施蛰存

（八）对于丰之余先生，我的确曾经"打了几拳"，这也许会成为我毕生的遗憾。但是丰先生作《扑空》，其实并未"空"，还是扑的我，站在丰先生那一方面（或者说站在正邪说那方面）的文章却每天都在"剿"我，而我却真有"一个人的受难"之感了。

但是，从《扑空》一文中我发现了丰先生作文的逻辑，他说"我早经声明，先前的文字并非专为他个人而发的"。但下文却有"因为他辩驳的话比我所预料的还空虚"。不专为我而发，但已经预料我会辩驳，这又该作何解？

因为被人"指摘"了，我也觉得《庄子》与《文选》这两本书诚有不妥处，于是在给《大晚报》编辑的信里，要求他许我改两部新文学书，事实确是如此的。我并不说丰先生是恨我没有推荐这两部新文学书而"反对《庄子》与《文选》"的，而丰先生却说我存着这样的心思，这又岂是"有伦次"的话呢？

丰先生又把话题搭到《颜氏家训》，又搭到我自己正在读的两本书，并为一谈，说推荐《颜氏家训》是在教青年学鲜卑语，弹琵琶，以服侍贵人，而且我还以身作则，在读一本洋书；说颜之推是"儒士似的，却又归心于佛"，因而我也看一本佛书；从丰先生的解释看起来，竟连我自己也失笑了，天下事真会这样巧！

我明明记得，《颜氏家训》中的确有一个故事，说有人教子弟学鲜卑语，学琵琶，但我还记得底下有一句"亦不愿汝曹为之"，可见颜之推并不劝子弟读外国书。今天丰先生有"正误"了，他把这故事更正了之后，却说："施蛰存先生却是合齐士与颜氏的两种典型为一体的。"这个，我倒不懂了，难道我另外还介绍过一本该"齐士"的著作给青年人吗？如果丰先生这逻辑是根据于"自己读外国书即劝人学鲜卑语"，那我也没话可说了。

丰先生似乎是个想为儒家争正统的人物，不然何以对于颜之推受佛教影响如此之鄙薄呢？何以对于我自己看一本《释迦传》如此之不满呢？这里，有两点可以题出来：（一）《颜氏家训》一书之价值是否因《归心篇》而完全可以抹杀？况且颜氏虽然为佛教张目，但他倒并不鼓吹出世，逃避现实，他也不过列举佛家与儒家有可以并行不悖之点，而采佛家报应之说，以补儒家道德教训之不足，这也可以说等于现在入引《圣经》或《可兰经》中的话一样。（二）我看一本《佛本行经》，其意义也等于看一本《谟罕默德传》或《基督传》，既无皈佛之心，更无劝人学佛之行，而丰先生的文章却说是我的"渡世法"，妙哉言乎，我不免取案头的一本某先生舍金上梓的《百喻经》而引为同志矣。

我以前对于丰先生，虽然文字上有点太闹意气，但的确还是表示尊敬的，但看到《扑空》这一篇，他竟骂我为"洋场恶少"了，切齿之声俨若可闻，我虽"恶"，却也不敢再恶到以相当的恶声相报了。我呢，套一句现成诗："十年一觉文坛梦，赢得洋场恶少名"，原是无足重轻，但对于丰先生，我想该是会得后悔的。今天读到《〈扑空〉正误》，则又觉得丰先生所谓"无端的诬赖，自己的猜测，撒娇，装傻"，又正好留着给自己"写照"了。

（附注）《大晚报》上那两个标题并不是我自己加的，我并无"立场"，也并不愿意因我之故而使《庄子》与《文选》这两部书争吵起来。

右答丰之余先生。（二十七日。）

十月三十一日，十一月一日，《自由谈》

答"兼示"

丰之余

前几天写了一篇《扑空》之后，对于什么"《庄子》与《文选》"之类，本也不想再说了。第二天看见了《自由谈》上的施蛰存先生《致黎烈文先生书》，也是"兼示"我的，就再来说几句。因为施先生驳复我的三项，我觉得都不中肯——

（一）施先生说，既然"有些新青年可以有旧思想，有些旧形式也可以藏新内容"，则像他似的"遗少之群中的一肢一节"的旧思想也可以存而不论，而且写《庄子》那样的古文也不妨了。自然，倘要这样写，也可以说"不妨"的，宇宙决不会因此破灭。但我总以为现在的青年，大可以不必舍白话不写，却另去熟读了《庄子》，学了它那样的文法来写文章。至于存而不论，那固然也可以，然而论及又有何妨呢？施先生对于青年之文法拙直，字汇少，和我的《感旧》，不是就不肯"存而不论"么？

（二）施先生以为"以词取士"，和劝青年看《庄子》与《文选》有"强迫"与"贡献"之分，我的比例并不对。但我不知道施先生做国文教员的时候，对于学生的作文，是否以富有《庄子》文法与《文选》字汇者为佳文，转为编辑之后，也以这样的作品为上选？假使如此，则倘作"考官"，我看是要以《庄子》与《文选》取士的。

（三）施先生又举鲁迅的话，说他曾经说过：一、"少看中国书，其结果不过不能作文而已。"可见是承认了要能作文，该多看中国书；二、"……我以为倘要弄旧的呢，倒不如姑且靠着张之洞的《书目答问》去摸门径去。"

就知道没有反对青年读古书过。这是施先生忽略了时候和环境。他说一条的那几句的时候，正是许多人大叫要作白话文，也非读古书不可之际，所以那几句是针对他们而发的，犹言即使恰如他们所说，也不过不能作文，而去读古书，却比不能作文之害还大。至于二，则明明指定着研究旧文学的青年，和施先生的主张，涉及一般的大异。倘要弄中国上古文学史，我们不是还得看《易经》与《书经》么？

其实，施先生说当他填写那书目的时候，并不如我所推测那样的严肃，我看这话倒是真实的。我们试想一想，假如真有这样的一个青年后学，奉命惟谨，下过一番苦功之后，用了《庄子》的文法，《文选》的语汇，来写发挥《论语》《孟子》和《颜氏家训》的道德的文章，"这岂不是太滑稽吗"？

然而我的那篇《怀旧》是严肃的。我并非为要"多获群众"，也不是因为恨施先生没有推荐《华盖集》正续编及《伪自由书》；更不是别有"动机"，例如因为做学生时少得了分数，或投稿时被没收了稿子，现在就借此来报私怨。

十月二十一日

【备考】

致黎烈文先生书

——兼示丰之余先生

施蛰存

烈文兄：

那天电车上匆匆一晤，我因为要到民九社书铺去买一本看中意了的书，所以在王家沙下车了。但那本书终于因价钱不合，没有买到，徒然失去了一个与你多谈一刻的机会，甚怅怅。

关于"《庄子》与《文选》"问题，我决不再想说什么话。本来我当时填写《大晚报》编辑部寄来的那张表格的时候，并不含有如丰先生的意见所看出来的那样严肃。我并不说每一个青年必须看这两部书，也不是说每一个青年只要看这两部书，也并不是说我只有这两部书想推荐。大概报纸副刊的编辑，想借此添一点新花样，而填写者也大都是偶然觉得有什么书不妨看看，就随手写下了。早知这一写竟会闯出这样大的文字纠纷来，即使《大晚报》副刊编者崔万秋先生给我磕头我也不肯写的。今天看见《涛声》第四十期上有一封曹聚仁先生给我的信，最后一句是："没有比这两部书更有利于青年了吗？敢问。"这一问真问得我啼笑皆非了。（曹聚仁先生的信态度很真挚，我将有一封复信给他，也许他会得刊在《涛声》上，我希望你看一看。）

对于丰之余先生我也不愿再冒犯他，不过对于他在《感旧》（上）那一篇文章里三点另外的话觉得还有一点意见——

（一）丰先生说："有些新青年可以有旧思想，有些旧形式也可以藏新内容。"是的，新青年尚且可以有旧思想，那么像我这种"遗少之群中的一肢一节"之有旧思想似乎也可以存而不论的了。至于旧形式也可以藏新内容，则似乎写《庄子》那样的古文也不妨，只要看它的内容如何罢了。

（二）丰先生说不懂我劝青年看《庄子》与《文选》与做了考官以词取士有何分界，这其实是明明有着分界的。前者是以一己的意见供献给青年，接受不接受原在青年的自由；后者却是代表了整个阶级（注：做官的阶级也），几乎是强迫青年全体去填词了。（除非这青年不想做官。）

（三）说鲁迅先生的文章是从《庄子》与《文选》中来的，这确然是滑稽的，我记得我没有说过那样的话。我的文章里举出鲁迅先生来作例，其意只想请不反对青年从古书求得一点文学修养的鲁迅先生来帮帮忙。鲁迅先生虽然一向是劝青年多读外国书的，但这是他以为从外国书中可以训练出思想新锐的青年来，至于像我那样给青年从做文章（或说文学修养）上着想，则鲁迅先生就没有反对青年读古书过。举两个证据来吧：一、"少看中国书，其结果不过不能作文而已。"（见北新版《华盖集》第四页。）这可见鲁迅先生也承认要能作文，该多看中国书了。而这所谓中国书，从上文看来，似乎并不是指的白话文书。二、"我常被询问，要弄文学，应该看什么书？……我以为倘要弄旧的呢，倒不如姑且靠着张之洞的《书目答问》去摸门径去。"（见北新版《而已集》第四十五页。）

现在，我想我应该在这里"带住"了，我曾有一封信给《大晚报》副刊的编者，为了尊重丰之余先生的好意，我曾请求允许我换两部书介绍给青年。除了我还写一封信给曹聚仁先生之外，对于这"《庄子》与《文选》"的问题我没有要说的话了。我曾经在《自由谈》的壁上，看过几次的文字争，觉得每次总是愈争愈闹意气，而离本题愈远，甚至到后来有些参加者的动机都是可以怀疑的，我不想使自己不由自主地被卷入旋涡，所以我不再说什么话了。昨晚套了一个现成偈语：

此亦一是非　彼亦一是非
唯无是非观　庶几免是非

倘有人能写篆字者乎？颇想一求法挥，张之素壁。

施蛰存上（十九日）
十月二十日，《申报》，《自由谈》

中国文与中国人

余　铭

最近出版了一本很好的翻译：高本汉著的《中国语和中国文》。高本汉先生是个瑞典人，他的真姓是珂罗倔伦（Karlgren）。他为什么"贵姓"高呢？那无疑的是因为中国化了。他的确对于中国语文学有很大的贡献。

但是，他对于中国人似乎更有研究，因此，他很崇拜文言，崇拜中国字，以为对中国人是不可少的。

他说："近来——按高氏这书是一九二三年在伦敦出版的——某几种报纸，曾经试用白话，可是并没有多大的成功；因此也许还要触怒多数定报人，以为这样，就是讽示著他们不能看懂文言报呢！"

"西洋各国里有许多伶人，在他们表演中，他们几乎随时可以插入许多'打诨'，也有许多作者，滥引文书；但是大家都认这种是劣等的风味。这在中国恰好相反，正认为高妙的文雅而表示绝艺的地方。"

中国文的"含混的地方，中国人不但不因之感受了困难，反而愿意养成它。"

但高先生自己却因此受够了侮辱："本书的著者和亲爱的中国人谈话，所说给他的，很能完全了解；但是，他们彼此谈话的时候，他几乎一句也不懂。"这自然是那些"亲爱的中国人"在"讽示"他不懂上流社会的话，因为"外国人到了中国来，只要注意一点，他就可以觉得：他自己虽然熟悉了普通人的语言，而对于上流社会的谈话，还是莫名其妙的。"

于是他就说："中国文字好像一个美丽可爱的贵妇，西洋文字好像一个有用而不美的贱婢。"

美丽可爱而无用的贵妇的"绝艺",就在于"插诨"的含混。这使得西洋第一等的学者,至多也不过抵得上中国的普通人,休想爬进上流社会里来。这样,我们"精神上胜利了"。为要保持这种胜利,必须有高妙文雅的字汇,而且要丰富!五四白话运动的"没有多大成功",原因大抵就在上流社会怕人讽示他们不懂文言。

虽然,"此亦一是非,彼亦一是非"——我们还是含混些好了。否则,反而要感受困难的。

十月二十五日

野兽训练法

余　铭

最近还有极有益的讲演，是海京伯马戏团的经理施威德在中华学艺社的三楼上给我们讲"如何训练动物?"可惜我没福参加旁听，只在报上看见一点笔记。但在那里面，就已经够多着警辟的话了——

有人以为野兽可以用武力拳头去对付它，压迫它，那便错了，因为这是从前野蛮人对付野兽的办法，现在训练的方法，便不是这样。

"现在我们所用的方法，是用爱的力量，获取它们对于人的信任，用爱的力量，温和的心情去感动它们。……"

这一些话，虽然出自日耳曼人之口，但和我们圣贤的古训，也是十分相合的。用武力拳头去对付，就是所谓"霸道"。然而"以力服人者，非心服也"，所以文明人就得用"王道"，以取得"信任"："民无信不立"。

但是，有了"信任"以后，野兽可要变把戏了——

教练者在取得它们的信任以后，然后可以从事教练它们了：第一步，可以使它们认清坐的，站的位置；再可以使它们跳浜，站起来……

训兽之法，通于牧民，所以我们的古之人，也称治民的大人物曰"牧"。然而所"牧"者，牛羊也，比野兽怯弱，因此也就无须乎专靠"信任"，不妨兼用着拳头，这就是冠冕堂皇的"威信"。

由"威信"治成的动物，"跳浜，站起来"是不够的，结果非贡献毛角血肉不可，至少是天天挤出奶汁来——如牛奶、羊奶之流。

然而这是古法，我不觉得也可以包括现代。

施德威讲演之后，听说还有余兴，如"东方大乐"及"踢毽子"等，报上语焉不详，无从知道底细了，否则，我想，恐怕也很有意义。

十月二十七日

难得糊涂

子　明

　　因为有人谈起写篆字，我倒记起郑板桥有一块图章，刻着"难得糊涂"。那四个篆字刻得叉手叉脚的，颇能表现一点名士的牢骚气。足见刻图章写篆字也还反映着一定的风格，正像"玩"木刻之类，未必"只是个人的事情"："谬种"和"妖孽"就是写起篆字来，也带着些"妖谬"的。

　　然而风格和情绪，倾向之类，不但因人而异，而且因事而异，因时而异。郑板桥说"难得糊涂"，其实他还能够糊涂的。现在，到了"求仕不获无足悲，求隐而不得其地以窜者，毋亦天下之至哀欤"的时代，却实在求糊涂而不可得了。

　　糊涂主义，惟无是非观等等——本来是中国的高尚道德。你说他是解脱，达观吧，也未必。他其实在固执着，坚持着什么，例如道德上的正统，文学上的正宗之类。这终于说出来了——道德要孔孟加上"佛家报应之说"（老庄另账登记），而说别人"鄙薄"佛教影响就是"想为儒家争正统"，原来同善社的三教同源论早已是正统了。文学呢？要用生涩字，用辞藻，秾纤的作品，而且是新文学的作品，虽则他"否认新文学和旧文学的分界"；而大众文学"固然赞成"，"但那是文学中的一个旁支"。正统和正宗，是明显的。

　　对于人生的倦怠并不糊涂！活的生活已经那么"穷乏"，要请青年在"佛家报应之说"，在"《文选》《庄子》《论语》《孟子》"里去求得修养。后来，修养又不见了，只剩得字汇。"自然景物，个人情感，宫室建筑……

之类，还不妨从《文选》之类的书中去找来用。"从前严几道从甚么古书里——大概也是《庄子》吧——找着了"幺匿"两个字来译 Unit，又古雅，又音义双关的。但是后来通行的却是"单位"。严老先生的这类"字汇"很多，大抵无法复活转来。现在却有人以为"汉以后的词，秦以前的字，西方文化所带来的字和词，可以拼成功我们的光芒的新文学"。这光芒要是只在字和词，那大概像古墓里的贵妇人似的，满身都是珠光宝气了。人生却不在拼凑，而在创造，几千百万的活人在创造。可恨的是人生那么骚扰忙乱，使一些人"不得其地以竄"，想要逃进字和词里去，以求"庶免是非"，然而又不可得。真要写篆字刻图章了！

十一月六日

古书中寻活字汇

罗 怃

古书中寻活字汇，是说得出，做不到的，他在那古书中，寻不出一个活字汇。

假如有"可看《文选》的青年"在这里，就是高中学生中的几个吧，他翻开《文选》来，一心要寻活字汇，当然明知道那里面有些字是已经死了的。然而他怎样分别那些字的死活呢？大概只能以自己的懂不懂为标准。但是，看了六臣注之后才懂的字不能算，因为这原是死尸，由六臣背进他脑里，这才算是活人的，在他脑里即使复活了，在未"可看《文选》的青年"的眼前却还是死家伙。所以他必须看白文。

诚然，不看注，也有懂得的，这就是活字汇。然而他怎会先就懂得的呢？这一定是曾经在别的书上看见过，或是到现在还在应用的字汇，所以他懂得。那么，从一部《文选》里，又寻到了什么？

然而施先生说，要描写宫殿之类的时候有用处。这很不错，《文选》里有许多赋是讲到宫殿的，并且有什么殿的专赋。倘有青年要做汉晋的历史小说，描写那时的宫殿，找《文选》是极应该的，还非看"四史"《晋书》之类不可。然而所取的僻字也不过将死尸抬出来，说得神秘点便名之曰"复活"。如果要描写的是清故宫，那可和《文选》的瓜葛就极少了。

倘使连清故宫也不想描写，而预备工夫却用得这么广泛，那实在是徒劳而仍不足。因为还有《易经》和《仪礼》，里面的字汇，在描写周朝的卜课和婚丧大事时候是有用处的，也得作为"文学修养之根基"，这才更像"文学青年"的样子。

十一月六日

"商定"文豪

白在宣

笔头也是尖的，也要钻。言路的窄，现在也正如活路一样，所以（以上十五字，刊出时作"别的地方钻不进"），只好对于文艺杂志广告的夸大，前去刺一下。

一看杂志的广告，作者就个个是文豪，中国文坛也真好像光焰万丈，但一面也招来了鼻孔里的哼哼声。然而，著作一世，藏之名山，以待考古团的掘出的作家，此刻早已没有了，连自作自刻，订成薄薄的一本，分送朋友的诗人，也已经不大遇得到。现在是前周作稿，次周登报，上月剪贴，下月出书，大抵仅仅为稿费。倘说，作者是饿着肚子，专心在为社会服务，恐怕说出来有点要脸红吧。就是笑人需要稿费的高士，他那一篇嘲笑的文章也还是不免要稿费。但自然，另有薪水，或者能靠女人奁资养活的文豪，都不属于这一类。

就大体而言，根子是在卖钱，所以上海的各式各样的文豪，由于"商定"，是"久已夫，已非一日矣"的了。

商家印好一种稿子后，倘那时封建得势，广告上就说作者是封建文豪，革命行时，便是革命文豪，于是封定了一批文豪们。别家的书也印出来了，另一种广告说那些作者并非真封建或真革命文豪，这边的才是真货色，于是又封定了一批文豪们。别一家又集印了各种广告的论战，一位作者加上些批评，另出了一位新文豪。

还有一法是结合一套脚色，要几个诗人，几个小说家，一个批评家，商量一下，立一个什么社，登起广告来，打倒彼文豪，抬出此文豪，结果也总可以封定一批文豪们，也是一种的"商定"。

就大体而言，根子是在卖钱，所以后来的书价，就不免指出文豪们的真价值，照价二折，五角一堆，也说不定的。不过有一种例外：虽然铺子出盘，作品贱卖，却并不是文豪们走了末路，那是他们已经"爬了上去"，进大学，进衙门，不要这踏脚凳了。

十一月七日

青年与老子

敬一尊

听说，"慨自欧风东渐以来"，中国的道德就变坏了，尤其是近时的青年，往往看不起老子。这恐怕真是一个大错误，因为我看了几个例子，觉得老子的对于青年，有时确也很有用处，很有益处，不仅足为"文学修养"之助的。

有一篇旧文章——我忘记了出于什么书里的了——告诉我们，曾有一个道士，有长生不老之术，自说已经百余岁了，看去却"美如冠玉"，像二十左右一样。有一天，这位活神仙正在大宴阔客，突然来了一个须发都白的老头子，向他要钱用，他把他骂出去了。大家正惊疑间，那活神仙慨然的说道，"那是我的小儿，他不听我的话，不肯修道，现在你们看，不到六十，就老得那么不成样子了。"大家自然是很感动的，但到后来，终于知道了那人其实倒是道士的老子。

还有一篇新文章——杨某的自白——却告诉我们，他是一个有志之士，学说是很正确的，不但讲空话，而且去实行，但待到看见有些地方的老头儿苦得不像样，就想起自己的老子来，即使他的理想实现了，也不能使他的父亲做老太爷，仍旧要吃苦。于是得到了更正确的学说，抛去原有的理想，改做孝子了。假使父母早死，学说那有这么圆满而堂皇呢？这不也就是老子对于青年的益处么？

那么，早已死了老子的青年不是就没有法子么？我以为不然，也有法子想。这还是要查旧书。另有一篇文章——我也忘了出在什么书里的了——告诉我们，一个老女人在讨饭，忽然来了一位大阔人，说她是自己的久经失散了的母亲，她也将错就错，做了老太太。后来她的儿子要嫁女儿，和老太太同到首饰店去买金器，将老太太已经看中意的东西自己带去给太太看一看，一面请老太太还在拣——可是，他从此就不见了。

　　不过，这还是学那道士似的，必须实物时候的办法，如果单是做做自白之类，那是实在有无老子，倒并没有什么大关系的。先前有人提倡过"虚君共和"，现在又何妨有"没亲孝子"？张宗昌很尊孔，恐怕他府上也未必有"四书""五经"吧。

十一月七日

后 记

　　这六十多篇杂文，是受了压迫之后，从去年六月起，另用各种的笔名，障住了编辑先生和检查老爷的眼睛，陆续在《自由谈》上发表的。不久就又蒙一些很有"灵感"的"文学家"吹嘘，有无法隐瞒之势，虽然他们的根据嗅觉的判断，有时也并不和事实相符。但不善于改悔的人，究竟也躲闪不到那里去，于是不及半年，就得着更厉害的压迫了，敷衍到十一月初，只好停笔，证明了我的笔墨，实在敌不过那些带着假面，从指挥刀下挺身而出的英雄。

　　不做文章，就整理旧稿，在年底里，粘成了一本书，将那时被人删削或不能发表的，也都添进去了，看起分量来，倒比这以前的《伪自由书》要多一点。今年三月间，才想付印，作了一篇序，慢慢的排，校，不觉又过了半年，回想离停笔的时候，已是一年有余了，时光真是飞快，但我所怕的，倒是我的杂文还好像说着现在或甚而至于明年。

　　记得《伪自由书》出版的时候，《社会新闻》曾经有过一篇批评，说我的所以印行那一本书的本意，完全是为了一条尾巴——《后记》。这其实是误解的。我的杂义，所写的常是一鼻，一嘴，一毛，但合起来，已几乎是或一形象的全体，不加什么原也过得去的了。但画上一条尾巴，却见得更加完全。

　　所以我的要写后记，除了我是弄笔的人，总要动笔之外，只在要这一本书里所画的形象，更成为完全的一个具象，却不是"完全为了一条尾巴"。

　　内容也还和先前一样，批评些社会的现象，尤其是文坛的情形。因为笔名改得勤，开初倒还平安无事。然而"江山好改，秉性难移"，我知道自己终于不能安分守己。《序的解放》碰着了曾今可，《豪语的折扣》又触犯了张资平，此外在不知不觉之中得罪了一些别的什么伟人，我还自己不知道。但是，待到做了《各种捐班》和《登龙术拾遗》以后，这案件可就闹大了。

去年八月间，诗人邵洵美先生所经营的书店里，出了一种《十日谈》，这位诗人在第二期（二十日出）上，飘飘然的论起"文人无行"来了，先分文人为五类，然后作结道——

除了上述五类外，当然还有许多其他的典型；但其所以为文人之故，总是因为没有饭吃；或是有了饭吃不饱。因为做文人不比做官或是做生意，究竟用不到多少本钱。一支笔，一些墨，几张稿纸，便是你所要预备的一切。呒本钱生意，人人想做，所以文人便多了。此乃是没有职业才做文人的事实。

我们的文坛便是由这种文人组织成的。

因为他们是没有职业才做文人，因此他们的目的仍在职业而不在文人。他们借着文艺宴会的名义极力地拉拢大人物；借文艺杂志或是副刊的地盘，极力地为自己做广告：但求闻达，不顾羞耻。

谁知既为文人矣，便将被目为文人；既被目为文人矣，便再没有职业可得，这般东西便永远在文坛里胡闹。

文人的确穷得多，自从迫压言论和创作以来，有些作者也的确更没有饭吃了。而邵洵美先生是所谓"诗人"，又是有名的巨富"盛宫保"的孙婿，将污秽泼在"这般东西"的头上，原也十分平常的。但我以为作文人究竟和"大出丧"有些不同，即使雇得一大群帮闲，开锣喝道，过后仍是一条空街，还不及"大出丧"的虽在数十年后，有时还有几个市侩传颂。穷极，文是不能工的，可是金银又并非文章的根苗，它最好还是买长江沿岸的田地。然而富家儿总不免常常误解，以为钱可使鬼，就也可以通文。使鬼，大概是确的，也许还可以通神，但通文却不成，诗人邵洵美先生本身的诗便是证据。

我那两篇中的有一段，便是说明官可捐，文人不可捐，有裙带官儿，却没有裙带文人的。

然而，帮手立刻出现了，还出在堂堂的《中央日报》（九月四日及六日）上——

女婿问题

如　是

最近的《自由谈》上，有两篇文章都是谈到女婿的，一篇是孙用的《满意和写不出》，一篇是苇索的《登龙术拾遗》。后一篇九月一日刊出，前一篇则不在手头，刊出日期大约在八月下旬。

苇索先生说："文坛虽然不至于要招女婿，但女婿却是会要上文坛的。"后一句"女婿却是会要上文坛的"，立论十分牢靠，无瑕可击。我们的祖父是人家的女婿，我们的父亲也是人家的女婿，我们自己，也仍然不免是人家的女婿，比如今日在文坛上"北面"而坐的鲁迅、茅盾之流，都是人家的女婿，所以"女婿会要上文坛的"是不成问题的，至于前一句"文坛虽然不致于要招女婿"，这句话就简直站不住了。我觉得文坛无时无刻不在招女婿，许多中国作家现在都变成了俄国的女婿了。

又说："有富岳家，有阔太太，用赔嫁钱，作文学资本……"能用妻子的赔嫁钱来作文学资本，我觉得这种人应该佩服，因为用妻子的钱来作文学资本，总比用妻子的钱来作其他一切不正当的事情好一些。况且凡事必须有资本，文学也不能例外，如没有钱，便无从付印刷费，则杂志及集子都出不成，所以要办书店，出杂志，都得是大家拿一些私蓄出来，妻子的钱自然也是私蓄之一。况且做一个富家的女婿并非罪恶，正如做一个报馆老板的亲戚之并非罪恶为一样，如其一个报馆老板的亲戚，回国后游荡无事，可以依靠亲戚的牌头，夺一个副刊来编，则一个富家的女婿，因为兴趣所近，用些妻子的赔嫁钱来作文学资本，当然也无不可。

"女婿"的蔓延

圣 闲

狐狸吃不到葡萄，说葡萄是酸的，自己娶不到富妻子，于是对一切有富岳家的人发生了妒忌，妒忌的结果是攻击。

假如做了人家的女婿，是不是还可以做文人的呢？答案自然是属于正面的，正如前天如是先生在本园上他的一篇《女婿问题》里说过，今日在文坛上最有声色的鲁迅、茅盾之流，一方面身为文人，一方面仍然不免是人家的女婿，不过既然做文人同时也可以做人家的女婿，则此女婿是应该属于穷岳家的呢，还是属于富岳家的呢？关于此层，似乎那些老牌作家，尚未出而主张，不知究竟应该"富倾"还是"穷倾"才对，可是《自由谈》之流的撰稿人，既经对于富岳家的女婿取攻击态度，则我们感到，好像至少做富岳家的女婿的似乎不该再跨上这个文坛了，"富岳家的女婿"和"文人"仿佛是冲突的，二者只可任择其一。

目下中国文坛似乎有这样一个现象，不必检查一个文人他本身在文坛上的努力的成绩，而惟斤斤于追究那个文人的家庭琐事，如是否有富妻子或穷妻子之类。要是你今天开了一家书店，则这家书店的本钱，是否出乎你妻子的赔嫁钱，也颇劳一些尖眼文人，来调查打听，以此或作攻击讥讽。

我想将来中国的文坛，一定还会进步到有下种情形：穿陈嘉庚橡皮鞋者，方得上文坛，如穿皮鞋，便属贵族阶级，而入于被攻击之列了。

现在外国回来的留学生失业的多得很。回国以后编一个副刊也并非一件羞耻事情，编那个副刊，是否因亲戚关系，更不成问题，亲戚的作用，本来就在这种地方。自命以扫除文坛为己任的人，如其人家偶而提到一两句自己的不愿意听的话，便要成群结队的来反攻，大可不必，如其常常骂人家为狂吠的，则自己切不可也落入于狂吠之列。

这两位作者都是富家女婿崇拜家，但如是先生是凡庸的，背出了他的祖父、父亲、鲁迅、茅盾之后，结果不过说着"鲁迅拿卢布"那样的滥调；打诨的高手要推圣闲先生，他竟拉到我万想不到的诗人太太的味道上去了。戏剧上的二丑帮忙，倒使花花公子格外出丑，用的便是这样的说法，我后来也引在《"滑稽"例解》中。

但邵府上也有恶辣的谋士的。今年二月，我给日本的《改造》杂志做了三篇短论，是讥评中国、日本、满洲的。邵家将却以为"这回是得之矣"了。就在也是这甜葡萄棚里产生出来的《人言》（三月三日出）上，扮出一个译者和编者来，译者算是只译了其中的一篇《谈监狱》，投给了《人言》，并且前有"附白"，后有"识"——

谈监狱

鲁　迅

（顷阅日文杂志《改造》三月号，见载有我们文坛老将鲁迅翁之杂文三篇，比较翁以中国文发表之短文，更见精彩，因迻译之，以寄《人言》。惜译者未知迅翁寓所，问内山书店主人丸造氏，亦言未详，不能先将译稿就正于氏为憾。但请仍用翁的署名发表，以示尊重原作之意。——译者井上附白。）

人的确是由事实的启发而获得新的觉醒，并且事情也是因此而变革的。从宋代到清朝末年，很久长的时间中，专以代圣贤立言的"制艺"文章，选拔及登用人才。到同法国打了败仗，才知这方法的错误，于是派遣留学生到西洋，设立武器制造局，作为改正的手段。同日本又打了败仗之后，知道这还不彀，这一回是大大地设立新式的学校。于是学生们每年大闹风潮。清朝覆亡，国民党把握了政权之后，又明白了错误，而作为改正手段，是大造监狱。

国粹式的监狱，我们从古以来，各处早就有的，清朝末年也稍造了些西洋式的，就是所谓文明监狱。那是特地造来给旅行到中国来的外人看的，该与为同外人讲交际而派出去学习文明人的礼节的留学生属于同一种类。囚人却托庇了得着较好的待遇，也得洗澡，有得一定分量的食品吃，所以是很幸福的地方。而且在二三星期之前，政府因为要行仁政，便发布了囚人口粮不得克扣的命令。此后当是益加幸福了。

　　至于旧式的监狱，像是取法于佛教的地狱，所以不但禁锢人犯，而且有要给他吃苦的责任。有时还有榨取人犯亲属的金钱使他们成为赤贫的职责。而且谁都以为这是当然的。倘使有不以为然的人，那即是帮助人犯，非受犯罪的嫌疑不可。但是文明程度很进步了，去年有官吏提倡，说人犯每年放归家中一次，给予解决性欲的机会，是很人道主义的说法。老实说：他不是他对于人犯的性欲特别同情，因为决不会实行的望头，所以特别高声说话，以见自己的是官吏。但舆论甚为沸腾起来。某批评家说，这样之后，大家见监狱将无畏惧，乐而赴之，大为为世道人心愤慨。受了圣贤之教，如此悠久，尚不像那个官吏那么狡猾，是很使人心安，但对于人犯不可不虐待的信念，却由此可见。

　　从另一方面想来，监狱也确有些像以安全第一为标语的人的理想乡。火灾少，盗贼不进来，土匪也决不来掠夺。即使有了战事，也没有以监狱为目标而来爆击的傻瓜，起了革命，只有释放人犯的例，没有屠杀的事。这回福建独立的时候，说释人犯出外之后，那些意见不同的却有了行踪不明的谣传，但这种例子是前所未见的。总之，不像是很坏的地方。只要能容许带家眷，那么即使现在不是水灾，饥荒，战争，恐怖的时代，请求去转居的人，也决不会没有。所以虐待是必要了吧。

　　牛兰夫妻以宣传赤化之故，收容于南京的监狱，行了三四次的绝食，什么效力也没有。这是因为他不了解中国的监狱精神之故。某官吏说他自己不要吃，同别人有什么关系，很讶奇这事。不但不关系于仁政，且节省伙食，反是监狱方面有利。甘地的把戏，倘使不选择地方，就归于失败。

　　但是，这样近于完美的监狱，还留着一个缺点，以前对于思想上的事情，太不留意了。为补这个缺点，近来新发明有一种"反省院"的特种监狱，而施行教育。我不曾到其中去反省过，所以不详细其中的事情，总之对于人犯时时讲授三民主义，使反省他们自己的错误。而且还要做出排击共产主义的论文。倘使不愿写或写不出则当然非终生反省下去不行，但做得不好，也得反省到死。在目下，进去的有，出来的也有，反省院还有新造的，总是进去的人多些。试验完毕而出来的良民也偶有会到的，可是大抵总是萎缩枯槁的样子，恐怕是在反省和毕业论文上面把心力用尽了。那是属于前途无望的。

（此外尚有《王道》及《火》二篇，如编者先生认为可用，当再译寄。——译者识。）

姓虽然冒充了日本人，译文却实在不高明，学力不过如邵家帮闲专家章克标先生的程度，但文字也原是无须译得认真的，因为要紧的是后面的算是编者的回答——

编者注：鲁迅先生的文章，最近是在查禁之列。此文译自日文，当可逃避军事裁判。但我们刊登此稿目的，与其说为了文章本身精美或其议论透彻；不如说举一个被本国迫逐而托庇于外人威权之下的论调的例子。鲁迅先生本来文章极好，强词夺理亦能说得头头是道，但统观此文，则意气多于议论，捏造多于实证，若非译笔错误，则此种态度实为我所不取也。登此一篇，以见文化统制治下之呼声一般。《王道》与《火》两篇，不拟再登，转言译者，可勿寄来。

这编者的"托庇于外人威权之下"的话，是和译者的"问内山书店主人丸造氏"相应的；而且提出"军事裁判"来，也是作者极高的手笔，其中含着甚深的杀机。我见这富家儿的鹰犬，更深知明季的向权门卖身投靠之辈是怎样的阴险了。他们的主公邵诗人，在赞扬美国白诗人的文章中，贬落了黑诗人，"相信这种诗是走不出美国的，至少走不出英国语的圈子。"（《现代》五卷六期）我在中国的富贵人及其鹰犬的眼中，虽然也不下于黑奴，但我的声音却走出去了。这是最可痛恨的。但其实，黑人的诗也走出"英国语的圈子"去了。美国富翁和他的女婿及其鹰犬也是奈何它不得的。

但这种鹰犬的这面目，也不过以向"鲁迅先生的文章，最近是在查禁之列"的我而已，只要立刻能给一个嘴巴，他们就比吧儿狗还驯服。现在就引一个也曾在《"滑稽"例解》中提过，登在去年九月二十一日《申报》上的广告在这里吧——

《十日谈》向《晶报》声明误会表示歉意

敬启者《十日谈》第二期短评有朱霁青亦将公布捐款一文后段提及《晶报》系属误会本刊措辞不善致使《晶报》对邵洵美君提起刑事自诉按双方均为社会有声誉之刊物自无互相攻讦之理兹经章士钊江容平衡诸君诠释已得《晶报》完全谅解除由《晶报》自行撤回诉讼外特此登报声明表示歉意"双方均为社会有声誉之刊物，自无互相攻讦之理"，此"理"极奇，大约是应该攻讦"最近是在查禁之列"的刊物的吧。金子做了骨髓，也还是站不直，在这里看见铁证了。

给"女婿问题"纸张费得太多了，跳到别一件，这就是"《庄子》和《文选》"。

这案件的往复的文字，已经收在本文里，不再多谈；别人的议论，也为了节省纸张，都不剪贴了。其时《十日谈》也大显手段，连漫画家都出了马，为了一幅陈静生先生的《鲁迅翁之笛》，还在《涛声》上和曹聚仁先生惹起过一点辩论的小风波。但是辩论还没有完，《涛声》已被禁止了，福人总永远有福星照命……

然而时光是不留情面的，所谓"第三种人"，尤其是施蛰存和杜衡即苏汶，到今年就各自露出他本来的嘴脸来了。

这回要提到末一篇，流弊是出在用新典。

听说，现在是连用古典有时也要被检查官禁止了，例如提起秦始皇，但去年还不妨，不过用新典总要闹些小乱子。我那最末的《青年与老子》，就因为碰着了杨邨人先生（虽然刊出的时候，那名字已给编辑先生删掉了），后来在《申报》本埠增刊的《谈言》（十一月二十四日）上引得一篇妙文的。不过颇难解，好像是在说我以孝子自居，却攻击他做孝子，既"投井"，又"下石"了。因为这是一篇我们的"改悔的革命家"的标本作品，弃之可惜，谨录全文，一面以见杨先生倒是现代"语录体"作家的先驱，也算是我的《后记》里的一点余兴吧——

聪明之道

邰 人

畴昔之夜，拜访世故老人于其庐：庐为三层之楼，面街而立，虽电车玲玲轧轧，汽车呜呜哑哑，市嚣扰人而不觉，俨然有如隐士，居处晏如，悟道深也。老人曰："汝来何事？"对曰："敢问聪明之道。"谈话有主题，遂成问答。

"难矣哉，聪明之道也！孔门贤人如颜回，举一隅以三隅反，孔子称其聪明过人，于今之世能举一隅以三隅反者尚非聪明之人，汝问聪明之道，其有意难余老塩者耶？"

"不是不是，你老人家误会了我的问意了！我并非要请教关于思辨之术。我是生性拙直愚笨，处世无方，常常碰壁，敢问关于处世的聪明之道。"

"嘻嘻，汝诚拙直愚笨也，又问处世之道！夫今之世，智者见智，仁者见仁，阶级不同，思想各异，父子兄弟夫妇姊妹因思想之各异，一家之内各有主张各有成见，虽属骨肉至亲，乖离冲突，背道而驰；古之所谓英雄豪杰，各事其君而为仇敌，今之所谓志士革命家，各为阶级反目无情，甚至只因立场之不同，骨肉至亲格杀无赦，投机取巧或能胜利于一时，终难立足于世界，聪明之道实则已穷，且惟既愚且鲁之徒方能享福无边也矣。……"

"老先生虽然说的头头是道，理由充足，可是，真的聪明之道就没有了吗？"

"然则仅有投机取巧之道也矣。试为汝言之：夫投机取巧之道要在乎滑头，而滑头已成为专门之学问，西欧学理分门别类有所谓科学哲学者，滑头之学问实可称为滑头学。滑头学如依大学教授之编讲义，大可分成若干章，每章分成若干节，每节分成若干项，引古据今，中西合璧，其理论之深奥有甚于哲学，其引证之广大举凡中外历史，物理化学，艺术文学，经商贸易之直，诱惑欺骗之术，概属必列，包罗万象，自大学预科以至大学四年级此一讲义仅能讲其千分之一，大学毕业各科及格，此滑头学则无论何种聪明绝顶之学生皆不能及格，且大学教授本人恐亦知其然不知其所以然，其难学也可想而知之矣。余处世数十年，头顶已秃，须发已白，阅历不为不广，教训不为不多，然而余着手编辑滑头学讲义，仅能编其第一章之第一节，第一节之第一项也。此第一章之第一节，第一节之第一项其纲目为"顺水行舟"，即人云亦云，亦即人之喜者喜之，人之恶者恶之是也，举一例言之，如人之恶者为孝子，所谓封建宗法社会之礼教遗孽之一，则汝虽曾经为父侍汤服药问医求卜出诸天性以事亲人，然论世之出诸天性以事亲人者则引'孝子'之名以责难之，惟求青年之鼓掌称快，勿管本心见解及自己行动之如何也。被责难者处于时势潮流之下，百辞莫辩，辩则反动更为证实，从此青年鸣鼓而攻，体无完肤，汝之胜利不但已操左券，且为青年奉为至圣大贤，小品之集有此一篇，风行海内洛阳纸贵，于是名利双收，富贵无边矣。其第一章之第一节，第一节之第二项为"投井下石"，余本亦知一二，然偶一忆及投井下石之人，殊觉头痛，实无心编之也。然而滑头学虽属聪明之道，实乃左道旁门，汝实不足学也。"

"老先生所言想亦很有道理，现在社会上将这种学问作敲门砖混饭吃的人实在不少，他们也实在到处逢源，名利双收，可是我是一个拙直愚笨的人，恐怕就要学也学不了吧?"

"呜呼汝求聪明之道，而不学之，虽属可取，然碰壁也宜矣!"

是夕问道于世故老人，归来依然故我，呜呼噫嘻!

但我们也不要一味赏鉴"呜呼噫嘻"，因为这之前，有些地方演了"全武行"。

也还是剪报好，我在这里剪一点记的最为简单的——

艺华影片公司被"影界铲共同志会"捣毁

昨晨九时许，艺华公司在沪西康脑脱路金司徒庙附近新建之摄影场内，忽来行动突兀之青年三人，向该公司门房伪称访客，一人正在持笔签名之际，另一人遂大呼一声，则预伏于外之暴徒七八人，一律身穿蓝布短衫裤，蜂拥夺门冲入，分投各办事室，肆行捣毁写字台玻璃窗以及椅凳各器具，然后又至室外，打毁自备汽车两辆，晒片机一具，摄影机一具，并散发白纸印刷之小传单，上书"民众起来一致剿灭共产党"，"打倒出卖民众的共产党"，"扑灭杀人放火的共产党"等等字样，同时又散发一种油印宣言，最后署名为"中国电影界铲共同志会"。约逾七分钟时，由一人狂吹警笛一声，众暴徒即集合列队而去，迨该管六区闻警派警士侦缉员等赶至，均已远扬无踪。该会且宣称昨晨之行动，目的仅在予该公司一警告，如该公司及其他公司不改变方针，今后当准备更激烈手段应付，联华，明星，天一等公司，本会亦已有严密之调查矣云云。

据各报所载该宣言之内容称，艺华公司系共党宣传机关，普罗文化同盟为造成电影界之赤化，以该公司为大本营，如出品《民族生存》等片，其内容为描写阶级斗争者，但以向南京检委会行贿，故得通过发行。又称该会现向教育部，内政部，中央党部及本市政府发出呈文，要求当局命令该公司，立即销毁业已摄成各片，自行改组公司，清除所有赤色分子，并对受贿之电影检委会之责任人员予以惩处等语。

事后，公司坚称实系被劫，并称已向曹家渡六区公安局报告。记者得讯，前往调查时，亦仅见该公司内部布置被毁无余，桌椅东倒西歪，零乱不堪，内幕究竟如何，想不日定能水落石出也。

十一月十三日，《大美晚报》

影界铲共会

警戒电影院

拒演田汉等之影片

自从艺华公司被击以后，上海电影界突然有了一番新的波动，从制片商已经牵涉到电影院，昨日本埠大小电影院同时接到署名上海影界铲共同志会之警告函件，请各院拒映田汉等编制导演主演之剧本，其原文云：

敝会激于爱护民族国家心切，并不忍电影界为共产党所利用，因有警告赤色电影大本营——艺华影片公司之行动，查贵院平日对于电影业，素所热心，为特严重警告，祈对于田汉（陈瑜），沈端先（即蔡叔声，丁谦之），卜万苍，胡萍，金焰等所导演，所编制，所主演之各项鼓吹阶级斗争贫富对立的反动电影，一律不予放映，否则必以暴力手段对付，如艺华公司一样，决不宽假，此告。上海影界铲共同志会。十一，十三。

十一月十六日，《大美晚报》。

但"铲共"又并不限于"影界"，出版界也同时遭到覆面英雄们的袭击了。又剪报——

今晨良友图书公司
突来一怪客
手持铁锤击碎玻璃窗
扬长而去捕房侦查中
……光华书局请求保护

沪西康脑脱路艺华影片公司，昨晨九时许，忽被状似工人等数十名，闯入摄影场中，并大发各种传单，署名"中国电影界铲共同志会"等字样，事后扬长而去。不料一波未平，一波又起，今日上午十一时许，北四川路八百五十一号良友图书印刷公司，忽有一男子手持铁锤，至该公司门口，将铁锤击入该店门市大玻璃窗内，击成一洞。该男子见目的已达，立即逃避。该管虹口捕房据报后，立即派员前往调查一过，查得良友公司经售各种思想左倾之书籍，与捣毁艺华公司一案，不无关联。今日上午四马路光华书局据报后，惊骇异常，即自投该管中央捕房，请求设法保护，而免意外，惟至记者截稿时尚未闻发生意外之事云。

十一月十三日，《大晚报》

捣毁中国论坛
印刷所已被捣毁
编辑间未受损失

承印美人伊罗生编辑之《中国论坛报》勒佛尔印刷所，在虹口天潼路，昨晚有暴徒潜入，将印刷间捣毁，其编辑间则未受损失。

十一月十五日，《大美晚报》

袭击神州国光社
昨夕七时四人冲入总发行所
铁锤挥击打碎橱窗损失不大

河南路五马路口神州国光社总发行所，于昨晚七时，正欲打烊时，突有一身衣长袍之顾客入内，状欲购买书籍。不料在该客甫入门后，背后即有三人尾随而进。该长袍客回头见三人进来，遂即上前将该书局之左面走廊旁墙壁上所挂之电话机摘断。而同时三短衣者即实行捣毁，用铁锤乱挥，而长衣者亦加入动手，致将该店之左橱窗打碎，四人即扬长而逸。而该店时有三四伙友及学徒，亦惊不能作声。然长衣者方出门至相距不数十步之泗泾路口，为站岗巡捕所拘，盖此长衣客因打橱窗时玻璃倒下，伤及自己面部，流血不止，渠因痛而不能快行也。

该长衣者当即被拘入四马路中央巡捕房后，竭力否认参加捣毁，故巡捕已将此人释放矣。

十二月一日，《大美晚报》

美国人办的报馆捣毁得最客气，武官们开的书店捣毁得最迟。"扬长而逸"写得最有趣。

捣毁电影公司，是一面撒些宣言的，有几种报上登过全文；对于书店和报馆却好像并无议论，因为不见有什么记载。然而也有，是一种钢笔版蓝色印的警告，店名或馆名空着，各各填以墨笔，笔迹并不像读书人，下面是一长条紫色的木印。我幸而藏着原本，现在订定标点，照样的抄录在这里——

敝会激于爱护民族国家心切，并不忍文化界与思想界为共党所利用，因有警告赤色电影大本营——艺华公司之行动。现为贯彻此项任务计，拟对于文化界来一清算，除对于良友图书公司给予一初步的警告外，于所有各书局各刊物均已有精密之调查。素知贵……对于文化事业，热心异人，为特严重警告，对于赤色作家所作文字，如鲁迅、茅盾、蓬子、沈端先、钱杏邨及其他赤色作家之作品，反动文字，以及反动剧评，苏联情况之介绍等，一律不得刊行，登载，发行。如有不遵，我们必以较对付艺华及良友公司更激烈更彻底的手段对付你们，决不宽假！此告——

……………

上海影界铲共同志会（十一，十三。）

一个"志士"，纵使"对于文化事业，热心异人"，但若会在不知何时，飞来一个锤子，打破值银数百两的大玻璃；"如有不遵"，更会在不知何时，飞来一顶红帽子，送掉他比大玻璃更值钱的脑袋，那他当然是也许要灰心的。然则书店和报馆之有些为难，也就可想而知了。我既是被"扬长而去"的英雄们指定为"赤色作家"，还是莫害他人，放下笔，静静的看一会把戏罢，所以这一本里面的杂文，以十一月七日止，因为从七日到恭逢警告的那时候——十一月十三日，我也并没有写些什么的。

但是，经验使我知道，我在受着武力征伐的时候，是同时一定要得到文力征伐的。文人原多"烟士披离纯"，何况现在嗅觉又特别发达了，他们深知道要怎样"创作"才合式。这就到了我不批评社会，也不论人，而人论我的时期了，而我的工作是收材料。材料尽有，妙的却不多。纸墨更该爱惜，这里仅选了六篇。官办的《中央日报》讨伐得最早，真是得风气之先，不愧为"中央"；《时事新报》正当"全武行"全盛之际，最合时宜，却不免非常昏愦；《大晚报》和《大美晚报》起来得最晚，这是因为"商办"的缘故。聪明，所以小心，小心就不免迟钝。他刚才决计合伙来讨伐，却不料几天之后就要过年，明年是先行检查书报，以惠商民，另结新样的网，又是一个局面了。

现在算是还没有过年，先来《中央日报》的两篇吧——

杂　感

洲

近来有许多杂志上都在提倡小文章。《申报月刊》《东方杂志》以及《现代》上，都有杂感随笔这一栏。好像一九三三真要变成一个小文章年头了。目下中国杂感家之多，远胜于昔，大概此亦鲁迅先生一人之功也。中国杂感家老牌，自然要推鲁迅。他的师爷笔法，冷辣辣的，有他人所不及的地方。《热风》《华盖集》《华盖续集》，去年则还出了什么三心《二心》之类。照他最近一年来"干"的成绩而言大概五心六心也是不免的。鲁迅先生久无创作出版了，除了译一些俄国黑面包之外，其余便是写杂感文章了。杂感文章，短短千言，自然可以一挥而就。则于抽卷烟之际，略转脑子，结果就是十元千字。大概写杂感文章，有一个不二法门。不是热骂，便是冷嘲。如能热骂后再带一句冷嘲或冷嘲里夹两句热骂，则更佳矣。

不过普通一些杂感，自然是冷嘲的多。如对于某事物有所不满，自然就不满（迅案：此字似有误）有冷嘲的文章出来。鲁迅先生对于这样也看不上眼，对于那样也看不上眼，所以对于这样又有感想，对于那样又有感想了。

我们村上有个老女人，丑而多怪。一天到晚专门爱说人家的短处，到了东村头摇了一下头，跑到了西村头叹了一口气。好像一切总不合她的胃。但是，你真的问她到底要怎样呢。她又说不出。我觉得她倒有些像鲁迅先生，一天到晚只是讽刺，只是冷嘲，只是不负责任的发一点杂感。当真你要问他究竟的主张，他又从来不给我们一个鲜明的回答。

十月三十一日，《中央日报》的《中央公园》

文坛与擂台

鸣　春

上海的文坛变成了擂台。鲁迅先生是这擂台上的霸王。鲁迅先生好像在自己的房间里带了一付透视一切的望远镜，如果发现文坛上那一个的言论与行为有些瑕疵，他马上横枪跃马，打得人家落花流水。因此，鲁迅先生就不得不花去可贵的时间，而去想如何锋利他的笔端，如何达到挖苦人的顶点，如何要打得人家永不得翻身。

关于这，我替鲁迅先生想想有些不大合算。鲁迅先生你先要认清了自己的地位，就是反对你的人，暗里总不敢否认你是中国顶出色的作家；既然你的言论，可以影响青年，那么你的言论就应该慎重。请你自己想想，在写《阿Q传》之后，有多少时间浪费在笔战上？而这种笔战，对一般青年发生了何种影响？

第一流的作家们既然常时混战，则一般文艺青年少不得在这战术上学许多乖，流弊所及，往往越淮北而变枳，批评人的人常离开被批评者的言论与思想，笔头一转而去骂人家的私事，说人家眼镜带得很难看，甚至说人家皮鞋前面破了个小洞；甚至血贲脉张要辱及人家的父母，甚至要丢下笔杆动拳头。我说，养成现在文坛上这种浮嚣，下流，粗暴等等的坏习气，像鲁迅先生这一般人多少总要负一点儿责任的。

其实，有许多笔战，是不需要的，譬如有人提倡词的解放，你就是不骂，不见得有人去跟他也填一首"管他娘"的词；有人提倡读《庄子》与《文选》，也不见得就是教青年去吃鸦片烟，你又何必咬紧牙根，横睁两眼，给人以难堪呢？

我记得一个精通中文的俄国文人 B. A. Vassiliev 对鲁迅先生的《阿Q传》曾经下过这样的批评："鲁迅是反映中国大众的灵魂的作家，其幽默的风格，是使人流泪，故鲁迅不独为中国的作家，同时亦为世界的一员。"鲁迅先生，你现在亦垂垂老矣，你念起往日的光荣，当你现在阅历最多，观察最深，生活经验最丰富的时候，更应当如何去发奋多写几部比《阿Q传》更伟大的著作？伟大的著作，虽不能传之千年不朽，但是笔战的文章，一星期后也许人就要遗忘。青年人佩服一个伟大的文学家，实在更胜于佩服一个擂台上的霸主。我们读的是莎士比亚、托尔斯泰、哥德，这般人的文章，而并没有看到他们的"骂人文选"。

十一月十六日，《中央日报》的《中央公园》

这两位，一位比我为老丑的女人，一位愿我有"伟大的著作"，说法不同，目的却一致的，就是讨厌我"对于这样又有感想，对于那样又有感想"，于是而时时有"杂文"。这的确令人讨厌的，但因此也更见其要紧，因为"中国的大众的灵魂"，现在是反映在我的杂文里了。

洲先生刺我不给他们一个鲜明的主张，这用意，我是懂得的；但颇诧异鸣春先生的引了莎士比亚之流一大串。不知道为什么，近一年来，竟常常有人诱我去学托尔斯泰了，也许就因为"并没有看到他们的'骂人文选'"，给我一个好榜样。可是我看见过欧战时候他骂皇帝的信，在中国，也要得到"养成现在文坛上这种浮嚣，下流，粗暴等等的坏习气"的罪名的。托尔斯泰学不到，学到了也难做人，他生存时，希腊教徒就年年诅咒他落地狱。

中间就夹两篇《时事新报》上的文章——

略论告密

陈　代

最怕而且最恨被告密的可说是鲁迅先生，就在《伪自由书》，"一名：《不三不四集》"的《前记》与《后记》里也常可看到他在注意到这一点。可是鲁迅先生所说的告密，并不是有人把他的住处，或者什么时候，他在什么地方，去密告巡捕房（或者什么要他的"密"的别的机关？），以致使他被捕的意思。他的意思，是有人把"因为"他"旧日的笔名有时不能通用，便改题了"的什么宣说出来，而使人知道"什么就是鲁迅"。

"这回，"鲁迅先生说，"是土平陵先生告发十前，周木斋先生揭露于后"；他却忘了说编者暗示于鲁迅先生尚未上场之先。因为在何家干先生和其他一位先生将上台的时候，编者先介绍说，这将上场的两位是文坛老将。于是人家便提起精神来等那两位文坛老将的上场。要是在异地，或者说换过一个局面，鲁迅先生是也许会说编者是在放冷箭的。

看到一个生疏的名字在什么附刊上出现，就想知道那个名字是真名呢，还是别的熟名字的又一笔名，想也是人情之常。即就鲁迅先生说，他看完了王平陵先生的《'最通的'文艺》，便禁不住问："这位王平陵先生我不知道是真名还是笔名？"要是他知道了那是谁的笔名的话，他也许会说出那就是谁来的。这不会是怎样的诬蔑，我相信，因为于他所知道的他不是在实说"柳丝是杨邨人先生……的笔名"，而表示着欺不了他？

还有，要是要告密，为什么一定要出之"公开的"形式？秘密的不是于告密者更为安全？我有些怀疑告密者的聪敏，要是真有这样的告密者的话。

而在那些用这个那个笔名零星发表的文章，剪贴成集子的时候，作者便把这许多名字紧缩成一个，看来好像作者自己是他的最后的告密者。

十一月二十一日，《时事新报》的《青光》

略论放暗箭

陈 代

前日读了鲁迅先生的《伪自由书》的《前记》与《后记》，略论了告密的，现在读了唐弢先生的《新脸谱》，止不住又要来略论放暗箭。

在《新脸谱》中，唐先生攻击的方面是很广的，而其一方是"放暗箭"。可是唐先生的文章又几乎全为"暗箭"所织成，虽然有许多箭标是看不大清楚的。

"说是受着潮流的影响，文舞台的戏儿一出出换了。角色虽然依旧，而脸谱却是簇新的。"——是暗箭的第一条。虽说是暗箭，射倒射中了的。因为现在的确有许多文脚色，为要博看客的喝彩起见，放着演惯的旧戏不演演新戏，嘴上还"说是受着潮流的影响"，以表示他的不落后。还有些甚至不要说脚色依旧，就是脸谱也并不簇新，只是换了一个新的题目，演的还是那旧的一套：如把《薛平贵西凉招亲》改题着《穆薛姻缘》之类，内容都一切依旧。

第二箭是——不，不能这样写下去，要这样写下去，是要有很广博的识见的，因为那文章一句一箭，或者甚至一句数箭，看得人眼花头眩，竟无从把它把捉住，比读硬性的翻译还难懂得多。

可是唐先生自己似乎又并不满意这样的态度，不然为什么要骂人家"怪声怪气地吆喝，妞妞妮妮的挑战"？然而，在事实上，他是在"怪声怪气地吆喝，妞妞妮妮的挑战"。

或者说，他并不是在挑战，只是放放暗箭，因为"鏖战"，即使是"拉拉扯扯的"，究竟吃力，而且"败了""再来"的时候还得去"重画"脸谱。放暗箭多省事，躲在隐暗处，看到了什么可射的，便轻展弓弦，而箭就向前舒散地直飞。可是他又在骂放暗箭。

要自己先能放暗箭，然后才能骂人放。

十一月二十二日，《时事新报》的《青光》

这位陈先生是讨伐军中的最低能的一位，他连自己后来的说明和别人豫先的揭发的区别都不知道。倘使我被谋害而终于不死，后来的竟得"寿终×寝"，他是会说我自己乃是"最后的凶手"的。

他还问：要是要告密，为什么一定要出之"公开的"形式？答曰：这确是比较的难懂一点，但也就是因为要告得像个"文学家"的缘故呀，要不然，他就得下野，分明的排进探坛里去了。有意的和无意的的区别，我是知道的。我所谓告密，是指着叭儿们，我看这"陈代"先生就正是其中的一匹。你想，消息不灵，不是反而不便当么？

第二篇恐怕只有他自己懂。我只懂得一点：他这回嗅得不对，误以唐弢先生为就是我了。采在这里，只不过充充自以为我的论敌的标本的一种而已。

其次是要剪一篇《大晚报》上的东西——

钱基博之鲁迅论

戚　施

近人有裒集关于批评鲁迅之文字而为《鲁迅论》一书者，其中所收，类皆称颂鲁迅之辞，其实论鲁迅之文者，有毁有誉，毁誉互见，乃得其真。顷见钱基博氏所著《现代中国文学史》，长至三十万言，其论白话文学，不过一万余字，仅以胡适入选，而以鲁迅徐志摩附焉。于此诸人，大肆訾謷。迩来旧作文家，品藻文字，裁量人物，未有若钱氏之大胆者，而新人未尝注意及之。兹特介绍其"鲁迅论"于此，是亦文坛上之趣闻也。

钱氏之言曰，有模仿欧文而谥之曰欧化的国语文学者，始倡于浙江周树人之译西洋小说，以顺文直译之为尚，斥意译之不忠实，而模欧文以国语，比鹦鹉之学舌，托于象胥，斯为作俑。效颦者乃至造述抒志，亦竞欧化，《小说月报》，盛扬其焰。然而佶屈聱牙，过于周诰，学士费解，何论民众？上海曹慕管笑之曰，吾侪生愿读欧文，不愿见此妙文也！比于时装妇人着高底西女式鞋，而跬步倾跌，益增丑态矣！崇效古人，斥曰奴性，模仿外国，独非奴性耶。反唇之讥，或谑近虐！然始之创白话文以期言文一致，家喻户晓者，不以欧化的国语文学之兴而荒其志耶？斯则矛盾之说，无以自圆者矣，此于鲁迅之直译外国文学，及其文坛之影响，而加以訾謷者也。平心论之，鲁迅之译品，诚有难读之处，直译当否是一问题，欧化的国语文学又是一问题，借曰二者胥有未当，谁尸其咎，亦难言之也。钱先生而谓，鄙言为不然耶？

钱先生又曰，自胡适之创白话文学也，所持以号于天下者，曰平民文学也！非贵族文学也。一时景附以有大名者，周树人以小说著。树人颓废，不适于奋斗。树人所著，只有过去回忆，而不知建设将来，只见小己愤慨，而不图福利民众，若而人者，彼其心目，何尝有民众耶！钱先生因此而断之曰，周树人徐志摩为新文艺之右倾者。是则于鲁迅之创作亦加以訾謷，兼及其思想矣。至目鲁迅为右倾，亦可谓独具只眼，别有鉴裁者也！既不满意于郭沫若蒋光赤之"左"倾，又不满意于鲁迅徐志摩之右倾，而惟倾慕于所谓"让清"遗老之流风余韵，低徊感喟而不能自已，钱先生之志，皎然可睹矣。当今之世，左右做人难，是非无定质，亦于钱先生之论鲁迅见之也！

钱氏此书出版于本年九月，尚有上年十二月之跋记云。

　　　　　　　　　　　　　十二月二十九日，《大晚报》的《火炬》

这篇大文，除用戚施先生的话，赞为"独具只眼"之外，是不能有第二句的。真"评"得连我自己也不想再说什么话，"颓废"了。然而我觉得它很有趣，所以特别的保存起来，也是以备"鲁迅论"之一格。

最后是《大美晚报》，出台的又是曾经有过文字上的交涉的王平陵先生——

骂人与自供

王平陵

学问之事，很不容易说，一般通材硕儒每不屑与后生小子道长论短，有所述作，无不讥为"浅薄无聊"；同样，较有修养的年轻人，看着那般通材硕儒们言必称苏俄，文必宗普鲁，亦颇觉得如嚼青梅，齿颊间酸不可耐。

世界上无论什么纷争，都有停止的可能，惟有人类思想的冲突，因为多半是近于意气，断没有终止的时候的。有些人好像把毁谤人家故意找寻人家的错误当作是一种职业；而以直接否认一切就算是间接抬高自己的妙策了。至于自己究竟是什么东西，那只许他们自己知道，别人是不准过问的。其实，有时候这些人意在对人而发的阴险的暗示，倒并不适切；而正是他们自己的一篇不自觉的供状。

圣经里好像有这样一段传说：一群街头人捉着一个偷汉的淫妇，大家要把石块打死她。耶稣说："你们反省着！只有没有犯过罪的人，才配打死这个淫妇。"群众都羞愧地走开了。今之文坛，可不是这样？自己偷了汉，偏要指说人家是淫妇。如同鲁迅先生惯用的一句刻毒的评语，就就骂人是代表官方说话；我不知道他老先生是代表什么"方"说话！

本来，不想说话的人，是无话可说；有话要说；有话要说的人谁也不会想到是代表那一方。鲁迅先生常常"以己之心，度人之心"，未免"躬自薄而厚责于人"了。

像这样的情形，文坛有得是，何止是鲁迅先生。

十二月三十日；《大美晚报》的《火树》

记得在《伪自由书》里，我曾指王先生的高论为属于"官方"，这回就是对此而发的，但意义却不大明白。由"自己偷了汉，偏要指说人家是淫妇"的话看起来，好像是说我倒是"官方"，而不知"有话要说的人谁也不会想到是代表那一方"的。所以如果想到了，那么，说人反动的。他自己正是反动，说人匪徒的，他自己正是匪徒……且住，又是"刻毒的评语"了，耶稣不说过"你们反省着"吗？——为消灾计，再添一条小尾：这坏习气只以文坛为限，与官方无干。

王平陵先生是电影检查会的委员，我应该谨守小民的规矩。

真的且住。写的和剪贴的，也就是自己的和别人的，化了大半夜工夫，恐怕又有八九千字了。这一条尾巴又并不小。

时光，是一天天的过去了，大大小小的事情，也跟着过去，不久就在我们的记忆上消亡；而且都是分散的，就我自己而论，没有感到和没有知道的事情真不知有多少。但即此写了下来的几十篇，加以排比，又用《后记》来补叙些因此而生的纠纷，同时也照见了时事，格局虽小，不也描出了或一形象了么？——而现在又很少有肯低下他仰视莎士比亚、托尔斯泰的尊脸来，看看暗中，写它几句的作者。因此更使我要保存我的杂感，而且它也因此更能够生存，虽然又因此更招人憎恶，但又在围剿中更加生长起来了。呜呼，"世无英雄，遂使竖子成名"，这是为我自己和中国的文坛，都应该悲愤的。

文坛上的事件还多得很：献检查之秘计，施离析之奇策，起谣诼兮中权，藏真实兮心曲，立降幡于往年，温故交于今日……然而都不是做这《准风月谈》时期以内的事，在这里也且不提及，或永不提及了。还是真的带住罢，写到我的背脊已经觉得有些痛楚的时候了！

一九三四年十月十六夜，鲁迅记于上海

朝花夕拾

小　引

　　我常想在纷扰中寻出一点闲静来，然而委实不容易。目前是这么离奇，心里是这么芜杂。一个人做到只剩了回忆的时候，生涯大概总要算是无聊了罢，但有时竟会连回忆也没有。中国的做文章有轨范，世事也仍然是螺旋。前几天我离开中山大学的时候，便想起四个月以前的离开厦门大学；听到飞机在头上鸣叫，竟记得了一年前在北京城上日日旋绕的飞机。我那时还做了一篇短文，叫作《一觉》。现在是，连这"一觉"也没有了。

　　广州的天气热得真早，夕阳从西窗射入，逼得人只能勉强穿一件单衣。书桌上的一盆"水横枝"，是我先前没有见过的：就是一段树，只要浸在水中，枝叶便青葱得可爱。看看绿叶，编编旧稿，总算也在做一点事。做着这等事，真是虽生之日，犹死之年，很可以驱除炎热的。

　　前天，已将《野草》编定了；这回便轮到陆续载在《莽原》上的《旧事重提》，我还替他改了一个名称：《朝花夕拾》。带露折花，色香自然要好得多，但是我不能够。便是现在心目中的离奇和芜杂，我也还不能使他即刻幻化，转成离奇或芜杂的文章。或者，他日仰看流云时，会在我的眼前一闪烁吧。

　　我有一时，曾经屡次忆起儿时在故乡所吃的蔬果：菱角，罗汉豆，茭白，香瓜。凡这些，都是极其鲜美可口的；都曾是使我思乡的蛊惑。后来，我在久别之后尝到了，也不过如此；惟独在记忆上，还有旧来的意味留存。他们也许要哄骗我一生，使我时时反顾。

　　这十篇就是从记忆中抄出来的，与实际内容或有些不同，然而我现在只记得是这样。文体大概很杂乱，因为是或作或辍，经了九个月之多。环境也不一：前两篇写于北京寓所的东壁下；中三篇是流离中所作，地方是医院和木匠房；后五篇却在厦门大学的图书馆的楼上，已经是被学者们挤出集团之后了。

一九二七年五月一日，鲁迅于广州白云楼记

狗·猫·鼠

从去年起，仿佛听得有人说我是仇猫的。那根据自然是在我的那一篇《兔和猫》；这是自画招供，当然无话可话——但倒也毫不介意。一到今年，我可很有点担心了。我是常不免于弄弄笔墨的，写了下来，印了出去，对于有些人似乎总是搔着痒处的时候少，碰着痛处的时候多。万一不谨，甚而至于得罪了名人或名教授，或者更甚而至于得罪了"负有指导青年责任的前辈"之流，可就危险已极。为什么呢？因为这些大脚色是"不好惹"的。怎地"不好惹"呢？就是怕要浑身发热之后，做一封信登在报纸上，广告道："看啊！狗不是仇猫的么？鲁迅先生却自己承认是仇猫的，而他还说要打'落水狗'！"这"逻辑"的奥义，即在用我的话，来证明我倒是狗，于是而凡有言说，全都根本推翻，即使我说二二得四，三三见九，也没有一字不错。这些既然都错，则绅士口头的二二得七，三三见千等等，自然就不错了。

我于是就间或留心着查考它们成仇的"动机"。这也并非敢妄学现下的学者以动机来褒贬作品的那些时髦，不过想给自己预先洗刷洗刷。据我想，这在动物心理学家，是用不着费什么力气的，可惜我没有这学问。后来，在覃哈特博士的《自然史底国民童话》里，总算发见了那原因了。据说，是这么一回事：动物们因为要商议要事，开了一个会议，鸟，鱼，兽都齐集了，单是缺了象。大会议定，派伙计去迎接他，拈到了当这差使的阄的就是狗。"我怎么找到那象呢？我没有见过它，也和它不认识。"它问。"那容易，"大众说，"它是驼背的。"狗去了，遇见一匹猫，立刻弓起脊梁来，它便招待，同行，将弓着脊梁的猫介绍给大家道："象在这里！"但是大家都嗤笑它了。

从此以后，狗和猫便成了仇家。

日耳曼人走出森林虽然还不很久，学术文艺却已经很可观，便是书籍的装潢，玩具的工致，也无不令人心爱。独有这一篇童话却实在不漂亮；结怨也结得没有意思。猫的弓起脊梁，并不是希图冒充，故意摆架子的，其咎却在狗的自己没眼力。然而原因也总可以算作一个原因。我的仇猫，是和这大大两样的。

其实人禽之辨，本不必这样严。在动物界，虽然并不如古人所幻想的那样舒适自由，可是噜苏做作的事总比人间少。它们适性任情，对就对，错就错，不说一句分辩话。虫蛆也许是不干净的，但它们并没有自鸣清高；鸷禽猛兽以较弱的动物为饵，不妨说是凶残的吧，但它们从来就没有竖过"公理""正义"的旗子，使牺牲者直到被吃的时候为止，还是一味佩服赞叹它们。人呢，能直立了，自然是一大进步；能说话了，自然又是一大进步；能写字作文了，自然又是一大进步。然而也就堕落，因为那时也开始了说空话。说空话尚无不可，甚至于连自己也不知道说着违心之论，则对于只能嗥叫的动物，实在免不得"颜厚有忸怩"。假使真有一位一视同仁的造物主，高高在上，那么，对于人类的这些小聪明，也许倒以为多事，正如我们在万生园里，看见猴子翻筋斗，母象请安，虽然往往破颜一笑，但同时也觉得不舒服，甚至于感到悲哀，以为这些多余的聪明，倒不如没有的好吧。然而，既经为人，便也只好"党同伐异"，学着人们的说话，随俗来谈一谈——辩一辩了。

现在说起我仇猫的原因来，自己觉得是理由充足，而且光明正大的。一、它的性情就和别的猛兽不同，凡捕食雀鼠，总不肯一口咬死，定要尽情玩弄，放走，又捉住，捉住，又放走，直待自己玩厌了，这才吃下去，颇与人们的幸灾乐祸，慢慢地折磨弱者的坏脾气相同。二、它不是和狮虎同族的么？可是有这么一副媚态！但这也许是限于天分之故吧，假使它的身材比现在大十倍，那就真不知道它所取的是怎么一种态度。然而，这些口实，仿佛又是现在提起笔来的时候添出来的，虽然也像是当时涌上心来的理由。要说得可靠一点，或者倒不如说不过因为它们配合时候的嗥叫，手续竟有这么繁重，闹得别人心烦，尤其是夜间要看书，睡觉的时候。当这些时候，我便要用长竹竿去攻击它们。狗们在大道上配合时，常有闲汉拿了木棍痛打；我曾见大勃吕该尔（P. Bruegel. d. Ä）的一张铜版画 Allegorieder Wollust 上，也画着这回事，可见这样的举动，是中外古今一致的。自从那执拗的奥国学者弗罗特（S. Freud）提倡了精神分析说——Psychoanalysis，听说章士钊先生是译作"心解"的，虽然简古，可是实在难解得很——以来，我们的名人名教授也颇有隐隐约约，捡来应用的了，这些事便不免又要归宿到性欲上去。打狗的事我不管，至于我的打猫，却只因为它们嚷嚷，此外并无恶意，我自信我的嫉妒心还没有这么博大，当现下"动辄获咎"之秋，这是不可不预先声明的。例如人们当配合之前，也很有些手续，新的是写情书，少则一束，多则一捆；旧的是什么"问名""纳采"，磕头作揖，去年海昌蒋氏在北京举行婚礼，拜来拜去，就十足拜了三天，还印有一本红面子的《婚礼节文》，《序论》里大发议论道："平心论之，既名为礼，当必繁重。专图简易，何用礼为？……然则世之有志于礼者，可以兴矣！不可退居于礼所不下之庶人矣！"然而我毫不生气，这是因为无须我到场；因此也可见我的仇猫，理由实在简简单单，只为了它们在我的耳朵边尽嚷的缘故。人们的各种礼式，局外人可以不见不闻，我就满不管，但如果当我正要看书或睡觉的时候，有人来勒令朗诵情书，奉陪作揖，那是为自卫起见，还要用长竹竿来抵御的。还有，平素不大交往的人，忽而寄给我一个红帖子，上面印着"为舍妹出阁"，"小儿完姻"，"敬请观礼"或"阖第光临"这些含有"阴险的暗示"的句子，使我不花钱便总觉得有些过意不去的，我也不十分高兴。

　　但是，这都是近时的话。再一回忆，我的仇猫却远在能够说出这些理由之前，也许是还在十岁上下的时候了。至今还分明记得，那原因是极其简单的：只因为它吃老鼠——吃了我饲养着的可爱的小小的隐鼠。

　　听说西洋是不很喜欢黑猫的，不知道可确；但 Edgar Allan Poe 的小说里的黑猫，却实在有点骇人。日本的猫善于成精，传说中的"猫婆"，那食人的惨酷确是更可怕。中国古时候虽然曾有"猫鬼"，近来却很少听到猫的兴妖作怪，似乎古法已经失传，老实起来了。只是我在童年，总觉得它有点妖气，没有什么好感。那是一个我的幼时的夏夜，我躺在一株大桂树下的小板桌上乘凉，祖母摇着芭蕉扇坐在桌旁，给我猜谜，讲故事。忽然，桂树上沙沙地有趾爪的爬搔声，一对闪闪的眼睛在暗中随声而下，使我吃惊，也将祖母讲着的话打断，另讲猫的故事了——

"你知道么？猫是老虎的先生。"她说。"小孩子怎么会知道呢，猫是老虎的师父。老虎本来是什么也不会的，就投到猫的门下来。猫就教给它扑的方法，捉的方法，吃的方法，像自己的捉老鼠一样。这些教完了；老虎想，本领都学到了，谁也比不过它了，只有老师的猫还比自己强，要是杀掉猫，自己便是最强的脚色了。它打定主意，就上前去扑猫。猫是早知道它的来意的，一跳，便上了树，老虎却只能眼睁睁地在树下蹲着。它还没有将一切本领传授完，还没有教给它上树。"

这是侥幸的，我想，幸而老虎很性急，否则从桂树上就会爬下一匹老虎来。然而究竟很怕人，我要进屋子里睡觉去了。夜色更加黯然；桂叶瑟瑟地作响，微风也吹动了，想来草席定已微凉，躺着也不至于烦得翻来覆去了。

几百年的老屋中的豆油灯的微光下，是老鼠跳梁的世界，飘忽地走着，吱吱地叫着，那态度往往比"名人名教授"还轩昂。猫是饲养着的，然而吃饭不管事。祖母她们虽然常恨鼠子们啮破了箱柜，偷吃了东西，我却以为这也算不得什么大罪，也和我不相干，况且这类坏事大概是大个子的老鼠做的，决不能诬陷到我所爱的小鼠身上去。这类小鼠大抵在地上走动，只有拇指那么大，也不很畏惧人，我们那里叫它"隐鼠"，与专住在屋上的伟大者是两种。我的床前就贴着两张花纸，一是"八戒招赘"，满纸长嘴大耳，我以为不甚雅观；别的一张"老鼠成亲"却可爱，自新郎新妇以至傧相，宾客，执事，没有一个不是尖腮细腿，像煞读书人的，但穿的都是红衫绿裤。我想，能举办这样大仪式的，一定只有我所喜欢的那些隐鼠。现在是粗俗了，在路上遇见人类的迎娶仪仗，也不过当作性交的广告看，不甚留心；但那时的想看"老鼠成亲"的仪式，却极其神往，即使像海昌蒋氏似的连拜三夜，怕也未必会看得心烦。正月十四的夜，是我不肯轻易便睡，等候它们的仪仗从床下出来的夜。然而仍然只看见几个光着身子的隐鼠在地面游行，不像正在办着喜事。直到我熬不住了，快快睡去，一睁眼却已经天明，到了灯节了。也许鼠族的婚仪，不但不分请帖，来收罗贺礼，虽是真的"观礼"，也绝对不欢迎的吧，我想，这是它们向来的习惯，无法抗议的。

老鼠的大敌其实并不是猫。春后，你听到它"咋！咋咋咋咋！"地叫着，大家称为"老鼠数铜钱"的，便知道它的可怕的屠伯已经光降了。这声音是表现绝望的惊恐的，虽然遇见猫，还不至于这样叫。猫自然也可怕，但老鼠只要窜进一个小洞去，它也就奈何不得，逃命的机会还很多。独有那可怕的屠伯——蛇，身体是细长的，圆径和鼠子差不多，凡鼠子能到的地方，它也能到，追逐的时间也格外长，而且万难幸免，当"数钱"的时候，大概是已经没有第二步办法的了。

有一回，我就听得一间空屋里有着这种"数钱"的声音，推门进去，一条蛇伏在横梁上，看地上，躺着一匹隐鼠，口角流血，但两肋还是一起一落的。取来给躺在一个纸盒子里，大半天，竟醒过来了，渐渐地能够饮食，行走，到第二日，似乎就复了原，但是不逃走。放在地上，也时时跑到人面前来，而且缘腿而上，一直爬到膝髁。给放在饭桌上，便捡吃些菜渣，舐舐碗沿；放在我的书桌上，则从容地游行，看见砚台便舐吃了研着的墨汁。这使我非常惊喜了。我听父亲说过的，中国有一种墨猴，只有拇指一般大，全身的毛是漆黑而且发亮的，它睡在笔筒里，一听到磨墨，便跳出来，等着，等到人写完字，套上笔，就舐尽了砚上的余墨，仍旧跳进笔筒里去了。我就极愿意有这样的一个墨猴，可是得不到；问那里有，那里买的呢，谁也不知道。"慰情聊胜无"，这隐鼠总可以算是我的墨猴了吧，虽然它舐吃墨汁，并不一定肯等到我写完字。

现在已经记不分明，这样地大约有一两个月；有一天，我忽然感到寂寞了，真所谓"若有所失"。我的隐鼠，是常在眼前游行的，或桌上，或地上。而这一日却大半天没有见，大家吃午饭了，也不见它走出来，平时，是一定出现的。我再等着，再等它一半天，然而仍然没有见。

长妈妈，一个一向带领着我的女工，也许是以为我等得太苦了吧，轻轻地来告诉我一句话。这即刻使我愤怒而且悲哀，决心和猫们为敌。她说："隐鼠是昨天晚上被猫吃去了！"

当我失掉了所爱的，心中有着空虚时，我要填充以报仇的恶念！

我的报仇，就从家里饲养着的一匹花猫起手，逐渐推广，至于凡所遇见的诸猫。最先不过是追赶，袭击；后来却愈加巧妙了，能飞石击中它们的头，或诱入空屋里面，打得它垂头丧气。这作战继续得颇长久，此后似乎猫都不来近我了。但对于它们纵使怎样战胜，大约也算不得一个英雄；况且中国毕生和猫打仗的人也未必多，所以一切韬略，战绩，还是全都省略了吧。

但许多天之后，也许是已经经过了大半年，我竟偶然得到一个意外的消息：那隐鼠其实并非被猫所害，倒是它缘着长妈妈的腿要爬上去，被她一脚踏死了。

这确是先前所没有料想到的。现在我已经记不清当时是怎样一个感想，但和猫的感情却终于没有融和；到了北京，还因为它伤害了兔的儿女们，便旧隙夹新嫌，使出更辣的辣手。"仇猫"的话柄，也从此传扬开来。然而在现在，这些早已是过去的事了，我已经改变态度，对猫颇为客气，倘其万不得已，则赶走而已，决不打伤它们，更何况杀害。这是我近几年的进步。经验既多，一旦大悟，知道猫的偷鱼肉，拖小鸡，深夜大叫，人们自然十之九是憎恶的，而这憎恶是在猫身上。假如我出而为人们驱除这憎恶，打伤或杀害了它，它便立刻变为可怜，那憎恶倒移在我身上了。所以，目下的办法，是凡遇猫们捣乱，至于有人讨厌时，我便站出去，在门口大声叱曰："嘘！滚！"小小平静，即回书房，这样，就长保着御侮保家的资格。其实这方法，中国的官兵就常在实做的，他们总不肯扫清土匪或扑灭敌人，因为这么一来，就要不被重视，甚至于因失其用处而被裁汰。我想，如果能将这方法推广应用，我大概也总可望成为所谓"指导青年"的"前辈"的吧，但现下也还未决心实践，正在研究而且推敲。

一九二六年二月二十一日

阿长与《山海经》

长妈妈，已经说过，是一个一向带领着我的女工，说得阔气一点，就是我的保姆。我的母亲和许多别的人都这样称呼她，似乎略带些客气的意思。只有祖母叫她阿长。我平时叫她"阿妈"，连"长"字也不带；但到憎恶她的时候——例如知道了谋死我那隐鼠的却是她的时候，就叫她阿长。

我们那里没有姓长的；她生得黄胖而矮，"长"也不是形容词。又不是她的名字，记得她自己说过，她的名字是叫作什么姑娘的。什么姑娘，我现在已经忘却了，总之不是长姑娘；也终于不知道她姓什么。记得她也曾告诉过我这个名称的来历：先前的先前，我家有一个女工，身材生得很高大，这就是真阿长。后来她回去了，我那什么姑娘才来补她的缺，然而大家因为叫惯了，没有再改口，于是她从此也就成为长妈妈了。

虽然背地里说人长短不是好事情，但倘使要我说句真心话，我可只得说：我实在不大佩服她。最讨厌的是常喜欢切切察察，向人们低声絮说些什么事。还竖起第二个手指，在空中上下摇动，或者点着对手或自己的鼻尖。我的家里一有些小风波，不知怎的我总疑心和这"切切察察"有些关系。又不许我走动，拔一株草，翻一块石头，就说我顽皮，要告诉我的母亲去了。一到夏天，睡觉时她又伸开两脚两手，在床中间摆成一个"大"字，挤得我没有余地翻身，久睡在一角的席子上，又已经烤得那么热。推她呢，不动；叫她呢，也不闻。

"长妈妈生得那么胖，一定很怕热吧？晚上的睡相，怕不见得很好吧？……"

母亲听到我多回诉苦之后，曾经这样地问过她。我也知道这意思是要她多给我一些空席。她不开口。但到夜里，我热得醒来的时候，却仍然看见满床摆着一个"大"字，一条臂膊还搁在我的颈子上。我想，这实在是无法可想了。

但是她懂得许多规矩；这些规矩，也大概是我所不耐烦的。一年中最高兴的时节，自然要数除夕了。辞岁之后，从长辈得到压岁钱，红纸包着，放在枕边，只要过一宵，便可以随意使用。睡在枕上，看着红包，想到明天买来的小鼓，刀枪，泥人，糖菩萨……然而她进来，又将一个福橘放在床头了。

"哥儿，你牢牢记住！"她极其郑重地说。"明天是正月初一，清早一睁开眼睛，第一句话就得对我说：'阿妈，恭喜恭喜！'记得么？你要记着，这是一年的运气的事情。不许说别的话！说过之后，还得吃一点福橘。"她又拿起那橘子来在我的眼前摇了两摇，"那么，一年到头，顺顺流流……"

梦里也记得元旦的，第二天醒得特别早，一醒，就要坐起来。她却立刻伸出臂膊，一把将我按住。我惊异地看她时，只见她惶急地看着我。

她又有所要求似的，摇着我的肩。我忽而记得了——

"阿妈，恭喜……"

"恭喜恭喜！大家恭喜！真聪明！恭喜恭喜！"她于是十分喜欢似的，笑将起来，同时将一点儿冰冷的东西，塞在我的嘴里。我大吃一惊之后，也就忽而记得，这就是所谓福橘，元旦辟头的磨难，总算已经受完，可以下床玩耍去了。

她教给我的道理还很多，例如说人死了，不该说死掉，必须说"老掉了"；死了人，生了孩子的屋子里，不应该走进去；饭粒落在地上，必须捡起来，最好是吃下去；晒裤子用的竹竿底下，是万不可钻过去的……此外，现在大抵忘却了，只有元旦的古怪仪式记得最清楚。总之，都是些烦琐之至，至今想起来还觉得非常麻烦的事情。

然而我有一时也对她发生过空前的敬意。她常常对我讲"长毛"。她之所谓"长毛"者，不但洪秀全军，似乎连后来一切土匪强盗都在内，但除却革命党，因为那时还没有。她说得长毛非常可怕，他们的话就听不懂。她说先前长毛进城的时候，我家全都逃到海边去了，只留一个门房和年老的煮饭老妈子看家。后来长毛果然进门来了，那老妈子便叫他们"大王"——据说对长毛就应该这样叫——诉说自己的饥饿。长毛笑道："那么，这东西就给你吃了吧！"将一个圆圆的东西掷了过来，还带着一条小辫子，正是那门房的头。煮饭老妈子从此就骇破了胆，后来一提起，还是立刻面如土色，自己轻轻地拍着胸脯道："阿呀，骇死我了，骇死我了……"

我那时似乎倒并不怕，因为我觉得这些事和我毫不相干的，我不是一个门房。但她大概也即觉到了，说道："像你似的小孩子，长毛也要掳的，掳去做小长毛。还有好看的姑娘，也要掳。"

"那么，你是不要紧的。"我以为她一定最安全了，既不做门房，又不是小孩子，也生得不好看，况且颈子上还有许多灸疮疤。

"哪里的话?!"她严肃地说。"我们就没有用么？我们也要被掳去。城外有兵来攻的时候，长毛就叫我们脱下裤子，一排一排地站在城墙上，外面的大炮就放不出来；再要放，就炸了！"

这实在是出于我意想之外的，不能不惊异。我一向只以为她满肚子是麻烦的礼节罢了，却不料她还有这样伟大的神力。从此对于她就有了特别的敬意，似乎实在深不可测；夜间的伸开手脚，占领全床，那当然是情有可原的了，倒应该我退让。

这种敬意，虽然也逐渐淡薄起来，但完全消失，大概是在知道她谋害了我的隐鼠之后。那时就极严重地诘问，而且当面叫她阿长。我想我又不真做小长毛，不去攻城，也不放炮，更不怕炮炸，我惧惮她什么呢！

但当我哀悼隐鼠，给它复仇的时候，一面又在渴慕着绘图的《山海经》了。这渴慕是从一个远房的叔祖惹起来的。他是一个胖胖的和蔼的老人，爱种一点花木，如珠兰，茉莉之类，还有极其少见的，据说从北边带回去的马缨花。他的人人却正相反，什么也莫名其妙，曾将晒衣服的竹竿搁在珠兰的枝条上，枝折了，还要愤愤地咒骂道："死尸！"这老人是个寂寞者，因为无人可谈，就很爱和孩子们往来，有时简直称我们为"小友"。在我们聚族而居的宅子里，只有他书多，而且特别。制艺和试帖诗，自然也是有的。但我却只在他的书斋里，看见过陆玑的《毛诗草木鸟兽虫鱼疏》，还有许多名目很生的书籍。我那时最爱看的是《花镜》，上面有许多图。他说给我听，曾经有过一部绘图的《山海经》，画着人面的兽，九头的蛇，三脚的鸟，生着翅膀的人，没有头而以两乳当作眼睛的怪物……可惜现在不知道放在哪里了。

我很愿意看看这样的图画，但不好意思力逼他去寻找，他是很疏懒的。问别人呢，谁也不肯真实地回答我。压岁钱还有几百文，买吧，又没有好机会。有书买的大街离我家远得很，我一年中只能在正月间去玩一趟，那时候，两家书店都紧紧地关着门。

玩的时候倒是没有什么的，但一坐下，我就记得绘图的《山海经》。

大概是太过于念念不忘了，连阿长也来问《山海经》是怎么一回事。这是我向来没有和她说过的，我知道她并非学者，说了也无益，但既然来问，也就都对她说了。

过了十多天，或者一个月吧，我还很记得，是她告假回家以后的四五天，她穿着新的蓝布衫回来了，一见面，就将一包书递给我，高兴地说道：

"哥儿，有画儿的'三哼经'，我给你买来了！"

我似乎遇着了一个霹雳，全体都震悚起来；赶紧去接过来，打开纸包，是四本小小的书，略略一翻，人面的兽，九头的蛇……果然都在内。

这又使我发生新的敬意了，别人不肯做，或不能做的事，她却能够做成功。她确有伟大的神力。谋害隐鼠的怨恨，从此完全消灭了。

这四本书，乃是我最初得到，最为心爱的宝书。

书的模样，到现在还在眼前。可是从还在眼前的模样来说，却是一部刻印都十分粗拙的本子。纸张很黄；图像也很坏，甚至于几乎全用直线凑合，连动物的眼睛也都是长方形的。但那是我最为心爱的宝书，看起来，确是人面的兽；九头的蛇；一脚的牛；袋子似的帝江；没有头而"以乳为目，以脐为口"，还要"执干戚而舞"的刑天。

此后我就更其搜集绘图的书，于是有了石印的《尔雅音图》和《毛诗品物图考》，又有了《点石斋丛画》和《诗画舫》。《山海经》也另买了一部石印的，每卷都有图赞，绿色的画，字是红的，比那木刻的精致得多了。这一部直到前年还在，是缩印的郝懿行疏。木刻的却已经记不清是什么时候失掉了。

　　我的保姆，长妈妈即阿长，辞了这人世，大概也有了三十年了吧。我终于不知道她的姓名，她的经历；仅知道有一个过继的儿子，她大约是青年守寡的孤孀。

　　仁厚黑暗的地母呵，愿在你怀里永安她的魂灵！

三月十日

《二十四孝图》

我总要上下四方寻求，得到一种最黑，最黑，最黑的咒文，先来诅咒一切反对白话，妨害白话者。即使人死了真有灵魂，因这最恶的心，应该堕入地狱，也将决不改悔，总要先来诅咒一切反对白话，妨害白话者。

自从所谓"文学革命"以来，供给孩子的书籍，和欧，美，日本的一比较，虽然很可怜，但总算有图有说，只要能读下去，就可以懂得的了。可是一班别有心肠的人们，便竭力来阻遏它，要使孩子的世界中，没有一丝乐趣。北京现在常用"马虎子"这一句话来恐吓孩子们。或者说，那就是《开河记》上所载的，给隋炀帝开河，蒸死小儿的麻叔谋；正确地写起来，须是"麻胡子"。那么，这麻叔谋乃是胡人了。但无论他是什么人，他的吃小孩究竟也还有限，不过尽他的一生。妨害白话者的流毒却甚于洪水猛兽，非常广大，也非常长久，能使全中国化成一个麻胡，凡有孩子都死在他肚子里。

只要对于白话来加以谋害者，都应该灭亡！

这些话，绅士们自然难免要掩住耳朵的，因为就是所谓"跳到半天空，骂得体无完肤——还不肯罢休"。而且文士们一定也要骂，以为大悖于"文格"，亦即大损于"人格"。岂不是"言者心声也"么？"文"和"人"当然是相关的，虽然人间世本来千奇百怪，教授们中也有"不尊敬"作者的人格而不能"不说他的小说好"的特别种族。但这些我都不管，因为我幸而还没有爬上"象牙之塔"去，正无须怎样小心。倘若无意中竟已撞上了，那就即刻跌下来吧。然而在跌下来的中途，当还未到地之前，还要说一遍：

只要对于白话来加以谋害者，都应该灭亡！

每看见小学生欢天喜地地看着一本粗拙的《儿童世界》之类，另想到别国的儿童用书的精美，自然要觉得中国儿童的可怜。但回忆起我和我的同窗小友的童年，却不能不以为他幸福，给我们的永逝的韶光一个悲哀的吊唁。我们那时有什么可看呢，只要略有图画的本子，就要被塾师，就是当时的"引导青年的前辈"禁止，呵斥，甚而至于打手心。我的小同学因为专读"人之初性本善"读得要枯燥而死了，只好偷偷地翻开第一页，看那题着"文星高照"四个字的恶鬼一般的魁星像，来满足他幼稚的爱美的天性。昨天看这个，今天也看这个，然而他们的眼睛里还闪出苏醒和欢喜的光辉来。

在书塾以外，禁令可比较的宽了，但这是说自己的事，各人大概不一样。我能在大众面前，冠冕堂皇地阅看的，是《文昌帝君阴骘文图说》和《玉历钞传》，都画着冥冥之中赏善罚恶的故事，雷公电母站在云中，牛头马面布满地下，不但"跳到半天空"是触犯天条的，即使半语不合，一念偶差，也都得受相当的报应。这所报的也并非"睚眦之怨"，因为那地方是鬼神为君，"公理"作宰，请酒下跪，全都无功，简直是无法可想。在中国的天地间，不但做人，便是做鬼，也艰难极了。然而究竟很有比阳间更好的处所：无所谓"绅士"，也没有"流言"。

阴间，倘要稳妥，是颂扬不得的。尤其是常常好弄笔墨的人，在现在的中国，流言的治下，而又大谈"言行一致"的时候。前车可鉴，听说阿尔志跋绥夫曾答一个少女的质问说，"惟有在人生的事实这本身中寻出欢喜者，可以活下去。倘若在那里什么也不见，他们其实倒不如死。"于是乎有一个叫作密哈罗夫的，寄信嘲骂他道，"……所以我完全诚实地劝你自杀来祸福你自己的生命，因为这第一是合于逻辑，第二是你的言语和行为不至于背驰。"

其实这论法就是谋杀，他就这样地在他的人生中寻出欢喜来。阿尔志跋绥夫只发了一大通牢骚，没有自杀。密哈罗夫先生后来不知道怎样，这一个欢喜失掉了，或者另外又寻到了"什么"了吧。诚然，"这些时候，勇敢，是安稳的；情热，是毫无危险的。"

然而，对于阴间，我终于已经颂扬过了，无法追改；虽有"言行不符"之嫌，但确没有受过阎王或小鬼的半文津贴，则差可以自解。总而言之，还是仍然写下去吧：

我所看的那些阴间的图画，都是家藏的老书，并非我所专有。我所收得的最先的画图本子，是一位长辈的赠品：《二十四孝图》。这虽然不过薄薄的一本，但是下图上说，鬼少人多，又为我一人所独有，使我高兴极了。那里面的故事，似乎是谁都知道的；便是不识字的人，例如阿长，也只要一看图画便能够滔滔地讲出这一段的事迹。但是，我于高兴之余，接着就是扫兴，因为我请人讲完了二十四个故事之后，才知道"孝"有如此之难，对于先前痴心妄想，想做孝子的计划，完全绝望了。

"人之初，性本善"么？这并非现在要加研究的问题。但我还依稀记得，我幼小时候实未尝蓄意忤逆，对于父母，倒是极愿意孝顺的。不过年幼无知，只用了私见来解释"孝顺"的做法，以为无非是"听话"，"从命"，以及长大之后，给年老的父母好好地吃饭罢了。自从得了这一本孝子的教科书以后，才知道并不然，而且还要难到几十几百倍。其中自然也有可以勉力仿效的，如"子路负米"，"黄香扇枕"之类。"陆绩怀橘"也并不难，只要有阔人请我吃饭。"鲁迅先生作宾客而怀橘乎？"我便跪答云，"吾母性之所爱，欲归以遗母。"阔人大佩服，于是孝子就做定了，也非常省事。"哭竹生笋"就可疑，怕我的精诚未必会这样感动天地。但是哭不出笋来，还不过抛脸而已，一到"卧冰求鲤"，可就有性命之虞了。我乡的天气是温和的，严冬中，水面也只结一层薄冰，即使孩子的重量怎样小，躺上去，也一定哗啦一声，冰破落水，鲤鱼还不及游过来。自然，必须不顾性命，这才孝感神明，会有出乎意料之外的奇迹，但那时我还小，实在不明白这些。

其中最使我不解，甚至于发生反感的，是"老莱娱亲"和"郭巨埋儿"两件事。

我至今还记得，一个躺在父母跟前的老头子，一个抱在母亲手上的小孩子，是怎样地使我发生不同的感想呵。他们一手都拿着"摇咕咚"。这玩意儿确是可爱的，北京称为小鼓，盖即鼗也，朱熹曰："鼗，小鼓，两旁有耳；持其柄而摇之，则旁耳还自击"，咕咚咕咚地响起来。然而这东西是不该拿在老莱子手里的，他应该扶一枝拐杖。现在这模样，简直是装佯，侮辱了孩子。我没有再看第二回，一到这一叶，便急速地翻过去了。

那时的《二十四孝图》，早已不知去向了，目下所有的只是一本日本小田海僊所画的本子，叙老莱子事云：“行年七十，言不称老，常着五色斑斓之衣，为婴儿戏于亲侧。又常取水上堂，诈跌仆地，作婴儿啼，以娱亲意。”大约旧本也差不多，而招我反感的便是“诈跌”。无论忤逆，无论孝顺，小孩子多不愿意“诈”作，听故事也不喜欢是谣言，这是凡有稍稍留心儿童心理的都知道的。

然而在较古的书上一查，却还不至于如此虚伪。师觉授《孝子传》云：“老莱子……常著斑斓之衣，为亲取饮，上堂脚跌，恐伤父母之心，僵仆为婴儿啼。”（《太平御览》四百十三引）较之今说，似稍近于人情。不知怎地，后之君子却一定要改得他“诈”起来，心里才能舒服。邓伯道弃子救侄，想来也不过“弃”而已矣，昏妄人也必须说他将儿子捆在树上，使他追不上来才肯歇手。正如将“肉麻当作有趣”一般，以不情为伦纪，诬蔑了古人，教坏了后人。老莱子即是一例，道学先生以为他白璧无瑕时，他却已在孩子的心中死掉了。

至于玩着“摇咕咚”的郭巨的儿子，却实在值得同情。他被抱在他母亲的臂膊上，高高兴兴地笑着；他的父亲却正在掘窟窿，要将他埋掉了。说明云：“汉郭巨家贫，有子三岁，母尝减食与之。巨谓妻曰，贫乏不能供母，子又分母之食。盍埋此子？”但是刘向《孝子传》所说，却又有些不同：巨家是富的，他都给了两弟；孩子是才生的，并没有到三岁。结末又大略相像了：“及掘坑二尺，得黄金一釜，上云：天赐郭巨，官不得取，民不得夺！”

我最初实在替这孩子捏一把汗，待到掘出黄金一釜，这才觉得轻松。然而我已经不但自己不敢再想做孝子，并且怕我父亲去做孝子了。家景正在坏下去，常听到父母愁柴米；祖母又老了，倘使我的父亲竟学了郭巨，那么，该埋的不正是我么？如果一丝不走样，也掘出一釜黄金来，那自然是如天之福，但是，那时我虽然年纪小，似乎也明白天下未必有这样的巧事。

现在想起来，实在很觉得傻气。这是因为现在已经知道了这些老玩意儿，本来谁也不实行。整饬伦纪的文电是常有的，却很少见绅士赤条条地躺在冰上面，将军跳下汽车去负米。何况现在早长大了，看过几部古书，买过几本新书，什么《太平御览》咧，《古孝子传》咧，《人口问题》咧，《节制生育》咧，《二十世纪是儿童的世界》咧，可以抵抗被埋的理由多得很。不过彼一时，此一时，彼时我委实有点害怕：掘好深坑，不见黄金，连"摇咕咚"一同埋下去，盖上土，踏得实实的，又有什么法子可想呢。我想，事情虽然未必实现，但我从此总怕听到我的父母愁穷，怕看见我的白发的祖母，总觉得她是和我不两立，至少，也是一个和我的生命有些妨碍的人。后来这印象日见其淡了，但总有一些留遗，一直到她去世——这大概是送给《二十四孝图》的儒者所万料不到的吧。

五月十日

五猖会

孩子们所盼望的，过年过节之外，大概要数迎神赛会的时候了。但我家的所在很偏僻，待到赛会的行列经过时，一定已在下午，仪仗之类，也减而又减，所剩的极其寥寥。往往伸着颈子等候多时，却只见十几个人抬着一个金脸或蓝脸红脸的神像匆匆地跑过去。于是，完了。

我常存着这样的一个希望：这一次所见的赛会，比前一次繁盛些。可是结果总是一个"差不多"；也总是只留下一个纪念品，就是当神像还未抬过之前，化一文钱买下的，用一点烂泥，一点颜色纸，一支竹签和两三支鸡毛所做的，吹起来会发出一种刺耳的声音的哨子，叫作"吹都都"的，吡吡地吹它两三天。

现在看看《陶庵梦忆》，觉得那时的赛会，真是豪奢极了，虽然明人的文章，怕难免有些夸大。因为祷雨而迎龙王，现在也还有的，但办法却已经很简单，不过是十多人盘旋着一条龙，以及村童们扮些海鬼。那时却还要扮故事，而且实在奇拔得可观。他记扮《水浒传》中人物云："……于是分头四出，寻黑矮汉，寻梢长大汉，寻头陀，寻胖大和尚，寻苗壮妇人，寻姣长妇人，寻青面，寻歪头，寻赤须，寻美髯，寻黑大汉，寻赤脸长须。大索城中；无，则之郭，之村，之山僻，之邻府州县。用重价聘之，得三十六人，梁山泊好汉，个个呵活，臻臻至至，人马称娖而行。……"这样的白描的活古人，谁能不动一看的雅兴呢？可惜这种盛举，早已和明社一同消灭了。

赛会虽然不像现在上海的旗袍，北京的谈国事，为当局所禁止，然而妇孺们是不许看的，读书人即所谓士子，也大抵不肯赶去看。只有游手好闲的闲人，这才跑到庙前或衙门前去看热闹；我关于赛会的知识，多半是从他们的叙述上得来的，并非考据家所贵重的"眼学"。然而记得有一回，也亲见过较盛的赛会。开首是一个孩子骑马先来，称为"塘报"；过了许久，"高照"到了，长竹竿揭起一条很长的旗，一个汗流浃背的胖大汉用两手托着；他高兴的时候，就肯将竿头放在头顶或牙齿上，甚而至于鼻尖。其次是所谓"高跷"，"抬阁"，"马头"了；还有扮犯人的，红衣枷锁，内中也有孩子。我那时觉得这些都是有光荣的事业，与闻其事的即全是大有运气的人——大概羡慕他们的出风头吧。我想，我为什么不生一场重病，使我的母亲也好到庙里去许下一个"扮犯人"的心愿的呢？……然而我到现在终于没有和赛会发生关系过。

要到东关看五猖会去了。这是我儿时所罕逢的一件盛事。因为那会是全县中最盛的会，东关又是离我家很远的地方，出城还有六十多里水路，在那里有两坐特别的庙。一是梅姑庙，就是《聊斋志异》所记，室女守节，死后成神，却篡取别人的丈夫的；现在神坐上确塑着一对少年男女，眉开眼笑，殊与"礼教"有妨。其一便是五猖庙了，名目就奇特。据有考据癖的人说：这就是五通神。然而也并无确据。神像是五个男人，也不见有什么猖獗之状；后面列坐着五位太太，却并不"分坐"，远不及北京戏园里界限之谨严。其实呢，这也是殊与"礼教"有妨的——但他们既然是五猖，便也无法可想，而且自然也就"又作别论"了。

因为东关离城远，大清早大家就起来。昨夜预定好的三道明瓦窗的大船，已经泊在河埠头，船椅，饭菜，茶炊，点心盒子，都在陆续搬下去了。我笑着跳着，催他们要搬得快。忽然，工人的脸色很谨肃了，我知道有些蹊跷，四面一看，父亲就站在我背后。

"去拿你的书来。"他慢慢地说。

这所谓"书"，是指我开蒙时候所读的《鉴略》，因为我再没有第二本了。我们那里上学的岁数是多拣单数的，所以这使我记住我其时是七岁。

我忐忑着，拿了书来了。他使我同坐在堂中央的桌子前，教我一句一句地读下去。我担着心，一句一句地读下去。

两句一行，大约读了二三十行吧，他说：

"给我读熟。背不出，就不准去看会。"

他说完，便站起来，走进房里去了。

我似乎从头上浇了一盆冷水。但是，有什么法子呢？自然是读着，读着，强记着——而且要背出来。

> 粤自盘古，生于太荒，
> 首出御世，肇开混茫。

就是这样的书，我现在只记得前四句，别的都忘却了；那时所强记的二三十行，自然也一齐忘却在里面了。记得那时听人说，读《鉴略》比读《千字文》《百家姓》有用得多，因为可以知道从古到今的大概。知道从古到今的大概，那当然是很好的，然而我一字也不懂。"粤自盘古"就是"粤自盘古"，读下去，记住它，"粤自盘古"呵！"生于太荒"呵！……

应用的物件已经搬完，家中由忙乱转成静肃了。朝阳照着西墙，天气很清朗。母亲，工人，长妈妈即阿长，都无法营救，只默默地静候着我读熟，而且背出来。在百静中，我似乎头里要伸出许多铁钳，将什么"生于太荒"之流夹住；也听到自己急急诵读的声音发着抖，仿佛深秋的蟋蟀，在夜中鸣叫似的。

他们都等候着，太阳也升得更高了。

我忽然似乎已经很有把握，便即站了起来，拿书走进父亲的书房，一气背将下去，梦似的就背完了。

"不错。去吧。"父亲点着头说。

大家同时活动起来，脸上都露出笑容，向河埠走去。工人将我高高地抱起，仿佛在祝贺我的成功一般，快步走在最前头。

我却并没有他们那么高兴。开船以后，水路中的风景，盒子里的点心，以及到了东关的五猖会的热闹，对于我似乎都没有什么大意思。

直到现在，别的完全忘却，不留一点痕迹了，只有背诵《鉴略》这一段，却还分明如昨日事。

我至今一想起，还诧异我的父亲何以要在那时候叫我来背书。

五月二十五日

无　常

　　迎神赛会这一天出巡的神，如果是掌握生杀之权的——不，这生杀之权四个字不大妥，凡是神，在中国仿佛都有些随意杀人的权柄似的，倒不如说是职掌人民的生死大事的吧，就如城隍和东岳大帝之类，那么，他的卤簿中间就另有一群特别的脚色：鬼卒，鬼王，还有活无常。

　　这些鬼物们，大概都是由粗人和乡下人扮演的。鬼卒和鬼王是红红绿绿的衣裳，赤着脚；蓝脸，上面又画些鱼鳞，也许是龙鳞或别的什么鳞吧，我不大清楚。鬼卒拿着钢叉，叉环振得琅琅地响，鬼王拿的是一块小小的虎头牌。据传说，鬼王是只用一只脚走路的；但他究竟是乡下人，虽然脸上已经画上些鱼鳞或者别的什么鳞，却仍然只得用了两只脚走路。所以看客对于他们不很敬畏，也不大留心，除了念佛老妪和她的孙子们为面面圆到起见，也照例给他们一个"不胜屏营待命之至"的仪节。

　　至于我们——我相信：我和许多人——所最愿意看的，却在活无常。他不但活泼而诙谐，单是那浑身雪白这一点，在红红绿绿中就有"鹤立鸡群"之概。只要望见一顶白纸的高帽子和他手里的破芭蕉扇的影子，大家就都有些紧张，而且高兴起来了。

　　人民之于鬼物，惟独与他最为稔熟，也最为亲密，平时也常常可以遇见他。譬如城隍庙或东岳庙中，大殿后面就有一间暗室，叫作"阴司间"，在才可辨色的昏暗中，塑着各种鬼：吊死鬼，跌死鬼，虎伤鬼，科场鬼……而一进门口所看见的长而白的东西就是他。我虽然也曾瞻仰过一回这"阴司间"，但那时胆子小，没有看明白。听说他一手还拿着铁索，因为他是勾摄生魂的使者。相传樊江东岳庙的"阴司间"的构造，本来是极其特别的：门口是一块活板，人一进门，踏着活板的这一端，塑在那一端的他便扑过来，铁索正套在你脖子上。后来吓死了一个人，钉实了，所以在我幼小的时候，这就已不能动。

倘使要看个分明，那么，《玉历钞传》上就画着他的像。不过《玉历钞传》也有繁简不同的本子的，倘是繁本，就一定有。身上穿的是斩衰凶服，腰间束的是草绳，脚穿草鞋，项挂纸锭；手上是破芭蕉扇，铁索，算盘；肩膀是耸起的，头发却披下来；眉眼的外梢都向下，像一个"八"字。头上一顶长方帽，下大顶小，按比例一算，该有二尺来高吧；在正面，就是遗老遗少们所戴瓜皮小帽的缀一粒珠子或一块宝石的地方，直写着四个字道："一见有喜。"有一种本子上，却写的是"你也来了。"这四个字，是有时也见于包公殿的匾额上的，至于他的帽上是何人所写，他自己还是阎罗王，我可没有研究出。

《玉历钞传》上还有一种和活无常相对的鬼物，装束也相仿，叫作"死有分"。这在迎神时候也有的，但名称却讹作死无常了，黑脸，黑衣，谁也不爱看。在"阴司间"里也有的，胸口靠着墙壁，阴森森地站着；那才真真是"碰壁"。凡有进去烧香的人们，必须摩一摩他的脊梁，据说可以摆脱了晦气；我小时也曾摩过这脊梁来，然而晦气似乎终于没有脱——也许那时不摩，现在的晦气还要重吧，这一节也还是没有研究出。

我也没有研究过小乘佛教的经典，但据耳食之谈，则在印度的佛经里，焰摩天是有的，牛首阿旁也有的，都在地狱里做主任。至于勾摄生魂的使者的这无常先生，却似乎于古无征，耳所习闻的只有什么"人生无常"之类的话。大概这意思传到中国之后，人们便将他具象化了。这实在是我们中国人的创作。

然而人们 见他，为什么就都有些紧张，而且高兴起来呢？

凡有一处地方，如果出了文土学者或名流，他将笔头一扭，就很容易变成"模范县"。我的故乡，在汉末虽曾经虞仲翔先生揄扬过，但是那究竟太早了，后来到底免不了产生所谓"绍兴师爷"，不过也并非男女老小全是"绍兴师爷"，别的"下等人"也不少。这些"下等人"，要他们发什么"我们现在走的是一条狭窄险阻的小路，左面是一个广漠无际的泥潭，右面也是一片广漠无际的浮砂，前面是遥遥茫茫荫在薄雾的里面的目的地"那样热昏似的妙语，是办不到的，可是在无意中，看得往这"荫在薄雾的里面的目的地"的道路很明白：求婚，结婚，养孩子，死亡。但这自然是专就我的故乡而言，若是"模范县"里的人民，那当然又作别论。他们——敝同乡"下等人"——的许多，活着，苦着，被流言，被反噬，因了积久的经验，知道阳间维持"公理"的只有一个会，而且这会的本身就是"遥遥茫茫"，于是乎势不得不发生对于阴间的神往。人是大抵自以为衔些冤抑的；活的"正人君子"们只能骗鸟，若问愚民，他就可以不假思索地回答你：公正的裁判是在阴间！

想到生的乐趣，生固然可以留恋；但想到生的苦趣，无常也不一定是恶客。无论贵贱，无论贫富，其时都是"一双空手见阎王"，有冤的得伸，有罪的就得罚。然而虽说是"下等人"，也何尝没有反省？自己做了一世人，又怎么样呢？未曾"跳到半天空"么？没有"放冷箭"么？无常的手里就拿着大算盘，你摆尽臭架子也无益。对付别人要滴水不漏的公理，对自己总还不如虽在阴司里也还能够寻到一点私情。然而那又究竟是阴间，阎罗天子，牛首阿旁，还有中国人自己想出来的马面，都是并不兼差，真正主持公理的脚色，虽然他们并没有在报上发表过什么大文章。当还未做鬼之前，有时先不欺心的人们，遥想着将来，就又不能不想在整块的公理中，来寻一点情面的末屑，这时候，我们的活无常先生便见得可亲爱了，利中取大，害中取小，我们的古哲墨翟先生谓之"小取"云。

在庙里泥塑的，在书上墨印的模样上，是看不出他那可爱来的。最好是去看戏。但看普通的戏也不行，必须看"大戏"或者"目连戏"。目连戏的热闹，张岱在《陶庵梦忆》上也曾夸张过，说是要连演两三天。在我幼小时候可已经不然了，也如大戏一样，始于黄昏，到次日的天明便完结。这都是敬神禳灾的演剧，全本里一定有一个恶人，次日的将近天明便是这恶人的收场的时候，"恶贯满盈"，阎王出票来勾摄了，于是乎这活的活无常便在戏台上出现。

我还记得自己坐在这一种戏台下的船上的情形，看客的心情和普通是两样的。平常愈夜深愈懒散，这时却愈起劲。他所戴的纸糊的高帽子，本来是挂在台角上的，这时预先拿进去了；一种特别乐器，也准备使劲地吹。这乐器好像喇叭，细而长，可有七八尺，大约是鬼物所爱听的吧，和鬼无关的时候就不用；吹起来，Nhatu，nhatu，nhatututuu 地响，所以我们叫它"目连瞎头"。

在许多人期待着恶人的没落的凝望中，他出来了，服饰比画上还简单，不拿铁索，也不带算盘，就是雪白的一条莽汉，粉面朱唇，眉黑如漆，蹙着，不知道是在笑还是在哭。但他一出台就须打一百零八个嚏，同时也放一百零八个屁，这才自述他的履历。可惜我记不清楚了，其中有一段大概是这样：

> ……
> 大王出了牌票，叫我去拿隔壁的癞子。
> 问了起来呢，原来是我堂房的阿侄。
> 生的是什么病？伤寒，还带痢疾。
> 看的是什么郎中？下方桥的陈念义 la 儿子。
> 开的是怎样的药方？附子，肉桂，外加牛膝。
> 第一煎吃下去，冷汗发出；
> 第二煎吃下去，两脚笔直。
> 我道 nga 阿嫂哭得悲伤，暂放他还阳半刻。
> 大王道我是得钱买放，就将我捆打四十！"

这叙述里的"子"字都读作入声。陈念义是越中的名医，俞仲华曾将他写入《荡寇志》里，拟为神仙；可是一到他的令郎，似乎便不大高明了。la 者"的"也；"儿"读若"倪"，倒是古音罢；nga 者，"我的"或"我们的"之意也。

他口里的阎罗天子仿佛也不大高明，竟会误解他的人格——不，鬼格。但连"还阳半刻"都知道，究竟还不失其"聪明正直之谓神"。不过这惩罚，却给了我们的活无常以不可磨灭的冤苦的印象，一提起，就使他更加蹙紧双眉，捏定破芭蕉扇，脸向着地，鸭子浮水似的跳舞起来。

Nhatu，nhatu，nhatu——nhatu——nhatututuu！目连瞎头也冤苦不堪似的吹着。

他因此决定了：

难是弗放者个！
那怕你，铜墙铁壁！
那怕你，皇亲国戚！
……"

"难"者，"今"也；"者个"者"的了"之意，词之决也。"虽有忮心，不怨飘瓦"，他现在毫不留情了，然而这是受了阎罗老子的督责之故，不得已也。一切鬼众中，就是他有点人情；我们不变鬼则已，如果要变鬼，自然就只有他可以比较的相亲近。

我至今还确凿记得，在故乡时候，和"下等人"一同，常常这样高兴地正视过这鬼而人，理而情，可怖而可爱的无常；而且欣赏他脸上的哭或笑，口头的硬语与谐谈……

迎神时候的无常，可和演剧上的又有些不同了。他只有动作，没有言语，跟定了一个捧着一盘饭菜的小丑似的角色走，他要去吃；他却不给他。另外还加添了两名角色，就是"正人君子"之所谓"老婆儿女"。凡"下等人"，都有一种通病：常喜欢以己之所欲，施之于人。虽是对于鬼，也不肯给他孤寂，凡有鬼神，大概总要给他们一对一对地配起来。无常也不在例外。所以，一个是漂亮的女人，只是很有些村妇样，大家都称她无常嫂；这样看来，无常是和我们平辈的，无怪他不摆教授先生的架子。一个是小孩子，小高帽，小白衣；虽然小，两肩却已经耸起了，眉目的外稍也向下。这分明是无常少爷了，大家却叫他阿领，对于他似乎都不很表敬意；猜起来，仿佛是无常嫂的前夫之子似的。但不知何以相貌又和无常有这么像？吁！鬼神之事，难言之矣，只得姑且置之弗论。至于无常何以没有亲儿女，到今年可很容易解释了；鬼神能前知，他怕儿女一多，爱说闲话的就要旁敲侧击地锻成他拿卢布，所以不但研究，还早已实行了"节育"了。

　　这捧着饭菜的一幕，就是"送无常"。因为他是勾魂使者，所以民间凡有一个人死掉之后，就得用酒饭恭送他。至于不给他吃，那是赛会时候的开玩笑，实际上并不然。但是，和无常开玩笑，是大家都有此意的，因为他爽直，爱发议论，有人情——要寻真实的朋友，倒还是他妥当。

　　有人说，他是生人走阴，就是原是人，梦中却入冥去当差的，所以很有些人情。我还记得住在离我家不远的小屋子里的一个男人，便自称是"走无常"，门外常常燃着香烛。但我看他脸上的鬼气反而多。莫非入冥做了鬼，倒会增加人气的么？吁！鬼神之事，难言之矣，这也只得姑且置之弗论了。

　　　　　　　　　　　　　　　　　　　　　　　　　　六月二十三日

从百草园到三味书屋

我家的后面有一个很大的园，相传叫作百草园。现在是早已并屋子一起卖给朱文公的子孙了，连那最末次的相见也已经隔了七八年，其中似乎确凿只有一些野草；但那时却是我的乐园。

不必说碧绿的菜畦，光滑的石井栏，高大的皂荚树，紫红的桑葚；也不必说鸣蝉在树叶里长吟，肥胖的黄蜂伏在菜花上，轻捷的叫天子（云雀）忽然从草间直窜向云霄里去了。单是周围的短短的泥墙根一带，就有无限趣味。油蛉在这里低唱，蟋蟀们在这里弹琴。翻开断砖来，有时会遇见蜈蚣；还有斑蝥，倘若用手指按住它的脊梁，便会拍的一声，从后窍喷出一阵烟雾。何首乌藤和木莲藤缠络着，木莲有莲房一般的果实，何首乌有臃肿的根。有人说，何首乌根是有像人形的，吃了便可以成仙，我于是常常拔它起来，牵连不断地拔起来，也曾因此弄坏了泥墙，却从来没有见过有一块根像人样。如果不怕刺，还可以摘到覆盆子，像小珊瑚珠攒成的小球，又酸又甜，色味都比桑葚要好得远。

长的草里是不去的，因为相传这园里有一条很大的赤练蛇。

长妈妈曾经讲给我一个故事听：先前，有一个读书人住在古庙里用功，晚间，在院子里纳凉的时候，突然听到有人在叫他。答应着，四面看时，却见一个美女的脸露在墙头上，向他一笑，隐去了。他很高兴；但竟给那走来夜谈的老和尚识破了机关。说他脸上有些妖气，一定遇见"美女蛇"了；这是人首蛇身的怪物，能唤人名，倘一答应，夜间便要来吃这人的肉的。他自然吓得要死，而那老和尚却道无妨，给他一个小盒子，说只要放在枕边，便可高枕而卧。他虽然照样办，却总是睡不着——当然睡不着的。到半夜，果然来了，沙沙沙！门外像是风雨声。他正抖作一团时，却听得豁的一声，一道金光从枕边飞出，外面便什么声音也没有了，那金光也就飞回来，敛在盒子里。后来呢？后来，老和尚说，这是飞蜈蚣，它能吸蛇的脑髓，美女蛇就被它治死了。

结末的教训是：所以倘有陌生的声音叫你的名字，你万不可答应他。

这故事很使我觉得做人之险，夏夜乘凉，往往有些担心，不敢去看墙上，而且极想得到一盒老和尚那样的飞蜈蚣。走到百草园的草丛旁边时，也常常这样想。但直到现在，总还是没有得到，但也没有遇见过赤练蛇和美女蛇。叫找名字的陌生声音自然是常有的，然而都不是美女蛇。

冬天的百草园比较的无味；雪一下，可就两样了。拍雪人（将自己的全形印在雪上）和塑雪罗汉需要人们鉴赏，这是荒园，人迹罕至，所以不相宜，只好来捕鸟。薄薄的雪，是不行的；总须积雪盖了地面一两天，鸟雀们久已无处觅食的时候才好。扫开一块雪，露出地面，用一枝短棒支起一面大的竹筛来，下面撒些秕谷，棒上系一条长绳，人远远地牵着，看鸟雀下来啄食，走到竹筛底下的时候，将绳子一拉，便罩住了。但所得的是麻雀居多，也有白颊的"张飞鸟"，性子很躁，养不过夜的。

这是闰土的父亲所传授的方法，我却不大能用。明明见它们进去了，拉了绳，跑去一看，却什么都没有，费了半天力，捉住的不过三四只。闰土的父亲是小半天便能捕获几十只，装在叉袋里叫着撞着的。我曾经问他得失的缘由，他只静静地笑道：你太性急，来不及等它走到中间去。

我不知道为什么家里的人要将我送进书塾里去了，而且还是全城中称为最严厉的书塾。也许是因为拔何首乌毁了泥墙吧，也许是因为将砖头抛到间壁的梁家去了吧，也许是因为站在石井栏上跳了下来吧……都无从知道。总而言之，我将不能常到百草园了。Ade，我的蟋蟀们！Ade，我的覆盆子们和木莲们！……

出门向东，不上半里，走过一道石桥，便是我的先生的家了。从一扇黑油的竹门进去，第三间是书房。中间挂着一块扁道：三味书屋；扁下面是一幅画，画着一只很肥大的梅花鹿伏在古树下。没有孔子牌位，我们便对着那扁和鹿行礼。第一次算是拜孔子，第二次算是拜先生。

第二次行礼时，先生便和蔼地在一旁答礼。他是一个高而瘦的老人，须发都花白了，还戴着大眼镜。我对他很恭敬，因为我早就听到，他是本城中极方正，质朴，博学的人。

不知从哪里听来的，东方朔也很渊博，他认识一种虫，名曰"怪哉"，冤气所化，用酒一浇，就消释了。我很想详细地知道这故事，但阿长是不知道的，因为她毕竟不渊博。现在得到机会了，可以问先生。

"先生，'怪哉'这虫，是怎么一回事？……"我上了生书，将要退下来的时候，赶忙问。

"不知道！"他似乎很不高兴，脸上还有怒色了。

我才知道做学生是不应该问这些事的，只要读书，因为他是渊博的宿儒，决不至于不知道，所谓不知道者，乃是不愿意说。年纪比我大的人，往往如此，我遇见过好几回了。

我就只读书，正午习字，晚上对课。先生最初这几天对我很严厉，后来却好起来了，不过给我读的书渐渐加多，对课也渐渐地加上字去，从三言到五言，终于到七言。

三味书屋后面也有一个园，虽然小，但在那里也可以爬上花坛去折腊梅花，在地上或桂花树上寻蝉蜕。最好的工作是捉了苍蝇喂蚂蚁，静悄悄地没有声音。然而同窗们到园里的太多，太久，可就不行了，先生在书房里便大叫起来：

"人都到哪里去了？"

人们便一个一个陆续走回去；一同回去，也不行的。他有一条戒尺，但是不常用，也有罚跪的规则，但也不常用，普通总不过瞪几眼，大声道：

"读书！"

于是大家放开喉咙读一阵书，真是人声鼎沸。有念"仁远乎哉我欲仁斯仁至矣"的，有念"笑人齿缺曰狗窦大开"的，有念"上九潜龙勿用"的，有念"厥土下上上错厥贡苞茅橘柚"的……先生自己也念书。后来，我们的声音便低下去，静下去了，只有他还大声朗读着：

"铁如意，指挥倜傥，一座皆惊呢……金叵罗，颠倒淋漓噫，千杯未醉嗬……"

我疑心这是极好的文章，因为读到这里，他总是微笑起来，而且将头仰起，摇着，向后面拗过去，拗过去。

先生读书入神的时候，于我们是很相宜的。有几个便用纸糊的盔甲套在指甲上做戏。我是画画儿，用一种叫作"荆川纸"的，蒙在小说的绣像上一个个描下来，像习字时候的影写一样。读的书多起来，画的画也多起来；书没有读成，画的成绩却不少了，最成片断的是《荡寇志》和《西游记》的绣像，都有一大本。后来，因为要钱用，卖给一个有钱的同窗了。他的父亲是开锡箔店的；听说现在自己已经做了店主，而且快要升到绅士的地位了。这东西早已没有了吧。

九月十八日

父亲的病

　　大约十多年前吧，S 城中曾经盛传过一个名医的故事：

　　他出诊原来是一元四角，特拔十元，深夜加倍，出城又加倍。有一夜，一家城外人家的闺女生急病，来请他了，因为他其时已经阔得不耐烦，便非一百元不去。他们只得都依他。待去时，却只是草草地一看，说道"不要紧的"，开一张方，拿了一百元就走。那病家似乎很有钱，第二天又来请了。他一到门，只见主人笑面承迎，道："昨晚服了先生的药，好得多了，所以再请你来复诊一回。"仍旧引到房里，老妈子便将病人的手拉出帐外来。他一按，冷冰冰的，也没有脉，于是点点头道，"唔，这病我明白了。"从从容容走到桌前，取了药方纸，提笔写道：

　　"凭票付英洋壹百元正。"下面是署名，画押。

　　"先生，这病看来很不轻了，用药怕还得重一点吧。"主人在背后说。

　　"可以。"他说。于是另开了一张方：

　　"凭票付英洋贰百元正。"下面仍是署名，画押。

　　这样，主人就收了药方，很客气地送他出来了。

　　我曾经和这名医周旋过两整年，因为他隔日一回，来诊我的父亲的病。那时虽然已经很有名，但还不至于阔得这样不耐烦；可是诊金却已经是一元四角。现在的都市上，诊金一次十元并不算奇，可是那时是一元四角已是巨款，很不容易张罗的了；又何况是隔日一次。他大概的确有些特别，据舆论说，用药就与众不同。我不知道药品，所觉得的，就是"药引"的难得，新方一换，就得忙一大场。先买药，再寻药引。生姜两片，竹叶十片去尖，他是不用的了。起码是芦根，须到河边去掘；一到经霜三年的甘蔗，便至少也得搜寻两三天。可是说也奇怪，大约后来总没有购求不到的。

据舆论说，神妙就在这地方。先前有一个病人，百药无效；待到遇见了什么叶天士先生，只在旧方上加了一味药引：梧桐叶。只一服，便霍然而愈了。"医者，意也。"其时是秋天，而梧桐先知秋气。其先百药不投，今以秋气动之，以气感气，所以……我虽然并不了然，但也十分佩服，知道凡有灵药，一定是很不容易得到的，求仙的人，甚至于还要拼了性命，跑进深山里去采呢。

这样有两年，渐渐地熟识，几乎是朋友了。父亲的水肿是逐日厉害，将要不能起床；我对于经霜三年的甘蔗之流也逐渐失了信仰，采办药引似乎再没有先前一般踊跃了。正在这时候，他有一天来诊，问过病状，便极其诚恳地说：

"我所有的学问，都用尽了。这里还有一位陈莲河先生，本领比我高。我荐他来看一看，我可以写一封信。可是，病是不要紧的，不过经他的手，可以格外好得快……"

这一天似乎大家都有些不欢，仍然由我恭敬地送他上轿。进来时，看见父亲的脸色很异样，和大家谈论，大意是说自己的病大概没有希望的了；他因为看了两年，毫无效验，脸又太熟了，未免有些难以为情，所以等到危急时候，便荐一个生手自代，和自己完全脱了干系。但另外有什么法子呢？本城的名医，除他之外，实在也只有一个陈莲河了。明天就请陈莲河。

陈莲河的诊金也是一元四角。但前回的名医的脸是圆而胖的，他却长而胖了：这一点颇不同。还有用药也不同。前回的名医是一个人还可以办的，这一回却是一个人有些办不妥帖了，因为他一张药方上，总兼有一种特别的丸散和一种奇特的药引。

芦根和经霜三年的甘蔗，他就从来没有用过。最平常的是"蟋蟀一对"，旁注小字道："要原配，即本在一窠中者。"似乎昆虫也要贞节，续弦或再醮，连做药资格也丧失了。但这差使在我并不为难，走进百草园，十对也容易得，将它们用线一缚，活活地掷入沸汤中完事。然而还有"平地木十株"呢，这可谁也不知道是什么东西了，问药店，问乡下人，问卖草药的，问老年人，问读书人，问木匠，都只是摇摇头，临末才记起了那远房的叔祖，爱种一点花木的老人，跑去一问，他果然知道，是生在山中树下的一种小树，能结红子如小珊瑚珠的，普通都称为"老弗大"。

"踏破铁鞋无觅处，得来全不费工夫。"药引寻到了，然而还有一种特别的丸药：败鼓皮丸。这"败鼓皮丸"就是用打破的旧鼓皮做成；水肿一名鼓胀，一用打破的鼓皮自然就可以克伏他。清朝的刚毅因为憎恨"洋鬼子"，预备打他们，练了些兵称作"虎神营"，取虎能食羊，神能伏鬼的意思，也就是这道理。可惜这一种神药，全城中只有一家出售的，离我家就有五里，但这却不像平地木那样，必须暗中摸索了，陈莲河先生开方之后，就恳切详细地给我们说明。

"我有一种丹，"有一回陈莲河先生说，"点在舌上，我想一定可以见效。因为舌乃心之灵苗……价钱也并不贵，只要两块钱一盒……"

我父亲沉思了一会儿，摇摇头。

"我这样地用药还会不大见效，"有一回陈莲河先生又说，"我想，可以请人看一看，可有什么冤愆……医能医病，不能医命，对不对？自然，这也许是前世的事……。"

我的父亲沉思了一会儿，摇摇头。

凡国手，都能够起死回生的，我们走过医生的门前，常可以看见这样的匾额。现在是让步一点了，连医生自己也说道："西医长于外科，中医长于内科。"但是 S 城那时不但没有西医，并且谁也还没有想到天下有所谓西医，因此无论什么，都只能由轩辕岐伯的嫡派门徒包办。轩辕时候是巫医不分的，所以直到现在，他的门徒就还见鬼，而且觉得"舌乃心之灵苗"。这就是中国人的"命"，连名医也无从医治的。

不肯用灵丹点在舌头上，又想不出"冤愆"来，自然，单吃了一百多天的"败鼓皮丸"有什么用呢？依然打不破水肿，父亲终于躺在床上喘气了。还请一回陈莲河先生，这回是特拔，大洋十元。他仍旧泰然的开了一张方，但已停止败鼓皮丸不用，药引也不很神妙了，所以只消半天，药就煎好，灌下去，却从口角上回了出来。

从此我便不再和陈莲河先生周旋，只在街上有时看见他坐在三名轿夫的快轿里飞一般抬过；听说他现在还康健，一面行医，一面还做中医什么学报，正在和只长于外科的西医奋斗哩。

中西的思想确乎有一点不同。听说中国的孝子们，一到将要"罪孽深重祸延父母"的时候，就买几斤人参，煎汤灌下去，希望父母多喘几天气，即使半天也好。我的一位教医学的先生却教给我医生的职务道：可医的应该给他医治，不可医的应该给他死得没有痛苦。——但这先生自然是西医。

父亲的喘气颇长久，连我也听得很吃力，然而谁也不能帮助他。我有时竟至于电光一闪似的想道："还是快一点喘完了吧……"立刻觉得这思想就不该，就是犯了罪；但同时又觉得这思想实在是正当的，我很爱我的父亲。便是现在，也还是这样想。

早晨，住在一门里的衍太太进来了。她是一个精通礼节的妇人，说我们不应该空等着。于是给他换衣服；又将纸锭和一种什么《高王经》烧成灰，用纸包了给他捏在拳头里……

"叫呀，你父亲要断气了。快叫呀！"衍太太说。

"父亲！父亲！"我就叫起来。

"大声！他听不见。还不快叫？！"

"父亲！！！父亲！！！"

他已经平静下去的脸，忽然紧张了，将眼微微一睁，仿佛有一些苦痛。

"叫呀！快叫呀！"她催促说。

"父亲！！！"

"什么呢？……不要嚷。……不……。"他低低地说，又较急地喘着气，好一会，这才复了原状，平静下去了。

"父亲！！！"我还叫他，一直到他咽了气。

我现在还听到那时的自己的这声音，每听到时，就觉得这却是我对于父亲的最大的错处。

　　　　　　　　　　　　　　　　　十月七日

琐　记

　　衍太太现在是早经做了祖母，也许竟做了曾祖母了；那时却还年青，只有一个儿子比我大三四岁。她对自己的儿子虽然狠，对别家的孩子却好的，无论闹出什么乱子来，也决不去告诉各人的父母，因此我们就最愿意在她家里或她家的四近玩。

　　举一个例说罢，冬天，水缸里结了薄冰的时候，我们大清早起一看见，便吃冰。有一回给沈四太太看到了，大声说道："莫吃呀，要肚子疼的呢！"这声音又给我母亲听到了，跑出来我们都挨了一顿骂，并且有大半天不准玩。我们推论祸首，认定是沈四太太，于是提起她就不用尊称了，给她另外起了一个绰号，叫作"肚子疼"。

　　衍太太却决不如此。假如她看见我们吃冰，一定和蔼地笑着说，"好，再吃一块。我记着，看谁吃得多。"

　　但我对于她也有不满足的地方。一回是很早的时候了，我还很小，偶然走进她家去，她正在和她的男人看书。我走近去，她便将书塞在我的眼前道，"你看，你知道这是什么？"我看那书上画着房屋，有两个人光着身子仿佛在打架，但又不很像。正迟疑间，他们便大笑起来了。这使我很不高兴，似乎受了一个极大的侮辱，不到那里去大约有十多天。一回是我已经十多岁了，和几个孩子比赛打旋子，看谁旋得多。她就从旁计着数，说道，"好，八十二个了！再旋一个，八十三！好，八十四！……"但正在旋着的阿祥，忽然跌倒了，阿祥的婶母也恰恰走进来。她便接着说道，"你看，不是跌了么？不听我的话。我叫你不要旋，不要旋……"

　　虽然如此，孩子们总还喜欢到她那里去。假如头上碰得肿了一大块的时候，去寻母亲去罢，好的是骂一通，再给擦一点药；坏的是没有药擦，还添几个栗凿和一通骂。衍太太却决不埋怨，立刻给你用烧酒调了水粉，搽在疙瘩上，说这不但止痛，将来还没有瘢痕。

父亲故去之后，我也还常到她家里去，不过已不是和孩子们玩耍了，却是和衍太太或她的男人谈闲天。我其时觉得很有许多东西要买，看的和吃的，只是没有钱。有一天谈到这里，她便说道，"母亲的钱，你拿来用就是了，还不就是你的么？"我说母亲没有钱，她就说可以拿首饰去变卖；我说没有首饰，她却道："也许你没有留心。到大橱的抽屉里，角角落落去寻去，总可以寻出一点珠子之类东西……"

这些话我听去似乎很异样，便又不到她那里去了，但有时又真想去打开大橱，细细地寻一寻。大约此后不到一月，就听到一种流言，说我已经偷了家里的东西去变卖了，这实在使我觉得有如掉在冷水里。流言的来源，我是明白的，倘是现在，只要有地方发表，我总要骂出流言家的狐狸尾巴来，但那时太年轻，一遇流言，便连自己也仿佛觉得真是犯了罪，怕遇见人们的眼睛，怕受到母亲的爱抚。

好。那么，走吧！

但是，哪里去呢？S城人的脸早经看熟，如此而已，连心肝也似乎有些了然。总得寻别一类人们去，去寻为S城人所诟病的人们，无论其为畜生或魔鬼。那时为全城所笑骂的是一个开得不久的学校，叫作中西学堂，汉文之外，又教些洋文和算学。然而已经成为众矢之的了；熟读圣贤书的秀才们，还集了"四书"的句子，做一篇八股来嘲诮它，这名文便即传遍了全城，人人当作有趣的话柄。我只记得那"起讲"的开头是：

徐子以告夷子曰：吾闻用夏变夷者，未闻变于夷者也。今也不然：鴃舌之音，闻其声，皆雅言也。……

以后可忘却了，大概也和现今的国粹保存大家的议论差不多。但我对于这中西学堂，却也不满足，因为那里面只教汉文，算学，英文和法文。功课较为别致的，还有杭州的求是书院，然而学费贵。

无须学费的学校在南京，自然只好往南京去。第一个进去的学校，目下不知道称为什么了，光复以后，似乎有一时称为雷电学堂，很像《封神榜》上"太极阵""混元阵"一类的名目。总之，一进仪凤门，便可以看见它那二十丈高的桅杆和不知多高的烟囱。功课也简单，一星期中，几乎四整天是英文："It is a cat." "Is it a rat?"一整天是读汉文："君子曰，颍考叔可谓纯孝也已矣，爱其母，施及庄公。"一整天是做汉文：《知己知彼百战百胜论》《颍考叔论》《云从龙风从虎论》《咬得菜根则百事可做论》。

初进去当然只能做三班生，卧室里是一桌一凳一床，床板只有两块。头二班学生就不同了，二桌二凳或三凳一床，床板多至三块。不但上讲堂时挟着一堆厚而且大的洋书，气昂昂地走着，决非只有一本"泼赖妈"和四本《左传》的三班生所敢正视；便是空着手，也一定将肘弯撑开，像一只螃蟹，低一班的在后面总不能走出他之前。这一种螃蟹式的名公巨卿，现在都阔别得很久了，前四五年，竟在教育部的跛脚躺椅上，发见了这姿势，然而这位老爷却并非雷电学堂出身的，可见螃蟹态度，在中国也颇普遍。

可爱的是桅杆。但并非如"东邻"的"支那通"所说，因为它"挺然翘然"，又是什么的象征。乃是因为它高，乌鸦喜鹊，都只能停在它的半途的木盘上。人如果爬到顶，便可以近看狮子山，远眺莫愁湖——但究竟是否真可以眺得那么远，我现在可委实有点记不清楚了。而且不危险，下面张着网，即使跌下来，也不过如一条小鱼落在网子里；况且自从张网以后，听说也还没有人曾经跌下来。

原先还有一个池，给学生学游泳的，这里面却淹死了两个年幼的学生。当我进去时，早填平了，不但填平，上面还造了一所小小的关帝庙。庙旁是一座焚化字纸的砖炉，炉口上方横写着四个大字道："敬惜字纸。"只可惜那两个淹死鬼失了池子，难讨替代，总在左近徘徊，虽然已有"伏魔大帝关圣帝君"镇压着。办学的人大概是好心肠的，所以每年七月十五，总请一群和尚到雨天操场来放焰口，一个红鼻而胖的大和尚戴上毗卢帽，捏诀，念咒："回资啰，普弥耶吽！唵耶吽！唵！耶！吽！！！"

我的前辈同学被关圣帝君镇压了一整年，就只在这时候得到一点好处——虽然我并不深知是怎样的好处。所以当这些时，我每每想：做学生总得自己小心些。

总觉得不大合适，可是无法形容出这不合适来。现在是发见了大致相近的字眼了，"乌烟瘴气"，庶几乎其可也。只得走开。近来是单是走开也就不容易，"正人君子"者流会说你骂人骂到了聘书，或者是发"名士"脾气，给你几句正经的俏皮话。不过那时还不打紧，学生所得的津贴，第一年不过二两银子，最初三个月的试习期内是零用五百文。于是毫无问题，去考路矿学堂去了，也许是矿路学堂，已经有些记不真，文凭又不在手头，更无从查考。试验并不难，录取的。

这回不是 It is a cat 了，是 Der Mann, Die Weib, Das Kind. 汉文仍旧是"颍考叔可谓纯孝也已矣"，但外加《小学集注》。论文题目也小有不同，譬如《工欲善其事必先利其器论》，是先前没有做过的。

此外还有所谓格致，地学，金石学……都非常新鲜。但是还得声明：后两项，就是现在之所谓地质学和矿物学，并非讲舆地和钟鼎碑版的。只是画铁轨横断面图却有些麻烦，平行线尤其讨厌。但第二年的总办是一个新党，他坐在马车上的时候大抵看着《时务报》，考汉文也自己出题目，和教员出的很不同。有一次是《华盛顿论》，汉文教员反而惴惴地来问我们道："华盛顿是什么东西呀？……"

看新书的风气便流行起来，我也知道了中国有一部书叫《天演论》。星期日跑到城南去买了来，白纸石印的一厚本，价五百文正。翻开一看，是写得很好的字，开首便道：

赫胥黎独处一室之中，在英伦之南，背山而面野，槛外诸境，历历如在机下。乃悬想二千年前，当罗马大将恺撒未到时，此间有何景物？计惟有天造草昧……

哦！原来世界上竟还有一个赫胥黎坐在书房里那么想，而且想得那么新鲜？一口气读下去，"物竞""天择"也出来了，苏格拉底、柏拉图也出来了，斯多噶也出来了。学堂里又设立了一个阅报处，《时务报》不待言，还有《译学汇编》，那书面上的张廉卿一流的四个字，就蓝得很可爱。

"你这孩子有点不对了，拿这篇文章去看去，抄下来去看去。"一位本家的老辈严肃地对我说，而且递过一张报纸来。接来看时，"臣许应骙跪奏……"那文章现在是一句也不记得了，总之是参康有为变法的；也不记得可曾抄了没有。

仍然自己不觉得有什么"不对"，一有闲空，就照例地吃侉饼，花生米，辣椒，看《天演论》。

但我们也曾经有过一个很不平安的时期。那是第二年，听说学校就要裁撤了。这也无怪，这学堂的设立，原是因为两江总督（大约是刘坤一吧）听到青龙山的煤矿出息好，所以开手的。待到开学时，煤矿那面却已将原先的技师辞退，换了一个不甚了然的人了。理由是：一、先前的技师薪水太贵；二、他们觉得开煤矿并不难。于是不到一年，就连煤在那里也不甚了然起来，终于是所得的煤，只能供烧那两架抽水机之用，就是抽了水掘煤，掘出煤来抽水，结一笔出入两清的账。既然开矿无利，矿路学堂自然也就无须乎开了，但是不知怎的，却又并不裁撤。到第三年我们下矿洞去看的时候，情形实在颇凄凉，抽水机当然还在转动，矿洞里积水却有半尺深，上面也点滴而下，几个矿工便在这里面鬼一般工作着。

毕业，自然大家都盼望的，但一到毕业，却又有些爽然若失。爬了几次桅，不消说不配做半个水兵；听了几年讲，下了几回矿洞，就能掘出金，银，铜，铁，锡来么？实在连自己也茫无把握，没有做《工欲善其事必先利其器论》的那么容易。爬上天空二十丈和钻下地面二十丈，结果还是一无所能，学问是"上穷碧落下黄泉，两处茫茫皆不见"了。所余的还只有一条路：到外国去。

留学的事，官僚也许可了，派定五名到日本去。其中的一个因为祖母哭得死去活来，不去了，只剩了四个。日本是同中国很两样的，我们应该如何准备呢？有一个前辈同学在，比我们早一年毕业，曾经游历过日本，应该知道些情形。跑去请教之后，他郑重地说：

"日本的袜是万不能穿的，要多带些中国袜。我看纸票也不好，你们带去的钱不如都换了他们的现银。"

四个人都说遵命。别人不知其详，我是将钱都在上海换了日本的银元，还带了十双中国袜——白袜。

后来呢？后来，要穿制服和皮鞋，中国袜完全无用；一元的银元日本早已废置不用了，又赔钱换了半元的银元和纸票。

十月八日

藤野先生

东京也无非是这样。上野的樱花烂熳的时节，望去确也像绯红的轻云，但花下也缺不了成群结队的"清国留学生"的速成班，头顶上盘着大辫子，顶得学生制帽的顶上高高耸起，形成一座富士山。也有解散辫子，盘得平的，除下帽来，油光可鉴，宛如小姑娘的发髻一般，还要将脖子扭几扭。实在标致极了。

中国留学生会馆的门房里有几本书买，有时还值得去一转；倘在上午，里面的几间洋房里倒也还可以坐坐的。但到傍晚，有一间的地板便常不免要咚咚咚地响得震天，兼以满房烟尘斗乱；问问精通时事的人，答道："那是在学跳舞。"

到别的地方去看看，如何呢?

我就往仙台的医学专门学校去。从东京出发，不久便到一处驿站，写道：日暮里。不知怎的，我到现在还记得这名目。其次却只记得水户了，这是明的遗民朱舜水先生客死的地方。仙台是一个市镇，并不大；冬天冷得利害；还没有中国的学生。

大概是物以稀为贵吧。北京的白菜运往浙江，便用红头绳系住菜根，倒挂在水果店头，尊为"胶菜"；福建野生着的芦荟，一到北京就请进温室，且美其名曰"龙舌兰"。我到仙台也颇受了这样的优待，不但学校不收学费，几个职员还为我的食宿操心。我先是住在监狱旁边一个客店里的，初冬已经颇冷，蚊子却还多，后来用被盖了全身，用衣服包了头脸，只留两个鼻孔出气。在这呼吸不息的地方，蚊子竟无从插嘴，居然睡安稳了。饭食也不坏。但一位先生却以为这客店也包办囚人的饭食，我住在那里不相宜，几次三番，几次三番地说。我虽然觉得客店兼办囚人的饭食和我不相干，然而好意难却，也只得别寻相宜的住处了。于是搬到别一家，离监狱也很远，可惜每天总要喝难以下咽的芋梗汤。

从此就看见许多陌生的先生，听到许多新鲜的讲义。解剖学是两个教授分任的。最初是骨学。其时进来的是一个黑瘦的先生，八字须，戴着眼镜，挟着一叠大大小小的书。一将书放在讲台上，便用了缓慢而很有顿挫的声调，向学生介绍自己道：

"我就是叫作藤野严九郎的……"

后面有几个人笑起来了。他接着便讲述解剖学在日本发达的历史，那些大大小小的书，便是从最初到现今关于这一门学问的著作。起初有几本是线装的；还有翻刻中国译本的。他们的翻译和研究新的医学，并不比中国早。

那坐在后面发笑的是上学年不及格的留级学生，在校已经一年，掌故颇为熟悉的了。他们便给新生讲演每个教授的历史。这藤野先生，据说是穿衣服太模糊了，有时竟会忘记带领结；冬天是一件旧外套，寒颤颤的，有一回上火车去，致使管车的疑心他是扒手，叫车里的客人大家小心些。

他们的话大概是真的，我就亲见他有一次上讲堂没有带领结。

过了一星期，大约是星期六，他使助手来叫我了。到得研究室，见他坐在人骨和许多单独的头骨中间——他其时正在研究着头骨，后来有一篇论文在本校的杂志上发表出来。

"我的讲义，你能抄下来么？"他问。

"可以抄一点。"

"拿来我看！"

我交出所抄的讲义去，他收下了，第二三天便还我，并且说，此后每一星期要送给他看一回。我拿下来打开看时，很吃了一惊，同时也感到一种不安和感激。原来我的讲义已经从头到末，都用红笔添改过了，不但增加了许多脱漏的地方，连文法的错误，也都一一订正。这样一直继续到教完了他所担任的功课：骨学，血管学，神经学。

可惜我那时太不用功，有时也很任性。还记得有一回藤野先生将我叫到他的研究室里去，翻出我那讲义上的一个图来，是下臂的血管，指着，向我和蔼的说道：

"你看，你将这条血管移了一点位置了——自然，这样一移，的确比较的好看些，然而解剖图不是美术，实物是那么样的，我们没法改换它。现在我给你改好了，以后你要全照着黑板上那样的画。"

但是我还不服气，口头答应着，心里却想道：

"图还是我画得不错；至于实在的情形，我心里自然记得的。"

学年试验完毕之后，我便到东京玩了一夏天，秋初再回学校，成绩早已发表了，同学一百余人之中，我在中间，不过是没有落第。这回藤野先生所担任的功课，是解剖实习和局部解剖学。

解剖实习了大概一星期，他又叫我去了，很高兴地，仍用了极有抑扬的声调对我说道：

"我因为听说中国人是很敬重鬼的，所以很担心，怕你不肯解剖尸体。现在总算放心了，没有这回事。"

但他也偶有使我很为难的时候。他听说中国的女人是裹脚的，但不知道详细，所以要问我怎么裹法，足骨变成怎样的畸形，还叹息道："总要看一看才知道。究竟是怎么一回事呢？"

有一天，本级的学生会干事到我寓里来了，要借我的讲义看。我检出来交给他们，却只翻检了一通，并没有带走。但他们一走，邮差就送到一封很厚的信，拆开看时，第一句是：

"你改悔吧！"

这是《新约》上的句子吧，但经托尔斯泰新近引用过的。其时正值日俄战争，托老先生便写了一封给俄国和日本的皇帝的信，开首便是这一句。日本报纸上很斥责他的不逊，爱国青年也愤然，然而暗地里却早受了他的影响了。其次的话，大意是说上年解剖学试验的题目，是藤野先生在讲义上做了记号，我预先知道的，所以能有这样的成绩。末尾是匿名。

我这才回忆到前几天的一件事，因为要开同级会，干事便在黑板上写广告，末一句是"请全数到会勿漏为要"，而且在"漏"字旁边加了一个圈。我当时虽然觉到圈得可笑，但是毫不介意，这回才悟出那字也在讥刺我了，犹言我得了教员漏泄出来的题目。

　　我便将这事告知了藤野先生；有几个和我熟识的同学也很不平，一同去诘责干事托辞检查的无礼，并且要求他们将检查的结果，发表出来。终于这流言消灭了，干事却又竭力运动，要收回那一封匿名信去。结末是我便将这托尔斯泰式的信退还了他们。

　　中国是弱国，所以中国人当然是低能儿，分数在六十分以上，便不是自己的能力了：也无怪他们疑惑。但我接着便有参观枪毙中国人的命运了。第二年添教霉菌学，细菌的形状是全用电影来显示的，一段落已完而还没有到下课的时候，便影几片时事的片子，自然都是日本战胜俄国的情形。但偏有中国人夹在里边：给俄国人做侦探，被日本军捕获，要枪毙了，围着看的也是一群中国人；在讲堂里的还有一个我。

　　"万岁！"他们都拍掌欢呼起来。

　　这种欢呼，是每看一片都有的，但在我，这一声却特别听得刺耳。此后回到中国来，我看见那些闲看枪毙犯人的人们，他们也何尝不酒醉似的喝彩——呜呼，无法可想！但在那时那地，我的意见却变化了。

　　到第二学年的终结，我便去寻藤野先生，告诉他我将不学医学，并且离开这仙台。他的脸色仿佛有些悲哀，似乎想说话，但竟没有说。

　　"我想去学生物学，先生教给我的学问，也还有用的。"其实我并没有决意要学生物学，因为看得他有些凄然，便说了一个慰安他的谎话。

　　"为医学而教的解剖学之类，怕于生物学也没有什么大帮助。"他叹息说。

　　将走的前几天，他叫我到他家里去，交给我一张照相，后面写着两个字道"惜别"，还说希望将我的也送他。但我这时适值没有照相了；他便叮嘱我将来照了寄给他，并且时时通信告诉他此后的状况。

　　我离开仙台之后，就多年没有照过相，又因为状况也无聊，说起来无非使他失望，便连信也怕敢写了。经过的年月一多，话更无从说起，所以虽然有时想写信，却又难以下笔，这样的一直到现在，竟没有寄过一封信和一张照片。从他那一面看起来，是一去之后，杳无消息了。

　　但不知怎的，我总还时时记起他，在我所认为我师的之中，他是最使我感激，给我鼓励的一个。有时我常常想：他的对于我的热心的希望，不倦的教诲，小而言之，是为中国，就是希望中国有新的医学；大而言之，是为学术，就是希望新的医学传到中国去。他的性格，在我的眼里和心里是伟大的，虽然他的姓名并不为许多人所知道。

他所改正的讲义，我曾经订成三厚本，收藏着的，将作为永久的纪念。不幸七年前迁居的时候，中途毁坏了一口书箱，失去半箱书，恰巧这讲义也遗失在内了。责成运送局去找寻，寂无回信。只有他的照相至今还挂在我北京寓居的东墙上，书桌对面。每当夜间疲倦，正想偷懒时，仰面在灯光中瞥见他黑瘦的面貌，似乎正要说出抑扬顿挫的话来，便使我忽又良心发现，而且增加勇气了，于是点上一支烟，再继续写些为"正人君子"之流所深恶痛疾的文字。

十月十二日

范爱农

在东京的客店里，我们大抵一起来就看报。学生所看的多是《朝日新闻》和《读卖新闻》，专爱打听社会上琐事的就看《二六新闻》。一天早晨，辟头就看见一条从中国来的电报，大概是：

"安徽巡抚恩铭被 Jo Shiki Rin 刺杀，刺客就擒。"

大家一怔之后，便容光焕发地互相告语，并且研究这刺客是谁，汉字是怎样三个字。但只要是绍兴人，又不专看教科书的，却早已明白了。这是徐锡麟，他留学回国之后，在做安徽候补道，办着巡警事务，正合于刺杀巡抚的地位。

大家接着就预测他将被极刑，家族将被连累。不久，秋瑾姑娘在绍兴被杀的消息也传来了，徐锡麟是被挖了心，给恩铭的亲兵炒食净尽。人心很愤怒。有几个人便秘密地开一个会，筹集川资；这时用得着日本浪人了，撕乌贼鱼下酒，慷慨一通之后，他便登程去接徐伯荪的家属去。

照例还有一个同乡会，吊烈士，骂满洲；此后便有人主张打电报到北京，痛斥满政府的无人道。会众即刻分成两派：一派要发电，一派不要发。我是主张发电的，但当我说出之后，即有一种钝滞的声音跟着起来：

"杀的杀掉了，死的死掉了，还发什么屁电报呢。"

这是一个高大身材，长头发，眼球白多黑少的人，看人总像在渺视。他蹲在席子上，我发言大抵就反对；我早觉得奇怪，注意着他的了，到这时才打听别人：说这话的是谁呢，有那么冷？认识的人告诉我说：他叫范爱农，是徐伯荪的学生。

我非常愤怒了，觉得他简直不是人，自己的先生被杀了，连打一个电报还害怕，于是便坚执地主张要发电，同他争起来。结果是主张发电的居多数，他屈服了。其次要推出人来拟电稿。

"何必推举呢？自然是主张发电的人啰……"他说。

我觉得他的话又在针对我，无理倒也并非无理的。但我便主张这一篇悲壮的文章必须深知烈士生平的人做，因为他比别人关系更密切，心里更悲愤，做出来就一定更动人。于是又争起来。结果是他不做，我也不做，不知谁承认做去了；其次是大家走散，只留下一个拟稿的和一两个干事，等候做好之后去拍发。

从此我总觉得这范爱农离奇，而且很可恶。天下可恶的人，当初以为是满人，这时才知道还在其次；第一倒是范爱农。中国不革命则已，要革命，首先就必须将范爱农除去。

然而这意见后来似乎逐渐淡薄，到底忘却了，我们从此也没有再见面。直到革命的前一年，我在故乡做教员，大概是春末时候罢，忽然在熟人的客坐上看见了一个人，互相熟视了不过两三秒钟，我们便同时说：

"哦哦，你是范爱农！"

"哦哦，你是鲁迅！"

不知怎地我们便都笑了起来，是互相的嘲笑和悲哀。他眼睛还是那样，然而奇怪，只这几年，头上却有了白发了，但也许本来就有，我先前没有留心到。他穿着很旧的布马褂，破布鞋，显得很寒素。谈起自己的经历来，他说他后来没有了学费，不能再留学，便回来了。回到故乡之后，又受着轻蔑，排斥，迫害，几乎无地可容。现在是躲在乡下，教着几个小学生糊口。但因为有时觉得很气闷，所以也趁了航船进城来。

他又告诉我现在爱喝酒，于是我们便喝酒。从此他每一进城，必定来访我，非常相熟了。我们醉后常谈些愚不可及的疯话，连母亲偶然听到了也发笑。一天我忽而记起在东京开同乡会时的旧事，便问他：

"那一天你专门反对我，而且故意似的，究竟是什么缘故呢？"

"你还不知道？我一向就讨厌你的——不但我，我们。"

"你那时之前，早知道我是谁么？"

"怎么不知道。我们到横滨，来接的不就是子英和你么？你看不起我们，摇摇头，你自己还记得么？"

我略略一想，记得的，虽然是七八年前的事。那时是子英来约我的，说到横滨去接新来留学的同乡。汽船一到，看见一大堆，大概一共有十多人，一上岸便将行李放到税关上去候查检，关吏在衣箱中翻来翻去，忽然翻出一双绣花的弓鞋来，便放下公事，拿着仔细地看。我很不满，心里想，这些鸟男人，怎么带这东西来呢。自己不注意，那时也许就摇了摇头。检验完毕，在客店小坐之后，即须上火车。不料这一群读书人又在客车上让起座位来了，甲要乙坐在这位上，乙要丙去坐，揖让未终，火车已开，车身一摇，即刻跌倒了三四个。我那时也很不满，暗地里想：连火车上的座位，他们也要分出尊卑来……。自己不注意，也许又摇了摇头。然而那群雍容揖让的人物中就有范爱农，却直到这一天才想到。岂但他呢，说起来也惭愧，这一群里，还有后来在安徽战死的陈伯平烈士，被害的马宗汉烈士；被囚在黑狱里，到革命后才见天日而身上永带着匪刑的伤痕的也还有一两人。而我都茫无所知。摇着头将他们一并运上东京了。徐伯荪虽然和他们同船来，却不在这车上，因为他在神户就和他的夫人坐车走了陆路了。

我想我那时摇头大约有两回，他们看见的不知道是那一回。让座时喧闹，检查时幽静，一定是在税关上的那一回了，试问爱农，果然是的。

"我真不懂你们带这东西做什么？是谁的？"

"还不是我们师母的？"他瞪着他多白的眼。

"到东京就要假装大脚，又何必带这东西呢？"

"谁知道呢？你问她去。"

到冬初，我们的景况更拮据了，然而还喝酒，讲笑话。忽然是武昌起义，接着是绍兴光复。第二天爱农就上城来，戴着农夫常用的毡帽，那笑容是从来没有见过的。

"老迅，我们今天不喝酒了。我要去看看光复的绍兴。我们同去。"

我们便到街上去走了一通，满眼是白旗。然而貌虽如此，内骨子是依旧的，因为还是几个旧乡绅所组织的军政府，什么铁路股东是行政司长，钱店掌柜是军械司长……这军政府也到底不长久，几个少年一嚷，王金发带兵从杭州进来了，但即使不嚷或者也会来。他进来以后，也就被许多闲汉和新进的革命党所包围，大做王都督。在衙门里的人物，穿布衣来的，不上十天也大概换上皮袍子了，天气还并不冷。

我被摆在师范学校校长的饭碗旁边，王都督给了我校款二百元。爱农做监学，还是那件布袍子，但不大喝酒了，也很少有工夫谈闲天。他办事，兼教书，实在勤快得可以。

"情形还是不行，王金发他们。"一个去年听过我的讲义的少年来访问我，慷慨地说，"我们要办一种报来监督他们。不过发起人要借用先生的名字。还有一个是子英先生，一个是德清先生。为社会，我们知道你决不推却的。"

我答应他了。两天后便看见出报的传单，发起人诚然是三个。五天后便见报，开首便骂军政府和那里面的人员；此后是骂都督，都督的亲戚，同乡，姨太太……

这样地骂了十多天，就有一种消息传到我的家里来，说都督因为你们诈取了他的钱，还骂他，要派人用手枪来打死你们了。

别人倒还不打紧，第一个着急的是我的母亲，叮嘱我不要再出去。但我还是照常走，并且说明，王金发是不来打死我们的，他虽然绿林大学出身，而杀人却不很轻易。况且我拿的是校款，这一点他还能明白的，不过说说罢了。

果然没有来杀。写信去要经费，又取了二百元。但仿佛有些怒意，同时传令道：再来要，没有了！

不过爱农得到了一种新消息，却使我很为难。原来所谓"诈取"者，并非指学校经费而言，是指另有送给报馆的一笔款。报纸上骂了几天之后，王金发便叫人送去了五百元。于是乎我们的少年们便开起会议来，第一个问题是：收不收？决议曰：收。第二个问题是：收了之后骂不骂？决议曰：骂。理由是：收钱之后，他是股东；股东不好，自然要骂。

我即刻到报馆去问这事的真假。都是真的。略说了几句不该收他钱的话，一个名为会计的便不高兴了，质问我道：

"报馆为什么不收股本？"

"这不是股本……"

"不是股本是什么?"

我就不再说下去了,这一点世故是早已知道的,倘我再说出连累我们的话来,他就会面斥我太爱惜不值钱的生命,不肯为社会牺牲,或者明天在报上就可以看见我怎样怕死发抖的记载。

然而事情很凑巧,季茀写信来催我往南京了。爱农也很赞成,但颇凄凉,说:

"这里又是那样,住不得。你快去吧……"

我懂得他无声的话,决计往南京。先到都督府去辞职,自然照准,派来了一个拖鼻涕的接收员,我交出账目和余款一角又两铜元,不是校长了。后任是孔教会会长傅力臣。

报馆案是我到南京后两三个星期了结的,被一群兵们捣毁。子英在乡下,没有事;德清适值在城里,大腿上被刺了一尖刀。他大怒了。自然,这是很有些痛的,怪他不得。他大怒之后,脱下衣服,照了一张照片,以显示一寸来宽的刀伤,并且做一篇文章叙述情形,向各处分送,宣传军政府的横暴。我想,这种照片现在是大约未必还有人收藏着了,尺寸太小,刀伤缩小到几乎等于无,如果不加说明,看见的人一定以为是带些疯气的风流人物的裸体照片,倘遇见孙传芳大帅,还怕要被禁止的。

我从南京移到北京的时候,爱农的学监也被孔教会会长的校长设法去掉了。他又成了革命前的爱农。我想为他在北京寻一点小事做,这是他非常希望的,然而没有机会。他后来便到一个熟人的家里去寄食,也时时给我信,景况愈困穷,言辞也愈凄苦。终于又非走出这熟人的家不可,便在各处飘浮。不久,忽然从同乡那里得到一个消息,说他已经掉在水里,淹死了。

我疑心他是自杀。因为他是浮水的好手,不容易淹死的。

夜间独坐在会馆里,十分悲凉,又疑心这消息并不确,但无端又觉得这是极其可靠的,虽然并无证据。一点法子都没有。只作了四首诗,后来曾在一种日报上发表,现在是将要忘记完了。只记得一首里的六句,起首四句是:"把酒论天下,先生小酒人,大圜犹酩酊,微醉合沉沦。"中间忘掉两句，末了是："旧朋云散尽，余亦等轻尘。"

后来我回故乡去，才知道一些较为详细的事。爱农先是什么事也没得做，因为大家讨厌他。他很困难，但还喝酒，是朋友请他的。他已经很少和人们来往，常见的只剩下几个后来认识的较为年轻的人了，然而他们似乎也不愿意多听他的牢骚，以为不如讲笑话有趣。

"也许明天就收到一个电报，拆开来一看，是鲁迅来叫我的。"他时常这样说。

一天，几个新的朋友约他坐船去看戏，回来已过夜半，又是大风雨，他醉着，却偏要到船舷上去小解。大家劝阻他，也不听，说不会掉下去的。但他掉下去了，虽然能浮水，却从此不起来。

第二天打捞尸体，是在菱荡里找到的，直立着。

我至今不明白他究竟是失足，还是自杀。

他死后一无所有，遗下一个幼女和他的夫人。有几个人想集一点钱做他女孩将来的学费的基金，因为一经提议，即有族人来争这笔款的保管权——其实还没有这笔款——大家觉得无聊，便无形消散了。

现在不知他惟一的女儿景况如何？倘在上学，中学已该毕业了吧。

十一月十八日

后 记

我在第三篇讲《二十四孝》的开头，说北京恐吓小孩的"马虎子"应作"麻胡子"，是指麻叔谋，而且以他为胡人。现在知道是错了，"胡"应作"祜"，是叔谋之名，见唐人李济翁做的《资暇集》卷下，题云《非麻胡》。原文如次：

俗怖婴儿曰：麻胡来！不知其源者，以为多髯之神而验刺者，非也。隋将军麻祜，性酷虐，炀帝令开汴河，威棱既盛，至稚童望风而畏，互相恐吓曰：麻祜来！稚童语不正，转祜为胡。只如宪宗朝泾将郝玭，蕃中皆畏惮，其国婴儿啼者，以玭怖之，则止。又，武宗朝，闾阎孩孺相胁云：薛尹来！咸类此也。况《魏志》载张文远辽来之明证乎？（原注：麻祜庙在睢阳。郴方节度李丕即其后。丕为重建碑。）

原来我的识见，就正和唐朝的"不知其源者"相同，贻讥于千载之前，真是咎有应得，只好苦笑。但又不知麻祜庙碑或碑文，现今尚在睢阳或存于方志中否？倘在，我们当可以看见和小说《开河记》所载相反的他的功业。

因为想寻几张插画，常维钧兄给我在北京搜集了许多材料，有几种是为我所未曾见过的。如光绪己卯（1879）肃州胡文炳作的《二百卌孝图》——原书有注云："卌读如习。"我真不解他何以不直称四十，而必须如此麻烦——即其一。我所反对的"郭巨埋儿"，他于我还未出世的前几年，已经删去了。序有云：

……坊间所刻《二十四孝》，善矣。然其中郭巨埋儿一事，揆之天理人情，殊不可以训。……炳窃不自量，妄为编辑。凡矫枉过正而刻意求名者，概从割爱；惟择其事之不诡于正，而人人可为者，类为六门。……

这位肃州胡老先生的勇决，委实令我佩服了。但这种意见，恐怕是怀抱者不乏其人，而且由来已久的，不过大抵不敢毅然删改，笔之于书。如同治十一年（1872）刻的《百孝图》，卷首有纪常郑绩序，就说：

……况迩来世风日下，沿习浇漓，不知孝出天性自然，反以孝作另成一事。且择古人投炉埋儿为忍心害理，指割股抽肠为损亲遗体。殊未审孝只在乎心，不在乎迹。尽孝无定形，行孝无定事。古之孝者非在今所宜，今之孝者难泥古之事。因此时此地不同，而其人其事各异，求其所以尽孝之心则一也。子夏曰：事父母能竭其力。故孔门问孝，所答何尝有同然乎？……

则同治年间就有人以埋儿等事为"忍心害理"，灼然可知。至于这一位"纪常郑绩"先生的意思，我却还是不大懂得，或者像是说：这些事现在可以不必学，但也不必说他错。

这部《百孝图》的起源有点特别，是因为见了"粤东颜子"的《百美新咏》而作的。人重色而己重孝，卫道之盛心可谓至矣。虽然是"会稽俞葆真兰浦编辑"，与不佞有同乡之谊——但我还只得老实说：不大高明。例如木兰从军的出典，他注云："隋史"。这样名目的书，现今是没有的；倘是《隋书》，那里面又没有木兰从军的事。

而中华民国九年（1920），上海的书店却偏偏将它用石印翻印了，书名的前后各添了两个字：《男女百孝图全传》。第一叶上还有一行小字道：家庭教育的好模范。又加了一篇"吴下大错王鼎谨识"的序，开首先发同治年间"纪常郑绩"先生一流的感慨：

慨自欧化东渐，海内承学之士，嚣嚣然侈谈自由平等之说，致道德日就沦胥，人心日益浇漓，寡廉鲜耻，无所不为，侥幸行险，人思幸进，求所谓砥砺廉隅，束身自爱者，世不多睹焉。……起观斯世之忍心害理，几全如陈叔宝之无心肝。长此滔滔，伊何底止？……

其实陈叔宝模糊到好像"全无心肝"，或者有之，若拉他来配"忍心害理"，却未免有些冤枉。这是有几个人以评"郭巨埋儿"和"李娥投炉"的事的。

至于人心，有几点确也似乎正在浇漓起来。自从《男女之秘密》《男女交合新论》出现后，上海就很有些书名喜欢用"男女"二字冠首。现在是连"以正人心而厚风俗"的《百孝图》上也加上了。这大概为因不满于《百美新咏》而教孝的"会稽俞葆真兰浦"先生所不及料的吧。

从说"百行之先"的孝而忽然拉到"男女"上去，仿佛也近乎不庄重——浇漓。但我总还想趁便说几句——自然竭力来减省。

我们中国人即使对于"百行之先"，我敢说，也未必就不想到男女上去的。太平无事，闲人很多，偶有"杀身成仁舍生取义"的，本人也许忙得不暇检点，而活着的旁观者总会加以绵密的研究。曹娥的投江觅父，淹死后抱父尸出，是载在正史，很有许多人知道的。但这一个"抱"字却发生过问题。

我幼小时候，在故乡曾经听到老年人这样讲：

……死了的曹娥和她父亲的尸体，最初是面对面抱着浮上来的。然而过往行人看见的都发笑了，说：哈哈！这么一个年轻姑娘抱着这么一个老头子！于是那两个死尸又沉下去了；停了一刻又浮起来，这回是背对背的负着。

好！在礼义之邦里，连一个年幼——呜呼，"娥年十四"而已——的死孝女要和死父亲一同浮出，也有这么艰难！

我检查《百孝图》和《二百卌孝图》，画师都很聪明，所画的是曹娥还未跳入江中，只在江干啼哭。但吴友如画的《女二十四孝图》（1892）却正是两尸一同浮出的这一幕，而且也正画作"背对背"，如第一图的上方。我想，他大约也知道我所听到的那故事的。还有《后二十四孝图说》，也是吴友如画，也有曹娥，则画作正在投江的情状，如第一图下。

第一图

就我现今所见的教孝的图说而言，古今颇有许多遇盗，遇虎，遇火，遇风的孝子，那应付的方法，十之九是"哭"和"拜"。

中国的哭和拜，什么时候才完呢？

至于画法，我以为最简古的倒要算日本的小田海儒本，这本子早已印入《点石斋丛画》里，变成国货，很容易入手的了。吴友如画的最细巧，也最能引动人。但他于历史画其实是不大相宜的；他久居上海的租界里，耳濡目染，最擅长的倒在作"恶鸨虐妓"，"流氓拆梢"一类的时事画，那真是勃勃有生气，令人在纸上看出上海的洋场来。但影响殊不佳，近来许多小说和儿童读物的插画中，往往将一切女性画成妓女样，一切孩童都画得像一个小流氓，大半就因为太看了他的画本的缘故。

而孝子的事迹也比较地更难画，因为总是惨苦的多。譬如"郭巨埋儿"，无论如何总难以画到引得孩子眉飞色舞，自愿躺到坑里去。还有"尝粪心忧"，也不容易引人入胜。还有老莱子的"戏彩娱亲"，题诗上虽说"喜色满庭帏"，而图画上却绝少有有趣的家庭的气息。

我现在选取了三种不同的标本，合成第二图。上方的是《百孝图》中的一部分，"陈村何云梯"画的，画的是"取水上堂诈跌卧地作婴儿啼"这一段。也带出"双亲开口笑"来。中间的一小块是我从"直北李锡彤"画的《二十四孝图诗合刊》上描下来的，画的是"着五色斑斓之衣为婴儿戏于亲侧"这一段；手里捏着"摇咕咚"，就是"婴儿戏"这三个字的点题。但大约李先生觉得一个高大的老头子玩这样的把戏究竟不像样,将他的身子竭力收缩,画成一个有胡子的小孩子了。然而仍然无趣。至于线的错误和缺少,那是不能怪作者的,也不能埋怨我,只能去骂刻工。查这刻工当前清同治十二年(1873)时,是在"山东省布政司街南首路西鸿文堂刻字处"。下方的是"民国壬戌"(1922)慎独山房刻本,无画人姓名,但是双料画法,一面"诈跌卧地",一面"为婴儿戏",将两件事合起来,而将"斑斓之衣"忘却了。吴友如画的一本,也合两事为一,也忘了斑斓

第二图

之衣,只是老莱子比较的胖一些,且绾着双丫髻——不过还是无趣味。

人说,讽刺和冷嘲只隔一张纸,我以为有趣和肉麻也一样。孩子对父母撒娇可以看得有趣,若是成人,便未免有些不顺眼。放达的夫妻在人面前的互相爱怜的态度,有时略一跨出有趣的界线,也容易变为肉麻。老莱子的作态的图,正无怪谁也画不好。像这些图画上似的家庭里,我是一天也住不舒服的,你看这样一位七十岁的老太爷整年假惺惺地玩着一个"摇咕咚"。

汉朝人在宫殿和墓前的石室里,多喜欢绘画或雕刻古来的帝王,孔子弟子,列士,列女,孝子之类的图。宫殿当然一椽不存了;石室却偶然还有,而最完全的是山东嘉祥县的武氏石室。我仿佛记得那上面就刻着老莱子的故事。但现在手头既没有拓本,也没有《金石萃编》,不能查考了;否则,将现时的和约一千八百年前的图画比较起来,也是一种颇有趣味的事。

关于老莱子的,《百孝图》上还有这样的一段:

……莱子又有弄雏娱亲之事:尝弄雏于双亲之侧,欲亲之喜。(原注:《高士传》。)

　　谁做的《高士传》呢？嵇康的，还是皇甫谧的？也还是手头没有书，无从查考。只在新近因为白得了一个月的薪水，这才发狠买来的《太平御览》上查了一通，到底查不着，倘不是我粗心，那就是出于别的唐宋人的类书里的了。但这也没有什么大关系。我所觉得特别的，是文中的那"雏"字。

　　我想，这"雏"未必一定是小禽鸟。孩子们喜欢弄来玩耍的，用泥和绸或布做成的人形，日本也叫 Hina，写作"雏"。他们那里往往存留中国的古语；而老莱子在父母面前弄孩子的玩具，也比弄小禽鸟更自然。所以英语的 Doll，即我们现在称为"洋囝囝"或"泥人儿"，而文字上只好写作"傀儡"的，说不定古人就称"雏"，后来中绝，便只残存于日本了。但这不过是我一时的臆测，此外也并无什么坚实的凭证。

　　这弄雏的事，似乎也还没有人画过图。

　　我所搜集的另一批，是内有"无常"的画像的书籍。一曰《玉历钞传警世》（或无下二字），一曰《玉历至宝钞》（或作编）。其实是两种都差不多的。关于搜集的事，我首先仍要感谢常维钧兄，他寄给我北京龙光斋本，又鉴光斋本；天津思过斋本，又石印局本；南京李光明庄本。其次是章矛尘兄，给我杭州玛瑙经房本，绍兴许广记本，最近石印本。又其次是我自己，得到广州宝经阁本，又翰元楼本。

　　这些《玉历》，有繁简两种，是和我的前言相符的。但我调查了一切无常的画像之后，却恐慌起来了。因为书上的"活无常"是花袍，纱帽，背后插刀；而拿算盘，戴高帽子的却是"死有分"！虽然面貌有凶恶和和善之别，脚下有草鞋和布（？）鞋之殊，也不过画工偶然的随便，而最关紧要的题字，则全体一致，曰："死有分"。呜呼，这明明是专在和我为难。

　　然而我还不能心服。一者因为这些书都不是我幼小时候所见的那一部，二者因为我还确信我的记忆并没有错。不过撕下一叶来做插画的企图，却被无声无臭地打得粉碎了。只得选取标本各一——南京本的死有分和广州本的活无常——之外，还自己动手，添画一个我所记得的目连戏或迎神赛会中的"活无常"来塞责，如第三图上方。好在我并非画家，虽然太不高明，读者也许不至于嗔责吧。先前想不到后来，曾经对于吴友如先生辈颇说过几句蹊跷话，不料曾几何时，即须自己出丑了，现在就预先辩解几句在这里存案。但是，如果无效，那也只好直抄徐（印世昌）大总统的哲学：听其自然。

还有不能心服的事，是我觉得虽是宣传《玉历》的诸公，于阴间的事情其实也不大了然。例如一个人初死时的情状，那图像就分成两派。一派是只来一位手执钢叉的鬼卒，叫作"勾魂使者"，此外什么都没有；一派是一个马面，两个无常——阳无常和阴无常——而并非活无常和死有分。倘说，那两个就

第三图

是活无常和死有分吧，则和单个的画像又不一致。如第四图版上的 A，阳无常何尝是花袍纱帽？只有阴无常却和单画的死有分颇相像的，但也放下算盘拿了扇。这还可以说大约因为其时是夏天，然而怎么又长了那么长的络腮胡子了呢？难道夏天时疫多，他竟忙得连修刮的工夫都没有了么？这图的来源是天津思过斋的本子，合并声明；还有北京和广州本上的，也相差无几。

B 是从南京的李光明庄刻本上取来的，图画和 A 相同，而题字则正相反了：天津本指为阴无常者，它却道是阳无常。但和我的主张是一致的。那么，倘有一个素服高帽的东西，不问他胡子之有无，北京人，天津人，广州人只管去称为阴无常或死有分，我和南京人则叫他活无常，各随自己的便罢。"名者，实之宾也"，不关什么紧要的。

不过我还要添上一点 C 图，是绍兴许广记刻本中的一部分，上面并无题字，不知宣传者于意云何。我幼小时常常走过许广记的门前，也闲看他们刻图画，是专爱用弧线和直线，不大肯作曲线的，所以无常先生的真相，在这里也难以判然。只是他身边另有一个小高帽，却还能分明看出，为别的本子上所无。这就是我所说过的在赛会时候出现的阿领。他连办公时间也带着儿

子（?）走，我想，大概是在叫他跟随学习，预备长大之后，可以"无改于父之道"的。

除勾摄人魂外，十殿阎罗王中第四殿五官王的案桌旁边，也什九站着一个高帽脚色。如 D 图，1 取自天津的思过斋本，模样颇漂亮；2 是南京本，舌头拖出来了，不知何故；3 是广州的宝经阁本，扇子破了；4 是北京龙光斋本，无扇，下巴之下一条黑，我看不透它是胡子还是舌头；5 是天津石印局本，也颇漂亮，然而站到第七殿泰山王的公案桌边去了：这是很特别的。

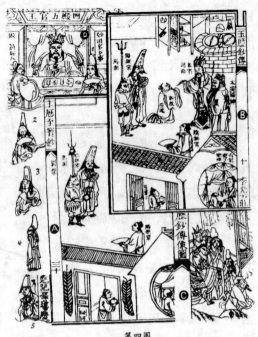

第四图

又，老虎噬人的图上，也一定画有一个高帽的脚色，拿着纸扇子暗地里在指挥。不知道这也就是无常呢，还是所谓"伥鬼"？但我乡戏文上的伥鬼都不戴高帽子。

研究这一类三魂渺渺，七魄茫茫，"死无对证"的学问，是很新颖，也极占便宜的。假使征集材料，开始讨论，将各种往来的信件都编印起来，恐怕也可以出三四本颇厚的书，并且因此升为"学者"。但是，"活无常学者"，名称不大冠冕，我不想干下去了，只在这里下一个武断：

《玉历》式的思想是很粗浅的："活无常"和"死有分"，合起来是人生的象征。人将死时，本只须死有分来到。因为他一到，这时候，也就可见"活无常"。

但民间又有一种自称"走阴"或"阴差"的，是生人暂时入冥，帮办公事的脚色。因为他帮同勾魂摄魄，大家也就称之为"无常"；又以其本是生魂也，则别之曰"阳"，但从此便和"活无常"隐然相混了。如第四图版之 A，题为"阳无常"的，是平常人的普通装束，足见明明是阴差，他的职务只在领鬼卒进门，所以站在阶下。

既有了生魂入冥的"阳无常"，便以"阴无常"来称职务相似而并非生魂的死有分了。

做目连戏和迎神赛会虽说是祷祈，同时也等于娱乐，扮演出来的应该是阴差，而普通状态太无趣——无所谓扮演——不如奇特些好，于是就将"那一个无常"的衣装给他穿上了——自然原也没有知道得清楚。然而从此也更传讹下去。所以南京人和我之所谓活无常，是阴差而穿着死有分的衣冠，顶着真的活无常的名号，大背经典，荒谬得很的。

不知海内博雅君子，以为何如?

我本来并不准备做什么后记，只想寻几张旧画像来做插图，不料目的不达，便变成一面比较，剪贴，一面乱发议论了。那一点本文或作或辍地几乎做了一年，这一点后记也或作或辍地几乎做了两个月。天热如此，汗流浃背，是亦不可以已乎：爰为结。

一九二七年七月十一日，写完于广州东堤寓楼之西窗下

野　草

秋　夜

在我的后园，可以看见墙外有两株树，一株是枣树，还有一株也是枣树。

这上面的夜的天空，奇怪而高，我生平没有见过这样的奇怪而高的天空。他仿佛要离开人间而去，使人们仰面不再看见。然而现在却非常之蓝，闪闪地䀹着几十个星星的眼，冷眼。他的口角上现出微笑，似乎自以为大有深意，而将繁霜洒在我的园里的野花草上。

我不知道那些花草真叫什么名字，人们叫他们什么名字。我记得有一种开过极细小的粉红花，现在还开着，但是更极细小了，她在冷的夜气中，瑟缩地做梦，梦见春的到来，梦见秋的到来，梦见瘦的诗人将眼泪擦在她最末的花瓣上，告诉她秋虽然来，冬虽然来，而此后接着还是春，蝴蝶乱飞，蜜蜂都唱起春词来了。她于是一笑，虽然颜色冻得红惨惨的，仍然瑟缩着。

枣树，他们简直落尽了叶子。先前，还有一两个孩子来打他们别人打剩的枣子，现在是一个也不剩了，连叶子也落尽了。他知道小粉红花的梦，秋后要有春；他也知道落叶的梦，春后还是秋。他简直落尽叶子，单剩干子，然而脱了当初满树是果实和叶子时候的弧形，欠伸得很舒服。但是，有几枝还低亚着，护定他从打枣的竿梢所得的皮伤，而最直最长的几枝，却已默默地铁似的直刺着奇怪而高的大空，使大空闪闪地鬼䀹眼；直刺着天空中圆满的月亮，使月亮窘得发白。

鬼䀹眼的天空越加非常之蓝，不安了，仿佛想离去人间，避开枣树，只将月亮剩下。然而月亮也暗暗地躲到东边去了。而一无所有的干子，却仍然默默地铁似的直刺着奇怪而高的天空，一意要制他的死命，不管他各式各样地䀹着许多蛊惑的眼睛。

哇的一声，夜游的恶鸟飞过了。

我忽而听到夜半的笑声，吃吃地，似乎不愿意惊动睡着的人，然而四围的空气都应和着笑。夜半，没有别的人，我即刻听出这声音就在我嘴里，我也即刻被这笑声所驱逐，回进自己的房。灯火的带子也即刻被我旋高了。

后窗的玻璃上丁丁地响，还有许多小飞虫乱撞。不多久，几个进来了，许是从窗纸的破孔进来的。他们一进来，又在玻璃的灯罩上撞得丁丁地响。一个从上面撞进去了，他于是遇到火，而且我以为这火是真的。两三个却休息在灯的纸罩上喘气。那罩是昨晚新换的罩，雪白的纸，折出波浪纹的叠痕，一角还画出一枝猩红色的栀子。

猩红的栀子开花时，枣树又要做小粉红花的梦，青葱地弯成弧形了。……我又听到夜半的笑声；我赶紧砍断我的心绪，看那老在白纸罩上的小青虫，头大尾小，向日葵子似的，只有半粒小麦那么大，遍身的颜色苍翠得可爱，可怜。

我打一个呵欠，点起一支纸烟，喷出烟来，对着灯默默地敬奠这些苍翠精致的英雄们。

一九二四年九月十五日

影的告别

人睡到不知道时候的时候，就会有影来告别，说出那些话——

有我所不乐意的在天堂里，我不愿去；有我所不乐意的在地狱里，我不愿去；有我所不乐意的在你们将来的黄金世界里，我不愿去。

然而你就是我所不乐意的。

朋友，我不想跟随你了，我不愿住。

我不愿意！

呜乎呜乎，我不愿意，我不如彷徨于无地。

我不过一个影，要别你而沉没在黑暗里了。然而黑暗又会吞并我，然而光明又会使我消失。

然而我不愿彷徨于明暗之间，我不如在黑暗里沉没。

然而我终于彷徨于明暗之间，我不知道是黄昏还是黎明。我姑且举灰黑的手装作喝干一杯酒，我将在不知道时候的时候独自远行。

呜乎呜乎，倘若黄昏，黑夜自然会来沉没我，否则我要被白天消失，如果现是黎明。

朋友，时候近了。

我将向黑暗里彷徨于无地。

你还想我的赠品。我能献你什么呢？无已，则仍是黑暗和虚空而已。但是，我愿意只是黑暗，或者会消失于你的白天；我愿意只是虚空，决不占你的心地。

我愿意这样，朋友——

我独自远行，不但没有你，并且再没有别的影在黑暗里。只有我被黑暗沉没，那世界全属于我自己。

一九二四年九月二十四日

求乞者

　　我顺着剥落的高墙走路，踏着松的灰土。另外有几个人，各自走路。微风起来，露在墙头的高树的枝条带着还未干枯的叶子在我头上摇动。

　　微风起来，四面都是灰土。

　　一个孩子向我求乞，也穿着夹衣，也不见得悲戚，而拦着磕头，追着哀呼。

　　我厌恶他的声调，态度。我憎恶他并不悲哀，近于儿戏；我烦厌他这追着哀呼。

　　我走路。另外有几个人各自走路。微风起来，四面都是灰土。

　　一个孩子向我求乞，也穿着夹衣，也不见得悲戚，但是哑的，摊开手，装着手势。

　　我就憎恶他这手势。而且，他或者并不哑，这不过是一种求乞的法子。

　　我不布施，我无布施心，我但居布施者之上，给予烦腻，疑心，憎恶。

　　我顺着倒败的泥墙走路，断砖叠在墙缺口，墙里面没有什么。微风起来，送秋寒穿透我的夹衣，四面都是灰土。

　　我想着我将用什么方法求乞：发声，用怎样声调？装哑，用怎样手势？……

　　另外有几个人各自走路。

　　我将得不到布施，得不到布施心；我将得到自居于布施之上者的烦腻，疑心，憎恶。

　　我将用无所为和沉默求乞……

　　我至少将得到虚无。

微风起来，四面都是灰土。另外有几个人各自走路。

灰土，灰土……

……

灰土……

一九二四年九月二十四日

我的失恋

——拟古的新打油诗

我的所爱在山腰；
想去寻她山太高，
低头无法泪沾袍。
爱人赠我百蝶巾；
回她什么：猫头鹰。
从此翻脸不理我，
不知何故兮使我心惊。

我的所爱在闹市；
想去寻她人拥挤，
仰头无法泪沾耳。
爱人赠我双燕图；
回她什么：冰糖壶卢。
从此翻脸不理我，
不知何故兮使我糊涂。

我的所爱在河滨；
想去寻她河水深，
歪头无法泪沾襟。
爱人赠我金表索，

回她什么：发汗药。
从此翻脸不理我，
不知何故兮使我神经衰弱。

我的所爱在豪家；
想去寻她兮没有汽车，
摇头无法泪如麻。
爱人赠我玫瑰花；
回她什么：赤练蛇。
从此翻脸不理我，
不知何故兮——由她去吧。

一九二四年十月三日

复　仇

人的皮肤之厚，大概不到半分，鲜红的热血，就循着那后面，在比密密层层地爬在墙壁上的槐蚕更其密的血管里奔流，散出温热。于是各以这温热互相蛊惑，煽动，牵引，拼命地希求偎倚，接吻，拥抱，以得生命的沉酣的大欢喜。

但倘若用一柄尖锐的利刃，只一击，穿透这桃红色的，菲薄的皮肤，将见那鲜红的热血激箭似的以所有温热直接灌溉杀戮者；其次，则给以冰冷的呼吸，示以淡白的嘴唇，使之人性茫然，得到生命的飞扬的极致的大欢喜；而其自身，则永远沉浸于生命的飞扬的极致的大欢喜中。

这样，所以，有他们俩裸着全身，捏着利刃，对立于广漠的旷野之上。

他们俩将要拥抱，将要杀戮……

路人们从四面奔来，密密层层地，如槐蚕爬上墙壁，如蚂蚁要扛鲞头。衣服都漂亮，手倒空的。然而从四面奔来，而且拼命地伸长颈子，要赏鉴这拥抱或杀戮。他们已经豫觉着事后的自己的舌上的汗或血的鲜味。

然而他们俩对立着，在广漠的旷野之上，裸着全身，捏着利刃，然而也不拥抱，也不杀戮，而且也不见有拥抱或杀戮之意。

他们俩这样地至于永久，圆活的身体，已将干枯，然而毫不见有拥抱或杀戮之意。

路人们于是乎无聊；觉得有无聊钻进他们的毛孔，觉得有无聊从他们自己的心中由毛孔钻出，爬满旷野，又钻进别人的毛孔中。他们于是觉得喉舌干燥，脖子也乏了；终至于面面相觑，慢慢走散；甚而至于居然觉得干枯到失了生趣。

于是只剩下广漠的旷野，而他们俩在其间裸着全身，捏着利刃，干枯地立着；以死人似的眼光，赏鉴这路人们的干枯，无血的大戮，而永远沉浸于生命的飞扬的极致的大欢喜中。

一九二四年十二月二十日

复仇（其二）

因为他自以为神之子，以色列的王，所以去钉十字架。

兵丁们给他穿上紫袍，戴上荆冠，庆贺他；又拿一根苇子打他的头，吐他，屈膝拜他；戏弄完了，就给他脱了紫袍，仍穿他自己的衣服。

看哪，他们打他的头，吐他，拜他……

他不肯喝那用没药调和的酒，要分明地玩味以色列人怎样对付他们的神之子，而且较永久地悲悯他们的前途，然而仇恨他们的现在。

四面都是敌意，可悲悯的，可咒诅的。

丁丁地响，钉尖从掌心穿透，他们要钉杀他们的神之子了，可悯的人们呵，使他痛得柔和。丁丁地响，钉尖从脚背穿透，钉碎了一块骨，痛楚也透到心髓中，然而他们自己钉杀着他们的神之子了，可咒诅的人们呵，这使他痛得舒服。

十字架竖起来了；他悬在虚空中。

他没有喝那用没药调和的酒，要分明地玩味以色列人怎样对付他们的神之子，而且较永久地悲悯他们的前途，然而仇恨他们的现在。

路人都辱骂他，祭司长和文士也戏弄他，和他同钉的两个强盗也讥诮他。

看哪，和他同钉的……

四面都是敌意，可悲悯的，可咒诅的。

他在手足的痛楚中，玩味着可悯的人们的钉杀神之子的悲哀和可咒诅的人们要钉杀神之子，而神之子就要被钉杀了的欢喜。突然间，碎骨的大痛楚透到心髓了，他即沉酣于大欢喜和大悲悯中。

他腹部波动了，悲悯和咒诅的痛楚的波。

遍地都黑暗了。

"以罗伊，以罗伊，拉马撒巴各大尼?!"（翻出来，就是：我的上帝，你为什么离弃我?!）

上帝离弃了他，他终于还是一个"人之子"；然而以色列人连"人之子"都钉杀了。

钉杀了"人之子"的人们的身上，比钉杀了"神之子"的尤其血污，血腥。

一九二四年十二月二十日

希　望

　　我的心分外地寂寞。

　　然而我的心很平安：没有爱憎，没有哀乐，也没有颜色和声音。

　　我大概老了。我的头发已经苍白，不是很明白的事么？我的手颤抖着，不是很明白的事么？那么，我的魂灵的手一定也颤抖着，头发也一定苍白了。

　　然而这是许多年前的事了。

　　这以前，我的心也曾充满过血腥的歌声：血和铁，火焰和毒，恢复和报仇。而忽而这些都空虚了，但有时故意地填以没奈何的自欺的希望。希望，希望，用这希望的盾，抗拒那空虚中的暗夜的袭来，虽然盾后面也依然是空虚中的暗夜。然而就是如此，陆续地耗尽了我的青春。

　　我早先岂不知我的青春已经逝去了？但以为身外的青春固在：星，月光，僵坠的蝴蝶，暗中的花，猫头鹰的不祥之言，杜鹃的啼血，笑的渺茫，爱的翔舞……虽然是悲凉漂渺的青春吧，然而究竟是青春。

　　然而现在何以如此寂寞？难道连身外的青春也都逝去，世上的青年也多衰老了么？

　　我只得由我来肉搏这空虚中的暗夜了。我放下了希望之盾，我听到Petöfi Sándor（1823－1849）的"希望"之歌：

　　希望是甚么？是娼妓：

　　她对谁都蛊惑，将一切都献给；

　　待你牺牲了极多的宝贝——

　　你的青春——她就弃掉你。

这伟大的抒情诗人，匈牙利的爱国者，为了祖国而死在可萨克兵的矛尖上，已经七十五年了。悲哉死也，然而更可悲的是他的诗至今没有死。

但是，可惨的人生！桀骜英勇如 Petöfi，也终于对了暗夜止步，回顾着茫茫的东方了。他说：

绝望之为虚妄，正与希望相同。

倘使我还得偷生在不明不暗的这"虚妄"中，我就还要寻求那逝去的悲凉缥缈的青春，但不妨在我的身外。因为身外的青春倘一消灭，我身中的迟暮也即凋零了。

然而现在没有星和月光，没有僵坠的蝴蝶以至笑的渺茫，爱的翔舞。然而青年们很平安。

我只得由我来肉搏这空虚中的暗夜了，纵使寻不到身外的青春，也总得自己来一掷我身中的迟暮。但暗夜又在那里呢？现在没有星，没有月光以至笑的渺茫和爱的翔舞；青年们很平安，而我的面前又竟至于并且没有真的暗夜。

绝望之为虚妄，正与希望相同！

一九二五年一月一日

雪

　　暖国的雨，向来没有变过冰冷的坚硬的灿烂的雪花。博识的人们觉得他单调，他自己也以为不幸否耶？江南的雪，可是滋润美艳之至了；那是还在隐约着的青春的消息，是极壮健的处子的皮肤。雪野中有血红的宝珠山茶，白中隐青的单瓣梅花，深黄的磬口的蜡梅花，雪下面还有冷绿的杂草。蝴蝶确乎没有；蜜蜂是否来采山茶花和梅花的蜜；我可记不真切了。但我的眼前仿佛看见冬花开在雪野中，有许多蜜蜂们忙碌地飞着，也听得他们嗡嗡地闹着。

　　孩子们呵着冻得通红，像紫芽姜一般的小手，七八个一齐来塑雪罗汉。因为不成功，谁的父亲也来帮忙了。罗汉就塑得比孩子们高得多，虽然不过是上小下大的一堆，终于分不清是壶卢还是罗汉，然而很洁白，很明艳，以自身的滋润相黏结，整个地闪闪地生光。孩子们用龙眼核给他做眼珠，又从谁的母亲的脂粉奁中偷得胭脂来涂在嘴唇上。这回确是一个大阿罗汉了。他也就目光灼灼地嘴唇通红地坐在雪地里。

　　第二天还有几个孩子来访问他；对了他拍手，点头，嬉笑。但他终于独自坐着了。晴天又来消释他的皮肤，寒夜又使他结一层冰，化作不透明的水晶模样；连续的晴天又使他成为不知道算什么，而嘴上的胭脂也褪尽了。

　　但是，朔方的雪花在纷飞之后，却永远如粉，如沙，他们决不黏连，撒在屋上，地上，枯草上，就是这样。屋上的雪是早已就有消化了的，因为屋里居人的火的温热。别的，在晴天之下，旋风忽来，便蓬勃地奋飞，在日光中灿烂地生光，如包藏火焰的大雾，旋转而且升腾，弥漫太空，使太空旋转而且升腾地闪烁。

　　在无边的旷野上，在凛冽的天宇下，闪闪地旋转升腾着的是雨的精魂……

　　是的，那是孤独的雪，是死掉的雨，是雨的精魂。

　　　　　　　　　　　　　　　　　　一九二五年一月十八日

风　筝

　　北京的冬季，地上还有积雪，灰黑色的秃树枝丫叉于晴朗的天空中，而远处有一二风筝浮动，在我是一种惊异和悲哀。

　　故乡的风筝时节，是春二月，倘听到沙沙的风轮声，仰头便能看见一个淡墨色的蟹风筝或嫩蓝色的蜈蚣风筝。还有寂寞的瓦片风筝，没有风轮，又放得很低，伶仃地显出憔悴可怜模样。但此时地上的杨柳已经发芽，早的山桃也多吐蕾，和孩子们的天上的点缀相照应，打成一片春日的温和。我现在在那里呢？四面都还是严冬的肃杀，而久经诀别的故乡的久经逝去的春天，却就在这天空中荡漾了。

　　但我是向来不爱放风筝的，不但不爱，并且嫌恶他，因为我以为这是没出息孩子所做的玩意儿。和我相反的是我的小兄弟，他那时大概十岁内外吧，多病，瘦得不堪，然而最喜欢风筝，自己买不起，我又不许放，他只得张着小嘴，呆看着空中出神，有时至于小半日，远处的蟹风筝突然落下来了，他惊呼；两个瓦片风筝的缠绕解开了，他高兴得跳跃。他的这些，在我看来都是笑柄，可鄙的。

　　有一天，我忽然想起，似乎多日不很看见他了，但记得曾见他在后园拾枯竹。我恍然大悟似的，便跑向少有人去的一间堆积杂物的小屋去，推开门，果然就在尘封的什物堆中发现了他。他向着大方凳，坐在小凳上；便很惊惶地站了起来，失了色瑟缩着。大方凳旁靠着一个蝴蝶风筝的竹骨，还没有糊上纸，凳上是一对做眼睛用的小风轮，正用红纸条装饰着，将要完工了。我在破获秘密的满足中，又很愤怒他的瞒了我的眼睛，这样苦心孤诣地来偷做没出息孩子的玩意儿。我即刻伸手折断了糊蝶的一支翅骨，又将风轮掷在地下，踏扁了。论长幼，论力气，他是都敌不过我的，我当然得到完全的胜利，于是傲然走出，留他绝望地站在小屋里。后来他怎样，我不知道，也没有留心。

然而我的惩罚终于轮到了，在我们离别得很久之后，我已经是中年。我不幸偶尔看了一本外国的讲论儿童的书，才知道游戏是儿童最正当的行为，玩具是儿童的天使，于是二十年来毫不忆及的幼小时候对于精神的虐杀的这一幕，忽地在眼前展开，而我的心也仿佛同时变了铅块，很重很重地堕下去了。

但心又不竟堕下去而至于断绝，他只是很重很重地堕着，堕着。

我也知道补过的方法的：送他风筝，赞成他放，劝他放，我和他一同放。我们嚷着，跑着，笑着。——然而他其时已经和我一样，早已有了胡子了。

我也知道还有一个补过的方法的：去讨他的宽恕，等他说，"我可是毫不怪你呵。"那么，我的心一定就轻松了，这确是一个可行的方法。有一回，我们会面的时候，是脸上都已添刻了许多"生"的辛苦的条纹，而我的心很沉重，我们渐渐谈起儿时的旧事来，我便叙述到这一节，自说少年时代的糊涂。"我可是毫不怪你呵。"我想，他要说了，我即刻便受了宽恕，我的心从此也宽松了罢。

"有过这样的事么？"他惊异地笑着说，就像旁听着别人的故事一样。他什么也不记得了。

全然忘却，毫无怨恨，又有什么宽恕之可言呢？无怨的恕，说谎罢了。

我还能希求什么呢？我的心只得沉重着。

现在，故乡的春天又在这异地的空中了，既给我久经逝去的儿时的回忆，而一并也带着无可把握的悲哀。我倒不如躲到肃杀的严冬中去吧——但是，四面又明明是严冬，正给我非常的寒威和冷气。

一九二五年一月二十四日

好的故事

灯火渐渐地缩小了，在预告石油的已经不多；石油又不是老牌，早熏得灯罩很昏暗。鞭爆的繁响在四近，烟草的烟雾在身边：是昏沉的夜。

我闭了眼睛，向后一仰，靠在椅背上；捏着《初学记》的手搁在膝髁上。

我在朦胧中，看见一个好的故事。

这故事很美丽，幽雅，有趣。许多美的人和美的事，错综起来像一天云锦，而且万颗奔星似的飞动着，同时又展开去，以至于无穷。

我仿佛记得曾坐小船经过山阴道，两岸边的乌桕，新禾，野花，鸡，狗，丛树和枯树，茅屋，塔，伽蓝，农夫和村妇，村女，晒着的衣裳，和尚，蓑笠，天，云，竹，……都倒影在澄碧的小河中，随着每一打桨，各各夹带了闪烁的日光，并水里的萍藻游鱼，一同荡漾。诸影诸物，无不解散，而且摇动，扩大，互相融和；刚一融和，却又退缩，复近于原形。边缘都参差如夏云头，镶着日光，发出水银色焰。凡是我所经过的河，都是如此。

现在我所见的故事也如此。水中的青天的底子，一切事物统在上面交错，织成一篇，永是生动，永是展开，我看不见这一篇的结束。

河边枯柳树下的几株瘦削的一丈红，该是村女种的吧。大红花和斑红花，都在水里面浮动，忽而碎散，拉长了，缕缕的胭脂水，然而没有晕。茅屋，狗，塔，村女，云……也都浮动着。大红花一朵朵全被拉长了，这时是泼剌奔迸的红锦带。带织入狗中，狗织入白云中，白云织入村女中……在一瞬间，他们又将退缩了。但斑红花影也已碎散，伸长，就要织进塔，村女，狗，茅屋，云里去。

现在我所见的故事清楚起来了，美丽，幽雅，有趣，而且分明。青天上面，有无数美的人和美的事，我一一看见，一一知道。

我就要凝视他们……

我正要凝视他们时，骤然一惊，睁开眼，云锦也已皱蹙，凌乱，仿佛有谁掷一块大石于河水中，水波陡然起立，将整篇的影子撕成片片了。我无意识地赶忙捏住几乎坠地的《初学记》，眼前还剩着几点虹霓色的碎影。

我真爱这一篇好的故事，趁碎影还在，我要追回他，完成他，留下他。我抛了书，欠身伸手去取笔——何尝有一丝碎影，只见昏暗的灯光，我不在小船里了。

但我总记得见过这一篇好的故事，在昏沉的夜……

一九二五年二月二十四日

过　客

时：　或一日的黄昏。

地：　或一处。

人：老翁　约七十岁，白须发，黑长袍。

　　女孩　约十岁，紫发，乌眼珠，白地黑方格长衫。

　　过客　约三四十岁，状态困顿倔强，眼光阴沉，黑须，乱发，黑色
　　　　　短衣裤皆破碎，赤足着破鞋，胁下挂一个口袋，支着等身的
　　　　　竹杖。

　　　东，是几株杂树和瓦砾；西，是荒凉破败的丛莽；其间有一条似路非路
的痕迹。一间小土屋向这痕迹开着一扇门；门侧有一段枯树根。

　　　（女孩正要将坐在树根上的老翁搀起。）

翁　孩子。喂，孩子！怎么不动了呢？

孩　（向东望着，）有谁走来了，看一看吧。

翁　不用看他。扶我进去吧。太阳要下去了。

孩　我——看一看。

翁　唉，你这孩子！天天看见天，看见土，看见风，还不够好看么？什么也
　　不比这些好看。你偏是要看谁。太阳下去时候出现的东西，不会给你什
　　么好处的。……还是进去吧。

孩　可是，已经近来了。阿阿，是一个乞丐。

翁　乞丐？不见得吧。

（过客从东面的杂树间跄踉走出，暂时踌躇之后，慢慢地走近老翁去。）

客 老丈，你晚上好？

翁 阿，好！托福。你好？

客 老丈，我实在冒昧，我想在你那里讨一杯水喝。我走得渴极了。这地方又没有一个池塘，一个水洼。

翁 唔，可以可以。你请坐吧。（问女孩）孩子，你拿水来，杯子要洗干净。

（女孩默默地走进土屋去。）

翁 客官，你请坐。你是怎么称呼的。

客 称呼——我不知道。从我还能记得的时候起，我就只一个人，我不知道我本来叫什么。我一路走，有时人们也随便称呼我，各式各样地，我也记不清楚了，况且相同的称呼也没有听到过第二回。

翁 阿阿。那么，你是从哪里来的呢？

客 （略略迟疑，）我不知道。从我还能记得的时候起，我就在这么走。

翁 对了。那么，我可以问你到哪里去么？

客 自然可以——但是，我不知道。从我还能记得的时候起，我就在这么走，要走到一个地方去，这地方就在前面。我单记得走了许多路，现在来到这里了。我接着就要走向那边去，（西指）前面！

（女孩小心地捧出一个水杯来，递去。）

客 （接杯，）多谢。姑娘。（将水两口喝尽，还杯，）多谢，姑娘。这真是少有的好意。我真不知道应该怎样感激！

翁 不要这么感激。这于你是没有好处的。

客 是的，这于我没有好处。可是我现在很恢复了些力气了。我就要前去。老丈，你大约是久住在这里的，你可知道前面是怎么一个所在么？

翁 前面？前面，是坟。

客 （诧异地，）坟？

孩 不，不，不的。那里有许多许多野百合，野蔷薇，我常常去玩，去看他们的。

客 （西顾，仿佛微笑，）不错。那些地方有许多许多野百合，野蔷薇，我也常常去玩过，去看过的。但是，那是坟。（向老翁，）老丈，走完了那坟地之后呢?

翁　走完之后? 那我可不知道。我没有走过。

客　不知道?!

孩　我也不知道。

翁　我单知道南边; 北边; 东边, 你的来路。那是我最熟悉的地方, 也许倒
　　是于你最好的地方。你莫怪我多嘴, 据我看来, 你已经这么劳顿了, 还
　　不如回转去, 因为你前去也料不定可能走完。

客　料不定可能走完? ……（沉思, 忽然惊起,）那不行! 我只得走。回到那
　　里去, 就没一处没有名目, 没一处没有地主, 没一处没有驱逐和牢笼,
　　没一处没有皮面的笑容, 没一处没有眶外的眼泪。我憎恶他们, 我不回
　　转去!

翁　那也不然。你也会遇见心底的眼泪, 为你的悲哀。

客　不。我不愿看见他们心底的眼泪, 不要他们为我的悲哀!

翁　那么, 你,（摇头）你只得走了。

客　是的, 我只得走了。况且还有声音常在前面催促我, 叫唤我, 使我息不
　　下。可恨的是我的脚早经走破了, 有许多伤, 流了许多血。（举起一足给
　　老人看,）因此, 我的血不够了; 我要喝些血。但血在那里呢? 可是我也
　　不愿意喝无论谁的血。我只得喝些水, 来补充我的血。一路上总有水,
　　我倒也并不感到什么不足。只是我的力气太稀薄了, 血里面太多了水的
　　缘故罢。今天连一个小小水洼也遇不到, 也就是少走了路的缘故吧。

翁　那也未必。太阳下去了, 我想, 还不如休息一会的好吧, 像我似的。

客　但是, 那前面的声音叫我走。

翁　我知道。

客　你知道, 你知道那声音么?

翁　是的。他似乎曾经也叫过我。

客　那也就是现在叫我的声音么?

翁　那我可不知道。他也就是叫过几声, 我不理他, 他也就不叫了, 我也就
　　记不清楚了。

客　唉唉, 不理他……（沉思, 忽然吃惊, 倾听着,）不行! 我还是走的好。

我息不下。可恨我的脚早经走破了。(准备走路。)

孩　给你!(递给一片布,)裹上你的伤去。

客　多谢,(接取,)姑娘。这真是……这真是极少有的好意。这能使我可以
走更多的路。(就断砖坐下,要将布缠在踝上,)但是,不行!(竭力站
起,)姑娘,还了你吧,还是裹不下。况且这太多的好意,我没法感激。

翁　你不要这么感激,这于你没有好处。

客　是的,这于我没有什么好处。但在我,这布施是最上的东西了。你看,
我全身上可有这样的。

翁　你不要当真就是。

客　是的。但是我不能。我怕我会这样:倘使我得到了谁的布施,我就要像
兀鹰看见死尸一样,在四近徘徊,祝愿她的灭亡,给我亲自看见;或者
咒诅她以外的一切全都灭亡,连我自己,因为我就应该得到咒诅。但是
我还没有这样的力量;即使有这力量,我也不愿意她有这样的境遇,因
为她们大概总不愿意有这样的境遇。我想,这最稳当。(向女孩,)姑
娘,你这布片太好,可是太小一点了,还了你吧。

孩　(惊惧,退后,)我不要了!你带走!

客　(似笑,)哦哦……因为我拿过了?

孩　(点头,指口袋,)你装在那里,去玩玩。

客　(颓唐地退后,)但这背在身上,怎么走呢?……

翁　你息不下,也就背不动——休息一会儿,就没有什么了。

客　对咧,休息。……(默想,但忽然惊醒,倾听,)不,我不能!我还是
走好。

翁　你总不愿意休息么?

客　我愿意休息。

翁　那么,你就休息一会吧。

客　但是,我不能……

翁　你总还是觉得走好么?

客　是的。还是走好。

翁　那么,你也还是走好吧。

客　（将腰一伸，）好，我告别了。我很感谢你们。（向着女孩，）姑娘，这还你，请你收回去。

　　（女孩惊惧，敛手，要躲进土屋里去。）

翁　你带去罢。要是太重了，可以随时抛在坟地里面的。

孩　（走向前，）阿阿，那不行！

客　阿阿，那不行的。

翁　那么，你挂在野百合，野蔷薇上就是了。

孩　（拍手，）哈哈！好！

客　哦哦……

　　（极暂时中，沉默。）

翁　那么，再见了。祝你平安。（站起，向女孩，）孩子，扶我进去罢。你看，太阳早已下去了。（转身向门。）

客　多谢你们。祝你们平安。（徘徊，沉思，忽然吃惊，）然而我不能！我只得走。我还是走好吧……（即刻昂了头，奋然向西走去。）

　　（女孩扶老人走进土屋，随即阖了门。过客向野地里跄踉地闯进去，夜色跟在他后面。）

一九二五年三月二日

死 火

我梦见自己在冰山间奔驰。

这是高大的冰山，上接冰天，天上冻云弥漫，片片如鱼鳞模样。山麓有冰树林，枝叶都如松杉。一切冰冷，一切青白。

但我忽然坠在冰谷中。

上下四旁无不冰冷，青白。而一切青白冰上，却有红影无数，纠结如珊瑚网。我俯看脚下，有火焰在。

这是死火。有炎炎的形，但毫不摇动，全体冰结，像珊瑚枝；尖端还有凝固的黑烟，疑这才从火宅中出，所以枯焦。这样，映在冰的四壁，而且互相反映，化为无量数影，使这冰谷成红珊瑚色。

哈哈！

当我幼小的时候，本就爱看快舰激起的浪花，洪炉喷出的烈焰。不但爱看，还想看清。可惜他们都息息变幻，永无定形。虽然凝视又凝视，总不留下怎样一定的迹象。

死的火焰，现在先得到了你了！

我拾起死火，正要细看，那冷气已使我的指头焦灼；但是，我还熬着，将他塞入衣袋中间。冰谷四面，登时完全青白。我一面思索着走出冰谷的法子。

我的身上喷出一缕黑烟，上升如铁线蛇。冰谷四面，又登时满有红焰流动，如大火聚，将我包围。我低头一看，死火已经燃烧，烧穿了我的衣裳，流在冰地上了。

"唉，朋友！你用了你的温热，将我惊醒了。"他说。

我连忙和他招呼，问他名姓。

"我原先被人遗弃在冰谷中，"他答非所问地说，"遗弃我的早已灭亡，消尽了。我也被冰冻冻得要死。倘使你不给我温热，使我重行烧起，我不久就须灭亡。"

"你的醒来，使我欢喜。我正在想着走出冰谷的方法；我愿意携带你去，使你永不冰结，永得燃烧。"

"唉唉！那么，我将烧完！"

"你的烧完，使我惋惜。我便将你留下，仍在这里吧。"

"唉唉！那么，我将冻灭了！"

"那么，怎么办呢？"

"但你自己，又怎么办呢？"他反而问。

"我说过了：我要出这冰谷……"

"那我就不如烧完！"

他忽而跃起，如红彗星，并我都出冰谷口外。有大石车突然驰来，我终于碾死在车轮底下，但我还来得及看见那车就坠入冰谷中。

"哈哈！你们是再也遇不着死火了！"我得意地笑着说，仿佛就愿意这样似的。

一九二五年四月二十三日

狗的驳诘

我梦见自己在隘巷中行走，衣履破碎，像乞食者。

一条狗在背后叫起来了。

我傲慢地回顾，叱咤说：

"呔！住口！你这势利的狗！"

"嘻嘻！"他笑了，还接着说，"不敢，愧不如人呢。"

"什么!?"我气愤了，觉得这是一个极端的侮辱。

"我惭愧：我终于还不知道分别铜和银；还不知道分别布和绸；还不知道分别官和民；还不知道分别主和奴；还不知道……"

我逃走了。

"且慢！我们再谈谈……"他在后面大声挽留。

我一径逃走，尽力地走，直到逃出梦境，躺在自己的床上。

一九二五年四月二十三日

失掉的好地狱

我梦见自己躺在床上，在荒寒的野外，地狱的旁边。一切鬼魂们的叫唤无不低微，然有秩序，与火焰的怒吼，油的沸腾，钢叉的震颤相和鸣，造成醉心的大乐，布告三界：地下太平。

有一伟大的男子站在我面前，美丽，慈悲，遍身有大光辉，然而我知道他是魔鬼。

"一切都已完结，一切都已完结！可怜的鬼魂们将那好的地狱失掉了！"他悲愤地说，于是坐下，讲给我一个他所知道的故事——

"天地作蜂蜜色的时候，就是魔鬼战胜天神，掌握了主宰一切的大威权的时候。他收得天国，收得人间，也收得地狱。他于是亲临地狱，坐在中央，遍身发大光辉，照见一切鬼众。

"地狱原已废弛得很久了：剑树消却光芒；沸油的边际早不腾涌；大火聚有时不过冒些青烟，远处还萌生曼陀罗花，花极细小，惨白可怜。那是不足为奇的，因为地上曾经大被焚烧，自然失了他的肥沃。

"鬼魂们在冷油温火里醒来，从魔鬼的光辉中看见地狱小花，惨白可怜，被大蛊惑，倏忽间记起人世，默想至不知几多年，遂同时向着人间，发一声反狱的绝叫。

"人类便应声而起，仗义执言，与魔鬼战斗。战声遍满三界，远过雷霆。终于运大谋略，布大网罗，使魔鬼并且不得不从地狱出走。最后的胜利，是地狱门上也竖了人类的旌旗！

"当鬼魂们一齐欢呼时，人类的整饬地狱使者已临地狱，坐在中央，用了人类的威严，叱咤一切鬼众。

"当鬼魂们又发一声反狱的绝叫时，即已成为人类的叛徒，得到永劫沉沦的罚，迁入剑树林的中央。

"人类于是完全掌握了主宰地狱的大威权，那威棱且在魔鬼以上。人类于是整顿废弛，先给牛首阿旁以最高的俸草；而且，添薪加火，磨砺刀山，使地狱全体改观，一洗先前颓废的气象。

"曼陀罗花立即焦枯了。油一样沸；刀一样铦；火一样热；鬼众一样呻吟，一样宛转，至于都不暇记起失掉的好地狱。

"这是人类的成功，是鬼魂的不幸……

"朋友，你在猜疑我了。是的，你是人！我且去寻野兽和恶鬼……"

一九二五年六月十六日

墓碣文

我梦见自己正和墓碣对立，读着上面的刻辞。那墓碣似是沙石所制，剥落很多，又有苔藓丛生，仅存有限的文句——

……于浩歌狂热之际中寒；于天上看见深渊。于一切眼中看见无所有；于无所希望中得救。……

……有一游魂，化为长蛇，口有毒牙。不以啮人，自啮其身，终以殒颠。……

……离开！……

我绕到碣后，才见孤坟，上无草木，且已颓坏。即从大阙口中，窥见死尸，胸腹俱破，中无心肝。而脸上却绝不显哀乐之状，但蒙蒙如烟然。

我在疑惧中不及回身，然而已看见墓碣阴面的残存的文句——

……抉心自食，欲知本味。创痛酷烈，本味何能知？

……痛定之后，徐徐食之。然其心已陈旧，本味又何由知？……

……答我。否则，离开！……

我就要离开。而死尸已在坟中坐起，口唇不动，然而说——

"待我成尘时，你将见我的微笑！"

我疾走，不敢反顾，生怕看见他的追随。

一九二五年六月十七日

颓败线的颤动

我梦见自己在做梦。自身不知所在,眼前却有一间在深夜中紧闭的小屋的内部,但也看见屋上瓦松的茂密的森林。

板桌上的灯罩是新拭的,照得屋子里分外明亮。在光明中,在破榻上,在初不相识的披毛的强悍的肉块底下,有瘦弱渺小的身躯,为饥饿,苦痛,惊异,羞辱,欢欣而颤动。弛缓,然而尚且丰腴的皮肤光润了;青白的两颊泛出轻红,如铅上涂了胭脂水。

灯火也因惊惧而缩小了,东方已经发白。

然而空中还弥漫地摇动着饥饿,苦痛,惊异,羞辱,欢欣的波涛……

"妈!"约略两岁的女孩被门的开阖声惊醒,在草席围着的屋角的地上叫起来了。

"还早哩,再睡一会儿吧!"她惊惶地说。

"妈! 我饿,肚子痛。我们今天能有什么吃的?"

"我们今天有吃的了。等一会有卖烧饼的来,妈就买给你。"她欣慰地更加紧捏着掌中的小银片,低微的声音悲凉地发抖,走近屋角去一看她的女儿,移开草席,抱起来放在破榻上。

"还早哩,再睡一会儿吧。"她说着,同时抬起眼睛,无可告诉地一看破旧的屋顶以上的天空。

空中突然另起了一个很大的波涛,和先前的相撞击,回旋而成旋涡,将一切并我尽行淹没,口鼻都不能呼吸。

我呻吟着醒来,窗外满是如银的月色,离天明还很辽远似的。

我自身不知所在,眼前却有一间在深夜中紧闭的小屋的内部,我自己知道是在续着残梦。可是梦的年代隔了许多年了。屋的内外已经这样整齐;里面是青年的夫妻,一群小孩子,都怨恨鄙夷地对着一个垂老的女人。

"我们没有脸见人,就只因为你,"男人气愤地说,"你还以为养大了她,其实正是害苦了她,倒不如小时候饿死的好!"

"使我委屈一世的就是你!"女的说。

"还要带累了我!"男的说。

"还要带累他们哩!"女的说,指着孩子们。

最小的一个正玩着一片干芦叶,这时便向空中一挥,仿佛一柄钢刀,大声说道:

"杀!"

那垂老的女人口角正在痉挛,登时一怔,接着便都平静,不多时候,她冷静地,骨立的石像似的站起来了。她开开板门,迈步在深夜中走出,遗弃了背后一切的冷骂和毒笑。

她在深夜中尽走,一直走到无边的荒野;四面都是荒野,头上只有高天,并无一个虫鸟飞过。她赤身露体地,石像似的站在荒野的中央,于一刹那间照见过往的一切:饥饿,苦痛,惊异,羞辱,欢欣,于是发抖;害苦,委屈,带累,于是痉挛;杀,于是平静。……又于一刹那间将一切并合:眷念与决绝,爱抚与复仇,养育与歼除,祝福与咒诅……她于是举两手尽量向天,口唇间漏出人与兽的,非人间所有,所以无词的言语。

当她说出无词的言语时,她那伟大如石像,然而已经荒废的,颓败的身躯的全面都颤动了。这颤动点点如鱼鳞,每一鳞都起伏如沸水在烈火上;空中也即刻一同震颤,仿佛暴风雨中的荒海的波涛。

她于是抬起眼睛向着天空,并无词的言语也沉默尽绝,惟有颤动,辐射若太阳光,使空中的波涛立刻回旋,如遭飓风,汹涌奔腾于无边的荒野。

我梦魇了,自己却知道是因为将手搁在胸脯上了的缘故;我梦中还用尽平生之力,要将这十分沉重的手移开。

一九二五年六月二十九日

立 论

我梦见自己正在小学校的讲堂上预备作文，向老师请教立论的方法。

"难!"老师从眼镜圈外斜射出眼光来，看着我，说："我告诉你一件事——

"一家人家生了一个男孩，合家高兴透顶了。满月的时候，抱出来给客人看，——大概自然是想得一点好兆头。

"一个说：'这孩子将来要发财的。'他于是得到一番感谢。

"一个说：'这孩子将来要做官的。'他于是收回几句恭维。

"一个说：'这孩子将来是要死的。'他于是得到一顿大家合力的痛打。

"说要死的必然，说富贵的许谎。但说谎的得好报，说必然的遭打。你……"

"我愿意既不谎人，也不遭打。那么，老师，我得怎么说呢?"

"那么，你得说：'啊呀！这孩子呵！您瞧！多么……阿唷！哈哈！He-he！he，hehehehe!'"

一九二五年七月八日

死　后

　　我梦见自己死在道路上。

　　这是哪里，我怎么到这里来，怎么死的，这些事我全不明白。总之，待到我自己知道已经死掉的时候，就已经死在那里了。

　　听到几声喜鹊叫，接着是一阵乌老鸦。空气很清爽——虽然也带些土气息——大约正当黎明时候吧。我想睁开眼睛来，他却丝毫也不动，简直不像是我的眼睛；于是想抬手，也一样。

　　恐怖的利镞忽然穿透我的心了。在我生存时，曾经玩笑地设想：假使一个人的死亡，只是运动神经的废灭，而知觉还在，那就比全死了更可怕。谁知道我的预想竟的中了，我自己就在证实这预想。

　　听到脚步声，走路的吧。一辆独轮车从我的头边推过，大约是重载的，轧轧地叫得人心烦，还有些牙齿麷。很觉得满眼绯红，一定是太阳上来了。那么，我的脸是朝东的。但那都没有什么关系。切切察察的人声，看热闹的。他们蹴起黄土来，飞进我的鼻孔，使我想打喷嚏了，但终于没有打，仅有想打的心。

　　陆陆续续地又是脚步声，都到近旁就停下，还有更多的低语声：看的人多起来了。我忽然很想听听他们的议论。但同时想，我生存时说的什么批评不值一笑的话，大概是违心之论吧；才死，就露了破绽了。然而还是听；然而毕竟得不到结论，归纳起来不过是这样——

　　"死了？……"

　　"嗡——这……"

　　"哼！……"

　　"啧。……唉！……"

我十分高兴，因为始终没有听到一个熟识的声音。否则，或者害得他们伤心；或则要使他们快意，或则要使他们加添些饭后闲谈的材料，多破费宝贵的工夫：这都会使我很抱歉。现在谁也看不见，就是谁也不受影响。好了，总算对得起人了！

但是，大约是一个蚂蚁，在我的脊梁上爬着，痒痒的。我一点也不能动，已经没有除去他的能力了；倘在平时，只将身子一扭，就能使他退避。而且，大腿上又爬着一个哩！你们是做什么的？虫豸!?

事情可更坏了：嗡的一声，就有一个青蝇停在我的颧骨上，走了几步，又一飞，开口便舐我的鼻尖。我懊恼地想：足下，我不是什么伟人，你无须到我身上来寻做论的材料……但是不能说出来。他却从鼻尖跑下，又用冷舌头来舐我的嘴唇了，不知道可是表示亲爱。还有几个则聚在眉毛上，跨一步，我的毛根就一摇。实在使我烦厌得不堪——不堪之至。

忽然，一阵风，一片东西从上面盖下来，他们就一同飞开了，临走时还说——

"惜哉！……"

我愤怒得几乎昏厥过去。

木材摔在地上的钝重的声音同着地面的震动，使我忽然清醒，前额上感着芦席的条纹。但那芦席就被掀去了，又立刻感到了日光的灼热。还听得有人说——

"怎么要死在这里？……"

这声音离我很近，他正弯着腰吧。但人应该死在哪里呢？我先前以为人在地上虽没有任意生存的权利，却总有任意死掉的权利的。现在才知道并不然，也很难适合人们的公意。可惜我久没了纸笔；即有也不能写，而且即使写了也没有地方发表了。只好就这样地抛开。

有人来抬我，也不知道是谁。听到刀鞘声，还有巡警在这里吧，在我所不应该"死在这里"的这里。我被翻了几个转身，便觉得向上一举，又往下一沉；又听得盖了盖，钉着钉。但是，奇怪，只钉了两个。难道这里的棺材钉，是只钉两个的么？

我想：这回是六面碰壁，外加钉子。真是完全失败，呜呼哀哉了！……

"气闷！……"我又想。

然而我其实却比先前已经宁静得多，虽然知不清埋了没有。在手背上触到草席的条纹，觉得这尸衾倒也不恶。只不知道是谁给我花钱的，可惜！但是，可恶，收敛的小子们！我背后的小衫的一角皱起来了，他们并不给我拉平，现在抵得我很难受。你们以为死人无知，做事就这样地草率么？哈哈！

我的身体似乎比活的时候要重得多，所以压着衣皱便格外的不舒服。但我想，不久就可以习惯的；或者就要腐烂，不至于再有什么大麻烦。此刻还不如静静地静着想。

"您好？您死了么？"

是一个颇为耳熟的声音。睁眼看时，却是博古斋旧书铺的跑外的小伙计。不见约有二十多年了，倒还是那一副老样子。我又看看六面的壁，委实太毛糙，简直毫没有加过一点修刮，锯绒还是毛氄氄的。

"那不碍事，那不要紧。"他说，一面打开暗蓝色布的包裹来。"这是明板《公羊传》，嘉靖黑口本，给您送来了。您留下他吧。这是……"

"你！"我诧异地看定他的眼睛，说，"你莫非真正糊涂了？你看我这模样，还要看什么明板？……"

"那可以看，那不碍事。"

我即刻闭上眼睛，因为对他很烦厌。停了一会儿，没有声息，他大约走了。但是似乎一个蚂蚁又在脖子上爬起来，终于爬到脸上，只绕着眼眶转圈子。

万不料人的思想，是死掉之后也还会变化的。忽而，有一种力将我的心的平安冲破；同时，许多梦也都做在眼前了。几个朋友祝我安乐，几个仇敌祝我灭亡。我却总是既不安乐，也不灭亡地不上不下地生活下来，都不能副任何一面的期望。现在又影一般死掉了，连仇敌也不使知道，不肯赠给他们一点惠而不费的欢欣。……

我觉得在快意中要哭出来。这大概是我死后第一次的哭。

然而终于也没有眼泪流下；只看见眼前仿佛有火花一闪，我于是坐了起来。

一九二五年七月十二日

这样的战士

要有这样的一种战士——

已不是蒙昧如非洲土人而背着雪亮的毛瑟枪的；也并不疲惫如中国绿营兵而却佩着盒子炮。他毫无乞灵于牛皮和废铁的甲胄；他只有自己，但拿着蛮人所用的，脱手一掷的投枪。

他走进无物之阵，所遇见的都对他一式点头。他知道这点头就是敌人的武器，是杀人不见血的武器，许多战士都在此灭亡，正如炮弹一般，使猛士无所用其力。

那些头上有各种旗帜，绣出各样好名称：慈善家，学者，文士，长者，青年，雅人，君子……头下有各样外套，绣出各式好花样：学问，道德，国粹，民意，逻辑，公义，东方文明……

但他举起了投枪。

他们都同声立了誓来讲说，他们的心都在胸膛的中央，和别的偏心的人类两样。他们都在胸前放着护心镜，就为自己也深信心在胸膛中央的事做证。

但他举起了投枪。

他微笑，偏侧一掷，却正中了他们的心窝。

一切都颓然倒地——然而只有一件外套，其中无物。无物之物已经脱走，得了胜利，因为他这时成了戕害慈善家等类的罪人。

但他举起了投枪。

他在无物之阵中大踏步走，再见一式的点头，各种的旗帜，各样的外套……

但他举起了投枪。

他终于在无物之阵中老衰，寿终。他终于不是战士，但无物之物则是胜者。

在这样的境地里，谁也不闻战叫：太平。

太平……

但他举起了投枪！

一九二五年十二月十四日

聪明人和傻子和奴才

奴才总不过是寻人诉苦。只要这样，也只能这样。有一日，他遇到一个聪明人。

"先生！"他悲哀地说，眼泪联成一线，就从眼角上直流下来。"你知道的。我所过的简直不是人的生活。吃的是一天未必有一餐，这一餐又不过是高粱皮，连猪狗都不要吃的，尚且只有一小碗……"

"这实在令人同情。"聪明人也惨然说。

"可不是么！"他高兴了，"可是做工是昼夜无休息的：清早担水晚烧饭，上午跑街夜磨面，晴洗衣裳雨张伞，冬烧汽炉夏打扇。半夜要煨银耳，侍候主人耍钱；头钱从来没分，有时还挨皮鞭……"

"唉唉……"聪明人叹息着，眼圈有些发红，似乎要下泪。

"先生！我这样是敷衍不下去的。我总得另外想法子。可是什么法子呢？……"

"我想，你，总会好起来……"

"是么？但愿如此。可是我对先生诉了冤苦，又得你的同情和慰安，已经舒坦得不少了。可见天理没有灭绝……"

但是，不几日，他又不平起来了，仍然寻人去诉苦。

"先生！"他流着眼泪说，"你知道的。我住的简直比猪窠还不如。主人并不将我当人；他对他的叭儿狗还要好到几万倍……"

"混账！"那人大叫起来，使他吃惊了。那人是一个傻子。

"先生，我住的只是一间破小屋，又湿，又阴，满是臭虫，睡下去就咬得真可以。秽气冲着鼻子，四面又没有一个窗……"

"你不会要你的主人开一个窗的么？"

"这怎么行？……"

"那么，你带我去看去！"

傻子跟奴才到他屋外，动手就砸那泥墙。

"先生！你干什么？"他大惊地说。

"我给你打开一个窗洞来。"

"这不行！主人要骂的！"

"管他呢！"他仍然砸。

"人来呀！强盗在毁咱们的屋子了！快来呀！迟一点可要打出窟窿来了！……"他哭嚷着，在地上团团地打滚。

一群奴才都出来了，将傻子赶走。

听到了喊声，慢慢地最后出来的是主人。

"有强盗要来毁咱们的屋子，我首先叫喊起来，大家一同把他赶走了。"他恭敬而得胜地说。

"你不错。"主人这样夸奖他。

这一天就来了许多慰问的人，聪明人也在内。

"先生。这回因为我有功，主人夸奖了我了。你先前说我总会好起来，实在是有先见之明……"他大有希望似的高兴地说。

"可不是么……"聪明人也代为高兴似的回答他。

一九二五年十二月二十六日

腊　叶

灯下看《雁门集》，忽然翻出一片压干的枫叶来。

这使我记起去年的深秋。繁霜夜降，木叶多半凋零，庭前的一株小小的枫树也变成红色了。我曾绕树徘徊，细看叶片的颜色，当他青葱的时候是从没有这么注意的。他也并非全树通红，最多的是浅绛，有几片则在绯红地上，还带着几团浓绿。一片独有一点蛀孔，镶着乌黑的花边，在红、黄和绿的斑驳中，明眸似的向人凝视。我自念：这是病叶呵！便将他摘了下来，夹在刚才买到的《雁门集》里。大概是愿使这将坠的被蚀而斑斓的颜色，暂得保存，不即与群叶一同飘散吧。

但今夜他却黄蜡似的躺在我的眼前，那眸子也不复似去年一般灼灼。假使再过几年，旧时的颜色在我记忆中消去，怕连我也不知道他何以夹在书里面的原因了，将坠的病叶的斑斓，似乎也只能在极短时中相对，更何况是葱郁的呢。看看窗外，很能耐寒的树木也早经秃尽了；枫树更何消说得。当深秋时，想来也许有和这去年的模样相似的病叶的吧，但可惜我今年竟没有赏玩秋树的余闲。

一九二五年十二月二十六日

淡淡的血痕中

——纪念几个死者和生者和未生者

目前的造物主，还是一个怯弱者。

他暗暗地使天变地异，却不敢毁灭一个这地球；暗暗地使生物衰亡，却不敢长存一切尸体；暗暗地使人类流血，却不敢使血色永远鲜秾；暗暗地使人类受苦，却不敢使人类永远记得。

他专为他的同类——人类中的怯弱者——设想，用废墟荒坟来衬托华屋，用时光来冲淡苦痛和血痕；日日斟出一杯微甘的苦酒，不太少，不太多，以能微醉为度，递给人间，使饮者可以哭，可以歌，也如醒，也如醉，若有知，若无知，也欲死，也欲生。他必须使一切也欲生；他还没有灭尽人类的勇气。

几片废墟和几个荒坟散在地上，映以淡淡的血痕，人们都在其间咀嚼着人我的渺茫的悲苦。但是不肯吐弃，以为究竟胜于空虚，各各自称为"天之僇民"，以作咀嚼着人我的渺茫的悲苦的辩解，而且悚息着静待新的悲苦的到来。新的，这就使他们恐惧，而又渴欲相遇。

这都是造物主的良民。他就需要这样。

叛逆的猛士出于人间；他屹立着，洞见一切已改和现有的废墟和荒坟，记得一切深广和久远的苦痛，正视一切重叠淤积的凝血，深知一切已死，方生，将生和未生。他看透了造化的把戏；他将要起来使人类苏生，或者使人类灭尽，这些造物主的良民们。

造物主，怯弱者，羞惭了，于是伏藏。天地在猛士的眼中于是变色。

一九二六年四月八日

一　觉

　　飞机负了掷下炸弹的使命，像学校的上课似的，每日上午在北京城上飞行。每听得机件搏击空气的声音，我常觉到一种轻微的紧张，宛然目睹了"死"的袭来，但同时也深切地感着"生"的存在。

　　隐约听到一二爆发声以后，飞机嗡嗡地叫着，冉冉地飞去了。也许有人死伤了吧，然而天下却似乎更显得太平。窗外的白杨的嫩叶，在日光下发乌金光，榆叶梅也比昨日开得更烂漫。收拾了散乱满床的日报，拂去昨夜聚在书桌上的苍白的微尘，我的四方的小书斋，今日也依然是所谓"窗明几净"。

　　因为或一种原因，我开手编校那历来积压在我这里的青年作者的文稿了；我要全都给一个清理。我照作品的年月看下去，这些不肯涂脂抹粉的青年们的魂灵便依次屹立在我眼前。他们是绰约的，是纯真的——啊，然而他们苦恼了，呻吟了，愤怒，而且终于粗暴了，我的可爱的青年们。

　　魂灵被风沙打击得粗暴，因为这是人的魂灵，我爱这样的魂灵；我愿意在无形无色的鲜血淋漓的粗暴上接吻。漂渺的名园中，奇花盛开着，红颜的静女正在超然无事地逍遥，鹤唳一声，白云郁然而起……这自然使人神往的罢，然而我总记得我活在人间。

　　我忽然记起一件事：两三年前，我在北京大学的教员预备室里，看见进来了一个并不熟识的青年，默默地给我一包书，便出去了，打开看时，是一本《浅草》。就在这默默中，使我懂得了许多话，阿，这赠品是多么丰饶呵！可惜那《浅草》不再出版了，似乎只成了《沉钟》的前身。那《沉钟》就在这风沙颏洞中，深深地在人海的底里寂寞地鸣动。

　　野蓟经了几乎致命的摧折，还要开一朵小花，我记得托尔斯泰曾受了很大的感动，因此写出一篇小说来。但是，草木在旱干的沙漠中间，拼命伸长他的根，吸取深地中的水泉，来造成碧绿的林莽，自然是为了自己的"生"的，然而使疲劳枯渴的旅人，一见就怡然觉得遇到了暂时息肩之所，这是如何的可以感激，而且可以悲哀的事!?

《沉钟》的《无题》——代启事——说："有人说，我们的社会是一片沙漠——如果当真是一片沙漠，这虽然荒漠一点也还静肃，虽然寂寞一点也还会使你感觉苍茫。何至于像这样的混沌，这样的阴沉，而且这样的离奇变幻!"

是的，青年的魂灵屹立在我眼前，他们已经粗暴了，或者将要粗暴了，然而我爱这些流血和隐痛的魂灵，因为他使我觉得是在人间，是在人间活着。

在编校中夕阳居然西下，灯火给我接续的光。各样的青春在眼前一一驰去了，身外但有昏黄环绕。我疲劳着，捏着纸烟，在无名的思想中静静地合了眼睛，看见很长的梦。忽而惊觉，身外也还是环绕着昏黄；烟篆在不动的空气中上升，如几片小小夏云，徐徐幻出难以指名的形象。

一九二六年四月十日